Unschuld

Holger Niederhausen

Unschuld

Das Menschenwesen hat eine tiefe Sehnsucht nach dem Schönen, Wahren und Guten. Diese kann von vielem anderen verschüttet worden sein, aber sie ist da. Und seine andere Sehnsucht ist, auch die eigene Seele zu einer Trägerin dessen zu entwickeln, wonach sich das Menschenwesen so sehnt.

Diese zweifache Sehnsucht wollen meine Bücher berühren, wieder bewusst machen, und dazu beitragen, dass sie stark und lebendig werden kann. Was die Seele empfindet und wirklich erstrebt, das ist ihr Wesen. Der Mensch kann ihr Wesen in etwas unendlich Schönes verwandeln, wenn er beginnt, seiner tiefsten Sehnsucht wahrhaftig zu folgen...

1. Auflage September 2015

© Holger Niederhausen · Alle Rechte vorbehalten
Herstellung und Verlag:
BoD – Books on Demand, Norderstedt
ISBN 978-3-7386-4898-0

Gott ist die Liebe;
und wer in der Liebe bleibt,
der bleibt in Gott
und Gott in ihm.

1. Joh. 4,16

„Saskia Reinhardt", sagte sie.

Die Frau schaute in ihren Computer.

„Wie schreibt man Reinhardt?"

„Mit d-t."

Warum schaute die Frau so merkwürdig? Eine leichte Unruhe befiel sie, wie immer, wenn etwas auch nur leise auf mögliche Schwierigkeiten hindeutete.

Die Frau blickte vom Bildschirm auf.

„Tut mir leid, wir haben hier keine Saskia Reinhardt."

Saskia erstarrte innerlich.

„Aber ... aber das kann doch nicht sein? Ich habe mich doch schon letzten Monat angemeldet! Ich habe doch sogar eine Bestätigung bekommen ... warten Sie..."

In heller Aufregung öffnete sie die Seitentasche ihres kleinen Rollkoffers und holte mit rasendem Herzklopfen das Schreiben des Studentenwerks hervor.

„Hier..."

Sie reichte es der Frau und hoffte inständig, dass sich der Irrtum jetzt aufklärte.

„Hmm, ja, tatsächlich – das ist ja seltsam... Warten Sie mal..."

Sie beruhigte sich ein wenig. Die Frau ging an einen Schrank und zog eine Schublade mit Hängeregistraturen heraus. Sie blätterte ein wenig; zog dann eine weitere Schublade heraus, blätterte wieder. Dann ging sie zurück an ihren Computer und tippte und suchte dort etwas. Schließlich blickte sie wieder auf.

„Tut mir leid, da muss im System etwas schiefgelaufen sein. Es gab da offenbar sozusagen eine Doppelbelegung. Mit anderen Worten: Das Zimmer ist schon vergeben. Ich kann da leider nichts tun. Sie hätten das Schreiben gar nicht bekommen dürfen..."

Ihr wurde siedend heiß.

„Aber – aber was mache ich denn jetzt? Haben Sie nicht noch ein anderes Zimmer? Es muss doch irgendwo noch ein Zimmer frei sein?"

Die Frau schüttelte den Kopf.

„Nein, leider nicht. Das gesamte Studentenwohnheim ist voll belegt. Das ist immer so."

„Aber ich habe mich doch rechtzeitig angemeldet!", sagte sie verzweifelt.

„Ja, das mag sein", erwiderte die Frau. „Aber wir haben kein Zimmer mehr. Ihr Zimmer ist doppelt belegt worden. Es ist bereits jemand eingezogen. Das können wir jetzt nicht rückgängig machen."

Sie war völlig verzweifelt.

„Und was soll ich jetzt machen...?"

Die Frau wies an ihr vorbei.

„Da vorn an der Pinnwand sind jede Menge Angebote für WG-Unterkünfte und ähnliches. Allerdings auch jede Menge Gesuche..."

Wenn sie jetzt ging, konnte sie nichts mehr machen... Aber sie fühlte sich so oder so ohnmächtig. Die Frau am Computer konnte sagen, was sie wollte. Sie war sich sicher, dass sie sich rechtzeitig und sogar früher als der Andere angemeldet hatte, aber was nützte das nun noch?

Traurig drehte sie sich um, fühlte sich nicht einmal mehr imstande, zu grüßen – die Enttäuschung war zu groß, und ein Kloß saß ihr im Hals...

„Tut mir leid", sagte die Frau ihr hinterher.

Ohne Antwort lassen konnte sie eigentlich niemanden. Sie drehte sich noch einmal traurig um und sagte:

„Ist schon gut..."

In Wirklichkeit war sie am Boden zerstört. Sie schämte sich, als wenn sie selbst etwas falsch gemacht hätte. Auch dieses Gefühl hatte sie sehr oft, wenn etwas schief ging. Was sollte sie jetzt ihren Eltern sagen, ihrem Vater? Wenn er hier gewesen wäre, hätte er sicher so lange Druck gemacht, bis ein Zimmer dagewesen wäre – jedenfalls ein Riesentheater. Das wollte sie auch wiederum nicht. Sie konnte das nicht, und sie ertrug es auch nicht, wenn Andere miteinander stritten – nicht einmal, wenn es für ihr, Saskias, Wohl war. Nun jedoch fürchtete sie sich, ihrem Vater zu gestehen, dass sie trotz Anmeldung kein Zimmer hatte – und dass sie dafür auch weder gekämpft noch gestritten hatte... Doppelte Scham, und dann noch immer die Frau in ihrem Rücken...

Hundeelend schaute sie die Pinnwand an. Bei den meisten Angeboten waren schon fast alle Telefonnummern abgerissen. Auch bei solchen, wo erst eine einzige Nummer abgerissen worden war, rechnete sie sich keinerlei Chancen aus – aber es gab keine anderen.
Sie schaute zu der Frau hinüber. Sie war nahezu außer Hörweite, also würde sie hier zumindest telefonieren können. Sie versuchte es mit dem ersten Angebot – schon vergeben. Das zweite – niemand da. Das dritte – vergeben. Bei dem vierten Angebot aber hatte sie Glück! Gerade hier hatte sie sich keinerlei Chancen ausgerechnet. Eine Studentin in ihrem Alter, ebenfalls neunzehn, suchte eine Mitbewohnerin für ein kleines Zimmer von vierzehn Quadratmetern.
„Wenn du dich beeilst, nehm' ich dich vielleicht", hörte sie die dominante Stimme am anderen Ende. „Hat gerade jemand abgesagt für heute – die Leute denken offenbar, dass das Zimmer tagelang zu haben ist! Nachher kommt noch jemand anders, den guck ich mir auch noch an. Aber ich denke, dann hab ich jemand Passenden."
„Okay, ich bin gleich da...", sagt sie schnell. „Ich geh jetzt vom Studentenwerk los..."
„So genau wollt' ich's nicht wissen..."
„Ja, also, bis gleich...", stotterte sie.
„Bis gleich."

Wieder schämte sie sich. Wahrscheinlich hatte sie auch dieses Zimmer bereits jetzt wieder verloren. Sicher war *sie* garantiert nicht die ‚Passende'. Aber sie musste unbedingt ein Zimmer bekommen!

Sie schaute auf den Stadtplan, den sie sich gekauft hatte. Man musste den Bus nehmen. Sie beeilte sich, das große Gebäude zu verlassen.

Als sie im Bus saß, fragte sie sich, wie es anderen Studienanfängern ging. Vielleicht war das Mädchen – sicher war es auch ein Mädchen –, das heute abgesagt hatte, einfach nur krank geworden. Und nun nahm sie, Saskia, auch ihr das Zimmer weg... Wieso war die Welt so? Wieso mussten immer einige zu kurz kommen? Sie fühlte sich gegenüber dem Mädchen, das sie sich vorstellte, schuldig... Und zugleich fand sie die Frau am Telefon viel zu hart. ‚Den guck ich mir auch noch an...' Konnte man sich die Leute einfach so ‚angucken' und dann sagen: den nehm' ich, den nehm' ich nicht? Ihr würde das viel zu schwer fallen, sie würde das nicht können...

*

Schließlich stand sie in einer Seitenstraße nahe der Altstadt vor dem Häuschen, in dem in der einen Wohnung das Zimmer angeboten wurde. Wieder schlug ihr Herz bis zum Hals. Dies war im Grunde ihre einzige und letzte Chance! Andernfalls stand ihr ganzer Studienbeginn in Frage. Morgen wollte sie sich immatrikulieren. Dafür könnte sie auch noch in einer Jugendherberge übernachten – aber dann brauchte sie ein Zimmer! Sie brauchte *dieses* Zimmer. Und doch war sie sich sicher, dass sie bestimmt abgelehnt werden würde.

Sie klingelte. Aus der Gegensprechanlage ertönte es:
„Ja?"
„Ich bin es – Saskia. Ich hab' vorhin angerufen..."
Der Türöffner surrte.

Keine Antwort war auch eine Antwort. Ihr Gefühl wurde immer mulmiger.

Im zweiten Stock stand an der Tür schon eine mittelgroße, rothaarige Studentin mit einem Piercing in der Nase. Okay, sie hatte verloren...

„Na, hast dich ja ganz schön beeilt!"

Sie fühlte sich kurz von oben bis unten gemustert.

Ohne eine weitere Begrüßung ließ die Frau sie herein.

Zögernd betrat sie die kleine Wohnung. Rechts ging es unmittelbar in eine kleine Küche. Links in ein gemütliches Zimmer mit Schreibtisch am Fenster, Bett, einigen großen Kissen am Boden und Postern an den Wänden. Nach der Küche folgte dann ein anderes Zimmer, in dem ebenfalls an einem kleinen Fenster ein Schreibtisch und an der Wand ein Bett stand.

„Das wär's", sagte die junge Frau kurz. „Ich bin übrigens Freddie."

Sie hielt Saskia die Hand hin.

Irritiert erwiderte sie den Gruß unbeholfen.

„Was guckst du so komisch? Freddie für Friederike, falls dich *das* wundert. Also was ist jetzt – willst du das Zimmer haben oder nicht?"

„Ich, äh", sagte sie völlig verwirrt, „würde ... ich es denn bekommen?"

„Hab ich vorhin doch gesagt. Ich guck mir nachher noch jemand anders an und dann entscheid' ich mich."

„Ja, also ... gut ... ja, natürlich würde ich es gerne haben. Unbedingt sogar..."

Die junge Frau musterte sie kurz.

„Also gut. Du rufst mich einfach um fünf nochmal an, dann sag ich dir Bescheid."

Sie sah die junge Frau an. Für diese war im Moment alles geklärt.

„Okay, dann ... gehe ich jetzt erstmal wieder."

Die Frau begleitete sie zur Tür. Dann sagte sie:

„Bis dann."

„Bis dann...", erwiderte Saskia. Unsicher sah sie die Frau noch einmal an, dann hob sie ihren Koffer hoch, um ihn wieder die Treppe hinunterzutragen.

*

Sie hatte noch zwei Stunden Zeit. Sie ging zurück zu der Straßenkreuzung, wo die Fußgängerzone und der Aufstieg zur Altstadt begann. Dort holte sie ihren Stadtplan wieder hervor und überlegte, was sie tun konnte. Sie sah, dass unweit der Stelle, wo sie sich jetzt befand, der Fluss durch die Stadt zog und von Grün gesäumt war. Sie beschloss, dort zu warten...

Als sie den Fluss erreichte, sah sie, dass ein wunderschöner, von alten Bäumen gesäumter Weg an ihm entlang führte. Ihr Herz weitete sich, als sie an diesem wunderschönen frühen Oktobertag diesen idyllischen Weg entlangging. Ein ganzer Strom von Empfindungen erfüllte ihr Inneres...
Schließlich fand sie eine Bank, auf der sogar niemand saß. Sie stellte ihren Koffer an der Seite ab und setzte sich. Sie sah auf den Fluss, das Licht der Herbstsonne glitzerte tanzend auf dem langsam dahinströmenden Wasser. Wunderschön... In ihrem Herzen strömte eine namenlose Sehnsucht. Warum konnte nicht *alles* so schön sein?
Ein Schwanenpaar kam langsam von der anderen Seite in ihre Richtung. Als es vorbeizog, folgte sie den beiden Tieren mit ihrer ganzen Liebe. ‚Was die beiden wohl gerade füreinander empfinden mögen?', dachte sie lächelnd.
Natürlich wusste sie, dass Tiere nicht empfanden wie Menschen, aber sie wünschte sich oft, dass sie es könnten. Wenn sie in der Nähe von Tieren war, fühlte sie immer wieder schmerzlich die Trennung zwischen Mensch und Tier, zwischen dem Tier und sich. Sie selbst liebte Tiere von ganzem Herzen. Aber die Tiere wussten davon nichts, konnten es al-

lenfalls ganz unbewusst fühlen... Was lebte im Innern eines Pferdes, einer Kuh, eines Rehs? Und was lebte in zwei solchen edlen, schönen Schwänen, die zusammen waren, die so wunderschön vereint diesen glitzernden Fluss hinaufschwammen? War sich ein solches Schwanenpaar nicht ein Leben lang treu?

Ihre Gedanken schweiften zurück ins Reich der Menschen. Oh, wie gern wäre auch sie jemandem treu. Aber wo war der Junge, dem sie ihre Liebe schenken könnte? Sie hatte ihn noch nicht gefunden... Wie gern hätte sie ihn, den Freund, auf den sie wartete, jetzt hier bei sich auf der Bank; mit ihm würde sie all ihre Gefühle teilen, all ihre Empfindungen, wie sie sie jetzt hatte – diese Schönheit, diese Sehnsucht, die wie eine wunderschöne Melodie in ihrem Herzen klang...
Aber gab es diesen Jungen überhaupt? Diesen einen, wunderbaren Freund? Gab es jemanden, der sie verstand – ganz? Sie sah nur wenige Jungen, bei denen sie überhaupt anfing, sich zu fragen, was sie innerlich fühlten, dachten. Die meisten lebten ein ganz anderes Leben, hatten andere Interessen, ein anderes Verhalten, eine andere Sprache – die sie nicht verstand. Sie verstand die Worte, sie verstand die Interessen und all das, aber es war ihr so fremd, so fremd... Und so fürchtete sie manchmal, diesen *einen* Jungen würde es nie geben, nicht für sie...
Oft hing sie ihren Gedanken nach, vor allem abends, hörte eine ruhige Musik oder schaute einfach auf die langsam untergehende Sonne, hörte den Vögeln zu, die den Ausgang des Tages begleiteten, die Amseln, verfolgte den Flug der Mauersegler, und in ihrem Innern lebte dann eine ganz eigene Melodie, ein Lied aus Gefühlen...
Ja, einige wenige Jungen hatte es gegeben, von denen sie sich berührt gefühlt hatte. So jemanden wie diesen einen Jungen aus der Parallelklasse, mit dem sie aber nie zu tun gehabt hatte. Sie kannte auch nicht mehr als seinen Namen, Leon. Er

war ähnlich still wie sie gewesen. Wenn sich ein Junge einmal für sie interessieren würde, dann müsste er so ähnlich sein wie dieser Junge aus ihrer alten Schule... Er war ihr sofort aufgefallen, weil er niemandem auffiel, so wie sie. Aber er hatte sich nie für sie interessiert – und sie hätte es nie gewagt, einen Jungen von sich aus anzusprechen.

Wenige Male war sie in der Oberstufe mit auf Feten gegangen. Sehr wenige Male war sie dort angesprochen worden. Und immer hatte sie durch ihre zurückhaltende Schweigsamkeit und Schüchternheit nach kurzer Zeit das Interesse dieser Jungen verloren. Dann war sie mit ihren Freundinnen nicht mehr mitgegangen...

Nun saß sie hier auf einer Bank und wartete darauf, dass sie in das Zimmer einer Frau in ihrem Alter ziehen durfte, die wiederum ganz anders war... Sie war sich sicher, dass sie, wenn sie das Zimmer bekäme, es nicht lange aushalten würde. Sie würde diesem gleichaltrigen Mädchen hoffnungslos unterlegen sein, so wie der Frau vorhin im Studentenwerk. In jedem Fall würde sie sich so früh wie möglich um ein Zimmer im Wohnheim für das nächste Semester bewerben, noch vor allen anderen.

Morgen musste sie sich dann erst einmal für das Studium einschreiben. Einerseits war sie sehr froh, dass sie im Nachrückverfahren diesen Studienplatz bekommen hatte. Und doch zweifelte sie auch hier, ob es das Richtige für sie war. Eigentlich konnte sie sich nichts Schöneres vorstellen. Tiermedizin... Aber ob *sie* die Richtige war, daran zweifelte sie. Sie hatte Angst davor, dass sie es nicht richtig machen würde. Dass sie nicht operieren könnte, dass sie Tiere nicht wirklich behandeln könnte. Sie *liebte* sie zu sehr. Sie würde selbst einem verletzten Tier nicht noch ein Skalpell in den Leib stechen und es aufschneiden können... Und woher sollte man immer wissen, was man tun musste? Und wenn man es theoretisch lernen würde, konnte man es dann auch?

Vielleicht würde sie das mit dem Operieren ja alles irgendwie lernen – doch dann hatte sie Angst, dadurch ihre Liebe zu den Tieren zu verlieren. Sie hatte Angst, dass der Mut, ein Tier aufzuschneiden, gleichzeitig die Liebe töten würde; dass der Skalpell auch die Liebe zerschneiden und zur Routine lassen würde...

Sie verstand nicht, warum die meisten Menschen Tiere so viel weniger liebten. Ja, sie hatten ihre Hunde und Katzen, aber was empfanden sie, wenn sie bei einem Pferd waren, bei einem Kaninchen, bei einem Vogel? Zuneigung ja, das hatten viele Menschen. Man fand Tiere ‚süß‘, wurde von ihnen irgendwie berührt. Aber wer empfand diese tiefe, innige Liebe zu ihnen, die fast weh tat...

Die meisten Menschen aßen Tiere sogar – und waren gleichgültig gegenüber den Qualen, den die Tiere für den Menschen litten, durch den Menschen litten. Massentierhaltung, gewöhnliche Tierhaltung, Tierversuche. Sie fand es furchtbar, dass man bis in die Sprache hinein einfach nur von ‚Produktion‘ sprach. Fleischproduktion! Aber Tiere waren doch lebendig; sie fühlten doch; sie hatten doch Angst, Schmerzen, Empfindungen... Sie wollten doch *leben*.

Immer wenn sie daran dachte und ihr die Bilder aus der Massentierhaltung oder den Tierversuchslaboren in den Sinn kamen, stieg eine unendliche Traurigkeit in ihr auf, oft hatte sie dann auf einmal tränenfeuchte Augen...

Diese Grausamkeit begann ja manchmal schon in der Kindheit. Nie würde sie den Moment vergessen, wo sie als etwa achtjähriges Mädchen etwas abseits von einem Spielplatz drei Jungen sah, die auf dem Boden hockten und so vertieft in etwas waren, dass sie sich ihnen näherte. Was sie dann sah, hatte sie so schockiert, dass sie tagelang immer wieder nur daran denken konnte. Sie hatte fast nichts gesehen, aber die Jungen hatten ihr gesagt, was sie machten. Sie verbrannten Ameisen mit einer Lupe, die sie als Brennglas benutzten.

Sie hatte ein kleines, schwarzes Etwas gesehen und einen strahlend hellen Punkt, von dem dann ein haarfeiner Rauchfaden aufstieg. Ihr Vater hatte ihr erklären müssen, wie das möglich war. Vor dem Schlafengehen hatte sie dann lange, lange geweint, weil ihr die Ameisen so leid taten...

Warum hörten die Menschen nicht auf damit? Und sie empfanden ja immer weniger, je mehr es nicht mehr um das einzelne Tier ging, sondern je mehr das Töten und Quälen in Massen, mit Hilfe von Maschinen und anonym geschah. Das Überfischen der Meere mit immer größeren Netzen, nur damit die Massen von Fisch in die Supermarktregale quollen, billig. Das Töten von Küken und das Transportieren der Leichen mit riesigen Schaufelladern... Wieder waren Tränen in ihren Augen...
Und die Zerstörung ganzer Lebensräume aus egoistischen, sinnlosen Gründen. Und es waren zu wenig Menschen, die noch für einen kleinen Tümpel kämpften, für einen einzelnen Frosch. – Sie würde, wenn sie entscheiden dürfte, nie eine Autobahn bauen, wenn dadurch Tiere sterben mussten. Sie würde lieber zwei Stunden länger Zug fahren, als durch eine neue Bahnstrecke die Lebensräume zu zerstören, die den Tieren doch gehörten, die *ihre* waren...
Und stellten die Menschen es sich nie *konkret* vor? Wie unter den Schaufelladern und Planierraupen konkret und wirklich die Kaninchen starben, die Frösche, die Mäuse, die Eidechsen und Blindschleichen, die Käfer, die Ameisen? Würden sie es denn noch tun, all diese Tiere töten, wenn sie es sich einmal konkret vorstellen müssten?

*

Was für ein Mensch war diese ‚Freddie', diese Friederike? Auch dies fand sie seltsam, diese Namen, an denen man nicht mehr erkennen konnte, ob es ein Junge oder ein Mädchen war

– oder die bei Mädchen sogar mehr jungenhaft klangen. Warum wollten manche Mädchen das? Warum stachen sie sich Metall in die Haut, sogar in den Mund oder in die Nase? Sie konnte das nicht verstehen. Auch nicht, dass man seine Haut tätowieren konnte – mit etwas, was nie wieder wegging. Sie empfand all das als ein Hässlichermachen, und sie hatte eine leise Abscheu davor...

Aber wieviel taten die Menschen, was sie hässlicher machte und schädlich war. Wieso rauchte man? Wieso trank man Alkohol? Wieso nahm man Drogen? Alle wussten, dass es schädlich war, und sie taten es trotzdem. War ihnen ihr Körper so egal? Wie lange lebte man überhaupt auf dieser schönen Welt? Wollte man denn *weniger* lange leben? Und zerstörte man die Welt deshalb – damit es einem auch überhaupt nicht leid tat, wenn man früh starb? Wieso das alles...

Ihr Vater hatte einmal, als sie ungefähr dreizehn war, gesagt, sie mache sich zu viele Gedanken. Er hatte das wie ein Scherz gesagt – und zugleich hatte sie gewusst, dass er es sagte, weil er ihr helfen wollte; weil er natürlich nicht wollte, dass sie Leid empfand.

Tief verletzt und erschüttert war sie aus der Küche gelaufen und hatte sich auf ihr Bett geworfen – und angefangen zu weinen. Die größte Verletzung war es für sie gewesen, dass er es halb im Scherz gesagt hatte. Das Schlimme war, dass sie sogar sehr genau empfunden hatte, dass ihr Vater ihr helfen wollte – und doch musste sie seinen Standpunkt aus ganzem Herzen ablehnen. Dies gab ihr wiederum neuen Schmerz, ja, sie schämte sich sogar dafür, dass sie ihren Vater, der ihr doch helfen wollte, verurteilte. Und doch verstand sie dies alles nicht! Warum kam es darauf an, *weniger* zu leiden? Warum war *sie* ihrem Vater so wichtig – aber nicht alles andere? Warum wollte er, dass sie weniger litt? Mussten die Menschen nicht sogar mehr leiden?

Wenn ihr Vater sie wirklich liebte, warum stand er ihr dann nicht bei, warum teilte er ihr Leid nicht? Warum litt er nicht mit ihr, wie sie, gemeinsam mit ihr? Sie hatte sich dies damals heftig, ja verzweifelt gewünscht: dass ihr geliebter Vater ihr Leid hätte teilen können, sie verstehen können, um *mit* ihr zu leiden...

Indem sie sich daran erinnerte, rannen wiederum Tränen aus ihren Augen... Es konnte sich doch nur dann etwas ändern, wenn man *mehr* leiden konnte, unter dem, was man fortwährend tat. Niemals wollte sie weniger leiden! Sie wollte, dass die anderen Menschen auch endlich anfingen, zu leiden – Mitleid zu haben mit den Tieren, mit denen sie doch fortwährend zusammenlebten. Einfach nur Mitleid... Warum hatte niemand Mitleid...

*

Als es fünf Uhr war, rief sie an.

„Ja, hallo, hier ist Saskia. Weißt du jetzt, wen du für dein Zimmer nehmen wirst...?"

Die junge Frau lachte.

„Willst du es denn gar nicht?"

„Doch..."

„Dann kannst du's haben. Die andere Type wollte ich nicht. War so 'ne superkorrekte Pharmazie-Studentin. Nein, danke!"

Sie war völlig verwirrt.

„Oh, danke ... vielen Dank! Ja dann ... dann komme ich jetzt nochmal..."

„Ja, das denke ich", sagte die Stimme leicht spöttisch.

„Gut – bis gleich. Ich beeile mich."

Wieder lachte diese Freddie belustigt.

„Das brauchst du jetzt nicht mehr."

Wieder wurde ihr heiß vor Scham.

Sie kehrte auf demselben Weg mit ihrem Koffer zurück. Sie musste sich wirklich Mühe geben, nicht ganz so naiv zu sein. Sie musste versuchen, sich etwas an diese Freddie anzupassen, sonst würde es nicht gut gehen, das fühlte sie...

Als Saskia wieder in ihrer Wohnung stand, erklärte Freddie kurz:
„Also ich hab' die Wohnung gemietet, du bist Untermieterin. Meinetwegen kannst du ab sofort einziehen, das rechnen wir dann um. Ich mach noch einen kleinen Untermietvertrag. Was es kostet, hast du ja gesehen, zweihundertachtzig Euro. Hast du irgendwelche speziellen Fragen?"
Sie fühlte sich von der kurzen, fast technischen ‚Aufklärung' etwas überwältigt.
„Äh, nein, erstmal nicht. Das ist dann also mein Zimmer", sie zeigte auf den rechten, halb leeren Raum, „und das ist dann unsere gemeinsame Küche, und da", sie deutete auf die letzte Tür, „ist wahrscheinlich das gemeinsame Bad...?"
„Bingo!", sagte Freddie, und wiederum fühlte sie sich kurz leise abschätzig gemustert.
„Ich mache das zum ersten Mal", verteidigte sie sich. „Eigentlich hatte es für mich ein Zimmer im Studentenwohnheim gegeben, aber dann hatten sie da heute eine Doppelbelegung im Computer und mich erst gar nicht gefunden, obwohl ich mich ganz früh angemeldet hatte und auch eine Bestätigung bekommen habe."
„Typisch Papierkram!", kommentierte Freddie. „Und warum hast du dann nicht auf deinem Zimmer bestanden?"
Sie spürte, dass sie rot wurde.
„Da war nichts zu machen. Das Zimmer war weg."
„Das war doch deren Fehler! Da müssen sie dir Ersatz schaffen. Wenn du schon eine Bestätigung hattest!"
„Ja, aber sie haben gesagt..."

„Was die sagen, ist doch egal! Du hast die Bestätigung und kannst es notfalls sogar einklagen. Was sagen deine Eltern dazu?"

„Ich...", erwiderte sie verwirrt, „meine Eltern wissen noch nichts. Ich will das jetzt so lassen – ich meine, ich darf doch hier wohnen, oder?"

Freddie sah sie einen langen Moment an.

„Du bist echt 'ne komische Type! Zahlst freiwillig mehr für ein Zimmer, wo du im Wohnheim was haben wolltest!"

„Und du?"

„Ich wollte da kein Zimmer. Zu viele Leute auf einem Haufen gehen mir auf den Geist. Ich denke, dich kann ich aushalten."

Saskia erschrak vor so wenig Wärme.

„War ein Witz!", sagte Freddie. „Du bist ganz in Ordnung. Jedenfalls ist jemand wie du mir hundertmal lieber als diese oberkorrekten Typen, die schon jetzt nur einen einwandfreien Abschluss anpeilen und die an einem Piercing zwanghaft vorbeigucken müssen..."

Verlegen sagte sie:

„Okay, ich ... werde jetzt mal meine Eltern anrufen, damit das alles in Ordnung geht."

„Mit dem Piercing?"

„Nein!", sagte sie erschrocken.

„Mann, Saskia, auch *das* war ein Witz!"

Beschämt lächelte sie kurz, dann verschwand sie in ihrem neuen Zimmer. Sie fühlte sich immer hundeelend, wenn sie einen Witz nicht bemerkte, aber in den letzten Worten von Freddie hatte sie zum ersten Mal so etwas wie wirkliche, leichte Wärme gespürt. Vielleicht konnte sie mit ihr doch irgendwie auskommen...

Als sie das Immatrikulationsbüro wieder verließ, fiel ihr ein Stein vom Herzen. Wenigstens das hatte alles so geklappt, wie es sollte. Nun hatte sie jede Menge Papiere im Rucksack, Studienordnung, erste Studienpläne und weitere Informationen zum Studiengang, Fristen, Prüfungstermine und so weiter. Vieles kannte sie schon, das andere musste sie durcharbeiten. In zwei Wochen begann das Semester.

Sie traf sich mit Freddie in einem Café in der Altstadt. Es war Freddies Vorschlag. Sie hatte ihr beschrieben, wo das ‚Maestro' lag, und es war leicht zu finden. Als sie das Café betrat, saß Freddie schon an einem Tisch am Fenster. Sie setzte sich zu ihr und sah sich um.

„Schön hier, nicht?", sagte Freddie.

„Ja."

„Und – hat alles geklappt?"

„Ja."

Die Bedienung kam und brachte die Karten.

Freddie sagte:

„Für mich bitte einen Milchkaffee."

„Ich muss noch kurz gucken..."

„Natürlich."

Die Bedienung entfernte sich wieder. Als sie kurze Zeit später den Milchkaffee brachte, sagte Saskia:

„Für mich bitte einen Apfelsaft."

Wieder spürte sie einen merkwürdigen Blick von Freddie.

„Wir sind hier in einem Café...", sagte diese mit dem verständnislosen Unterton eines ‚und was bestellst *du* für einen Quark?'

Saskia fühlte sich einmal mehr naiv und beschämt.

„Ich ... bin keine Kaffeetrinkerin. Ich habe auch sehr wenig Geld – und Apfelsaft schmeckt mir nun mal."

„Kaffee ist doch nicht Kaffee!", sagte Freddie. „Morgens trinkt man Kaffee. Hier trinkt man etwas ganz anderes – ein Milchkaffee am Nachmittag ist nicht Kaffee, es ist Kultur!"
Sie fühlte sich von Freddie in die Enge getrieben.
„Trotzdem ist das nicht ... *meine* Gewohnheit", versuchte sie unbeholfen, sich zu verteidigen.
„Okay, ist ja gut – wenn du meinst. Kommt es bei dir wirklich auf jeden Euro an?"
„Ja. Mein Vater war schon wegen des Zimmers ... na ja, etwas erstaunt... Und meine Eltern sind auch nicht reich. Sie können das Zimmer erst einmal bezahlen, aber ich brauche einen Job. Und Taschengeld habe ich so gut wie nicht – auch nur so lange, bis ich einen Job gefunden habe."

Als der Apfelsaft gebracht wurde, musterte Freddie diesen noch einmal mit einem abschätzigen Blick. Dann sagte sie:
„Also ehrlich – zusammen in ein Café zu gehen und dann allein Milchkaffee trinken zu müssen, das ist schon hart!"
Beschämt sagte sie:
„Tut mir leid..."
„Na ja", wiegelte Freddie ab, „vielleicht kann ich dir ja mit der Zeit noch was beibringen."
Sie hasste es, wenn jemand so etwas sagte. Man konnte nicht anders, als sich dann sehr klein fühlen. Selbst wenn es gut war, was man lernen konnte, wurde es einem sozusagen ‚aufgepfropft', war es ausschließlich das Verdienst dessen, der einem etwas ‚beibrachte'. Man war bloß wie ein Kind... Sie hasste es auch, wenn sie spürte, dass *Kinder* anders behandelt wurden, als sie es eigentlich wollten. Sie spürte das immer sehr genau... Aber sie konnte dann nie etwas sagen, weder bei einem Kind noch bei sich selbst. Es war, als wenn ihr in solchen Momenten der Mund verschlossen wurde...
„Was studierst du überhaupt?"

Freddies Frage riss sie aus ihren Gedanken. Noch immer spürte sie ihre Abwehr. Dennoch erwiderte sie, als wenn nichts geschehen wäre:

„Tiermedizin."

Freddie pfiff leise durch die Zähne.

„Hat das nicht einen ziemlich hohen NC?"

„Na ja – ich bin im Nachrückverfahren reingekommen."

„Kann ja auch kein viel schlechteres Abi gewesen sein."

„Das ist doch nicht so wichtig..."

„Ich mein' ja nur. Du bist aber nicht so wie die Pharmazeutin, von der ich gestern erzählt hab'?"

„Nein."

„Und warum Tiermedizin? Doch nicht etwa wegen der Kleine-Mädchen-Liebe zu Tieren?"

Sie fühlte einen Stich tief in ihr Herz dringen. Wenn sie so etwas hörte, verschloss sich ihr Mund vollkommen ... für jede wahrhaftige Antwort. In einem solchen Moment wusste sie von Grund auf, dass sie mit diesem Menschen nicht von ihrer wirklichen Liebe zu den Tieren sprechen konnte. Auch ein solcher wusste dann nichts von dieser Liebe... Schmerzlich durchdrang dann das Gefühl der Einsamkeit ihre ganze Seele. Sie wusste nicht, ob sie eine ‚Kleine-Mädchen-Liebe' hatte. Sie wusste nur, dass sie sie schon *seit* ihrer Kindheit hatte und dass diese Liebe, trotz aller Wandlungen, immer tiefer geworden war...

Freddie fragte stutzend:

„Was? Doch deswegen?" Sie studierte ihre Gesichtszüge.

„Oh Gott – das rührt mich jetzt *echt*."

Hundeelend ... der Mund verschlossen, ein seltsames Ziehen im Magen wegen des absoluten Nicht-verstanden-Werdens, unsägliche Traurigkeit...

So schlimm hatte sie sich mit dieser Frage noch nie gefühlt.

Deswegen brachte sie schließlich doch leise hervor:

„Was weißt *du* von der Liebe zu Tieren..."

Sie konnte in Freddies Augen genau lesen, was in dieser jetzt vorging. Sie rang gerade mit sich, ob sie das Gespräch überhaupt weiterführen wollte oder angesichts der ‚übertriebenen Dramatik' einfach weggehen sollte, nach dem Motto: ‚Diesen Schuh zieh' ich mir jetzt nicht an!' – Und wieder fühlte sie sich selbst auch schuldig und zugleich noch einsamer...

Schließlich entspannte Freddie sich wieder und sagte nur leichthin:

„Stimmt – ich weiß davon eigentlich nichts. Wär' mir ehrlich gesagt auch zu viel."

Wie konnte man dies so fast feindselig abtun! Sie fühlte eine tiefe Verzweiflung. Es gab niemanden, mit dem sie darüber sprechen konnte.

Freddie musterte sie noch einmal. Dann sagte sie:

„Okay – wir können jetzt hier ein Drama draus machen, oder wir lassen es einfach. Worauf hast du Lust? Ich meine, ich kann dir noch *so* weit entgegenkommen, dass ich sage: War wahrscheinlich auch mein Fehler. Falsche Frage zur falschen Zeit. Also vergessen wir's. Zurück auf Null. Kannst du das?"

Es war eine herausfordernde Frage, eigentlich wirklich eine Forderung.

Sie musste die Verletzungen einfach vergessen, wie so oft...

Noch immer tief getroffen, versuchte sie, die Forderung genau wie gewünscht zu erfüllen, und ging nahtlos zu einem anderen Thema über. Mit noch etwas belegter Stimme fragte sie:

„Und was studierst *du*?"

Froh, ein größeres Drama umschifft zu haben, sagte Freddie trocken:

„Islamistik."

„Was?"

„Wieso nicht? Islamwissenschaften. Ist ein Studium mit Zukunft."

„Aber was ... ich meine, was interessiert dich daran?"

Sie konnte es sich absolut nicht vorstellen.

„Was mich daran interessiert? Keine Ahnung. Das werde ich schon herausfinden. Mit verschleierten Frauen habe ich jedenfalls nichts am Hut. Vielleicht will ich den Laden ja nur mal aufmischen? Stell dir mal vor, wenn ich später Reiseführerin oder Professorin oder was bin und dann ... ach, keine Ahnung. Vielleicht werde ich auch Politikberaterin und erkläre dann den Jungs da oben, wo die ISIS herkam oder wie geil Burkas sind. Ich habe wirklich noch keine Ahnung."

Sie konnte das fast nicht glauben. Wie war es möglich, ein Studium anzufangen, von dem man noch gar nicht wusste, was einen daran interessierte – oder vielleicht noch interessieren könnte?

Freddie schien ihre Gedanken gelesen zu haben, denn sie sagte:

„Ich mache einfach gern Sachen, die nicht so naheliegen."

„Ein Studium ist doch keine ‚Sache'!"

„Doch – was denn sonst?"

„Es ist doch eine Art Berufsentscheidung!"

„Ja und? Dann werde ich eben Islamistin. Sagte ich doch bereits. Und wenn ich merke, dass es *gar* nichts ist, kann ich ja immer noch wechseln. Machen doch viele."

Na ja, es war ja ihre Sache...

Sie wusste nicht, was sie noch sagen sollte. Sie konnte sich nicht vorstellen, welche gemeinsamen Themen es mit Freddie geben konnte.

„Hast du einen Freund?"

Freddies Frage ließ sie wiederum erschrecken. In einem Sekundenbruchteil erkannte sie dankbar, dass Freddie das Gespräch in Gang halten wollte, aber das Thema war wieder das falsche...

„Nein..."

„Ich meine nicht hier – überhaupt."

„Das habe ich schon verstanden."

Freddie musterte sie von neuem.

„Und ... aber doch schon einmal einen gehabt?"

„Nein."

Halb beschämt, halb trotzig hielt sie Freddies Blick stand. Diese versuchte, das Ganze wieder auf eine humorvoll-ironische Ebene zu ziehen, und fragte, das Ende offenlassend:

„Keine Lust gehabt oder..."

„...oder keinen gefunden?', ergänzte Saskia in Gedanken.

„Nein, ich habe keine Lust gehabt", erwiderte sie. „Jedenfalls nicht auf den falschen..."

Freddie lehnte sich gemütlich zurück.

„*Das* war eine coole Antwort!", sagte sie zufrieden.

„Und du?", fragte Saskia. „Hast du schon viele Freunde gehabt?"

„Ja", erwiderte Freddie und musterte sie wiederum kurz. „Ja, aber dann doch auch nach einiger Zeit immer wieder die falschen."

„Was meinst du mit ,nach einiger Zeit'?"

Irritiert antwortete Freddie:

„Nach einiger Zeit eben. Was ist daran nicht zu verstehen?"

„Ich meine", erklärte sie, „kann ein Freund zuerst der Richtige und dann auf einmal der Falsche sein?"

„Na ja, man hat eben erstmal Spaß – und hinterher merkt man, was für ein Scheißkerl er ist. Oder manchmal, was für andere Seiten jemand noch hat – und wenn man die dann nicht so prickelnd findet, ist es eben der Falsche. Wirst du sicher auch noch merken."

Sie konnte es nicht ertragen, dass man über dieses Thema so sprach. Wenn Andere es taten, war das zwar ihre Sache, aber sie würde nie so sprechen, nie so empfinden. Für sie war dieses Thema das Heiligste, was es gab. Der Freund war *mit Sicherheit* der Richtige – wenn man Freundschaft schloss, war man bereits sicher. Man konnte das doch fühlen... Wenn der Richtige da war, war doch kein Zweifel mehr möglich...

Sie sagte:

„Der Richtige kann nicht nach einiger Zeit wieder der Falsche sein. Er ist von Anfang an der Richtige – oder nicht der Richtige..."

„Ja, aber das erkennt man eben nicht sofort."

„Doch."

„Na, du bist ja süß. Vielleicht machst du es mir mal vor?"

„Ja, vielleicht..."

Freddie lachte einmal kurz, wie man es machte, wenn jemand etwas scheinbar Unmögliches behauptete und man dessen felsenfesten, naiven Glauben einfach nicht fassen konnte.

„Na gut – da bin ich dann mal gespannt."

„Vielleicht liegt es daran, dass du nicht den Richtigen suchst, sondern dass du ... bloß ‚Spaß' haben willst, wie du sagst."

Freddie wurde ernst und musterte sie, als müsse sie den Sinn der Worte erst einmal begreifen.

„Meinst du jetzt ‚den Richtigen' im Sinne von ‚für immer', ‚Treue für's Leben' und so?"

„Ja – suchst du nicht solch einen Freund?"

Freddie winkte ab.

„Ich suche für den Moment den Richtigen. Natürlich wär's toll, wenn er auch nach einiger Zeit noch der Richtige wäre. Aber an dieses Zeug von ‚lebenslang' und so glaube ich absolut nicht. Ich kenne nur Beispiele von ‚lebenslänglich' – so was brauch' ich echt nicht."

Immer wenn in dieser Weise davon gesprochen wurde, fröstelte es sie innerlich. Sie fragte:

„Aber ... träumst du nicht wenigstens von einem solchen Freund, der ... für immer der Richtige sein wird?"

Freddie schüttelte den Kopf.

„Nein, das hab ich mir abgewöhnt, gleich beim ersten."

Sie beharrte.

„Aber hoffst du es nicht bei jedem Mal wieder?"

Freddie hielt mit der Antwort kurz inne.

„In gewisser Weise schon – ich meine, hofft *das* nicht jeder? Dass man nicht nach einiger Zeit schlechte Seiten entdeckt? Dass es *nur* so bleibt, wie man es als ersten Eindruck hat? Aber – das ist sozusagen nur die naive Seite. In Wirklichkeit *weiß* man doch, dass es so nicht ist. Natürlich tauchen nach und nach auch andere Seiten auf – und entweder man nimmt die dann auch ... oder man macht von seinem Rückgaberecht Gebrauch...“

Sie war erschüttert. Diese Sprache ließ sie einfach nur erschauern. Auch sie gehörte zu den negativen Seiten. Nur dass man sie bei Freddie sofort bemerkte.

Einmal mehr musterte Freddie sie nun, dann fragte sie:
„Aber du – du glaubst wirklich, dass vom Kennenlernen bis zum Tod nur die positiven Seiten auftauchen und dass die anderen gar nicht existieren? Dass man den Rundum-positiv-Freund finden kann, der das auch bleibt? Dann müsste man ja auch von Anfang an sämtliche Seiten eines Menschen kennen? Einen perfekten Menschen gibt es doch gar nicht!“

Sie versuchte, zu fühlen, wie es bei ihr war. Dann sagte sie:
„Ja, ich glaube wirklich, dass man, wenn man sich kennenlernt, wirklich erlebt und *weiß*, was für ein Mensch der Andere ist – und entweder man liebt ihn, oder man liebt ihn nicht. Wenn es der Richtige ist, liebt man ihn, man liebt *alles* an ihm. Sonst ist es nicht der Richtige...“

Sie fühlte sich wieder angeschaut wie eines der Weltwunder. Dann sagte Freddie:
„Das ist doch wirklich eine Märchenprinz-Vorstellung! Saskia, du lebst doch gar nicht in der Realität. *Jeder* Mensch hat Seiten, die man nicht liebt. Die vielleicht nicht mal schlecht sind, in die man sich aber nicht verliebt. Also fangen sie nach einiger Zeit an zu nerven – und so geht es dann weiter. Du kannst an einem Menschen nicht *alles* lieben.“

„Vielleicht kannst *du* es nicht...“

Wieder lachte Freddie dieses kurze, fassungslose Lachen, bei dem sie in irgendeine Richtung des Cafés blickte, so als würde sie von dort eine Bestätigung ihrer Ansicht erwarten. Dann sah sie sie wieder an und sagte:

„Das hat doch nichts mit *mir* zu tun! Das kann niemand!"

„Doch", beharrte sie. „Ich kann es."

„Okay", sagte Freddie, endgültig abwinkend. „Zeig es mir demnächst, dann werde ich es dir glauben. – Aber vergiss nicht: Ich werde ein paar Jahre warten und dich erst dann aus der Prüfung entlassen!"

Sie sagte nichts, sondern erwiderte nur standhaft Freddies Blick...

Das Studium begann im ersten Semester zunächst mit einem Schwerpunkt auf den sogenannten Grundlagen- und Nebenfächern, Chemie, Biologie und sogar Physik. Daneben gab es Kurse in Anatomie und Histologie. Schon hier fielen ihr die Präparierübungen nicht leicht, aber sie machte es einfach mit, sie musste ja...

Das Studium war eine ganz neue Welt. Es kam ihr wie ein großer Kosmos vor, in dem sich eine kleine Saskia bewegte. Da waren die Vorlesungen in den großen Sälen, die Kurse und Übungen in kleineren Räumen. Alles war vorgegeben und organisiert. Die Universität hatte Professoren, Doktoren, Assistenten, studentische Hilfskräfte. Jeder Kurs hatte seinen Raum, jedes Semester seinen Lehrplan. Und dann hatte die Universität noch so viele andere Fachbereiche.

Manchmal fragte sie sich, wer sich das alles ausgedacht hatte und wie das so umfassend organisiert worden war. Manchmal fragte sie sich, ob man ein solches Studium nicht auch vollkommen anders hätte organisieren können und ob sich dadurch nicht die ganze Welt ändern würde.

Sie würde das ganze Studium nicht mit Nebenfächern und Präparationskursen beginnen, sondern mit Vorlesungen und Kursen, die in den Studenten ihre sicher vorhandene Liebe zu den Tieren weiter vertiefen würden. Mit dem genauen Gegenteil würde sie ein solches Studium beginnen lassen. Es würde Gespräche untereinander geben, in denen man sich mitteilte, warum man dieses Studium begann, in denen man sich in seinen Idealen bestärken könnte... Aber sie war ja nur ein einsames Mädchen innerhalb einer riesigen Organisation. Sie musste es so mitmachen, wie *Andere* es ausgedacht und organisiert hatten...

In ihrem Semester gab es einige nette Mitstudenten. Aber ihre zurückhaltende Art führte zunächst nicht dazu, dass sie sehr viel Anschluss fand. Recht schnell bildeten sich kleine

Grüppchen, die zusammen in die Mensa gingen. Sie war in solchen Dingen nicht so schnell... Manchmal wurde sie gefragt und ging dann auch mit, aber sie fand dann auch in der Gruppe keinen wirklichen Anschluss. Das eine oder andere Gespräch ergab sich zwar, doch das blieben einzelne Vorkommnisse. Sie blieb eine Einzelgängerin – auch wenn sie dies eigentlich gar nicht wollte.

Ihr schönstes Erlebnis bisher war ein Abend in einer Kneipe gewesen, dem ‚Robins', das ein ganz nett ausgebautes, noch immer alt wirkendes Kellergewölbe hatte. Es lag ganz in der Nähe ihrer Bleibe relativ am Beginn der Fußgängerzone der Altstadt, die dann auch am ‚Maestro' vorbeiführte.
Eines Tages hatte sich eine Gruppe aus ihrem Histologiekurs hier verabredet, und weil es in der Nähe lag, war sie mitgegangen. Auch hier hatte sie nicht wirklich Anschluss an die Gruppe gefunden, aber sie hatte sich lange mit einem anderen Mädchen unterhalten, mit dem sie an diesem Abend eine gewisse Verwandtschaft empfunden hatte. In den Tagen danach hatte sich diese schöne Unterhaltung nicht fortgesetzt, das Mädchen schloss sich wieder den Anderen an.

Etwas mehr Glück hatte sie zumindest bei ihrer Suche nach einem Nebenjob gehabt.
Als sie eines Tages wieder einmal am ‚Maestro' vorbei die recht steile Fußgängerzone hinaufging, um durch die Altstadt zu spazieren, sah sie im Schaufenster der kleinen Universitätsbuchhandlung einen Aushang, dass man eine Aushilfe suche. Als sie drinnen fragte, erfuhr sie, dass man für zwei Nachmittage eine Kassiererin brauchte. Sie sagte, sie habe bisher keine Erfahrung, aber das war nicht so wichtig – sie würde von der Inhaberin eine ausführliche Einweisung in die Kasse, das Bestellwesen und den groben Aufbau der Buchhandlung bekommen. Als sie ihren Stundenplan überdacht hatte, fragte sie, ob es möglich wäre, montags und dienstags

zu arbeiten – in diese Zeit fiel nur ein einziger Kurs. Da dies denkbar war, fragte sie im Histologiekurs vom Mittwoch, ob jemand mit ihr ihren eigenen Kurs am Dienstag tauschen könne, und als dies geklappt hatte, konnte sie schon anfangen. Die Vorlesung am Montagnachmittag würde sie anders nachholen müssen...

Die Arbeit an der Kasse machte ihr im Grunde Spaß. Es war ihre erste Arbeit, und dies gab ihr eine neue Sicherheit. Die Menschen waren freundlich, und es war sogar sehr interessant, zu sehen, welche Menschen welche Bücher kauften und was es überhaupt alles für Bücher gab... Das lange Stehen den ganzen Tag über war am Anfang sehr anstrengend, aber wenn gerade kein Kunde ein Buch bezahlen wollte, konnte man sich auch kurz hinsetzen.

Mit den vierhundert Euro, die sie auf diese Weise verdiente, konnte sie ihr Zimmer und ihr Frühstück und Abendessen knapp bezahlen. Für die Mensakarte und alle Sonderausgaben würde sie ihre Eltern fragen müssen.

Das Verhältnis zu Freddie normalisierte sich in für sie recht unerwarteter Weise. Das Zusammenleben gestaltete sich überraschend unkompliziert. Sie passte sich an, und Freddie war meistens freundlich. Allerdings führten sie auch keine tieferen Gespräche.

Freddie fragte auch nicht mehr, ob sie zusammen ins Café gehen wollten. Das bedauerte sie insgeheim. Vielleicht hätte sie sich doch das eine oder andere beibringen lassen. Aber vielleicht malte sie sich auch das jetzt wieder alles zu schön aus, und es wäre doch nur wieder so schlimm geworden wie beim ersten Mal. Nur ging es ihr immer wieder so, dass sie von allem das Schlimme nach und nach vergaß und nur das Schöne in Erinnerung behielt. Immer ging ihr das so... Oft hatte sie dagegen den Eindruck, dass es bei anderen Menschen eher umgekehrt war: dass sie das Schöne vergaßen und nur das Unschöne in Erinnerung behielten oder doch immer wieder darauf zurückkamen...

*

An diesem Tag hatte Freddie, als sie nach Hause kam, noch einen Studenten mitgebracht. Sie hatten sich nur kurz gesehen, dann hatte sie in ihrem Zimmer weiter Physik gelernt. Zuerst hörte sie aus Freddies Zimmer von Zeit zu Zeit Gelächter – die beiden schienen sich gut zu amüsieren. Dann war es ruhig und sie vergaß die beiden ganz.

Nach geraumer Zeit hörte sie auf einmal wieder etwas, das zuerst nur leise durch ihre Zimmertür und in ihr Bewusstsein drang. Als sie dann deutlichere Geräusche wahrnahm, konnte sie sie zuerst nicht einordnen und bekam einen Schrecken, dachte schon, es sei etwas passiert, horchte weiter und wollte schon besorgt nachsehen.

Plötzlich aber wurde ihr bewusst, was es für Geräusche waren, und eine heiße Scham stieg in ihr auf. Freddie war offenbar gerade mit dem anderen Studenten im Bett! Sofort versuchte sie, wegzuhören, empfand die Scham des Grenzübertritts, etwas davon wahrzunehmen – und auch, es hören zu müssen... Doch so sehr sie sich auch anstrengte, sie konnte es nicht überhören. Die Laute von Freddie wurden sogar immer deutlicher. Eine unerträglich lange Zeit dehnte sich dies. Dann hörte man schließlich sogar den Studenten, was sie nochmals um ein Vielfaches peinlicher berührte... Und wieder hoffte sie endlose Momente, dass es endlich zu Ende sein würde. Aber diese Momente schienen sich immer weiter zu verschieben. Immer wenn sie dachte, ein Höhepunkt des Ganzen sei gekommen, war es doch nicht so. Erst als ihre eigene Scham einen Höhepunkt erreichte, wurde es endlich wieder still...

Ohne irgendeine Konzentration blickte sie auf das aufgeschlagene Physikbuch. Wie würde sie jetzt Freddie begegnen können? Oder gar dem Studenten? Sie hoffte innig, dass er gehen würde, ohne dass sie ihm über den Weg laufen müsste. Und dann Freddie? Hoffentlich würde sie das Ganze nicht erwähnen. Aber das würde sie ganz sicher, in irgendeiner kleinen Bemerkung. Wenn sie nur nicht darauf eingehen musste... Aber wenn sich so etwas noch öfter wiederholen würde? Sie durfte gar nicht daran denken...

Sie hörte nicht, dass der Student ging. Mit einem großen Schreck begann sie, zu vermuten, dass er die ganze Nacht bleiben würde! Langsam fühlte sie sich wie in einem Gefängnis. Sie hatte heute Abend noch nichts gegessen. Schließlich hielt sie es nicht länger aus. Sie stahl sich in den Flur, sah, dass die Tür von Freddie noch immer zu war, stahl sich in die Küche und machte sich schnell ein paar Brote, die sie mit in ihr Zimmer nahm. Dann ging sie noch schnell auf Toilette, schämte sich tief, dass man die Spülung hörte, und verschwand blitzschnell wieder in ihrem Zimmer.

Wenn sie gewusst hätte, dass so etwas passiert, wäre sie sicher nie hier eingezogen! Sie fühlte sich auf einmal wie auf dem Präsentierteller und wie eine Lauscherin zugleich.

Sie versuchte, nach dem Essen noch etwas Physik zu lernen, aber es war ihr nicht möglich. So ging sie schließlich ins Bett, es war inzwischen nach acht Uhr. Sie verzichtete sogar auf das Zähneputzen, um sich nicht noch einmal bemerkbar zu machen...

Natürlich konnte sie nicht einschlafen. Und gegen zehn Uhr hörte sie die bekannten Geräusche zum zweiten Mal. Sie drückte sich das Kissen über den Kopf und konnte sich so vor dem schützen, was durch beide Türen drang – bis die Geräusche wiederum so durchdringend wurden, dass selbst das Kissen sie nicht abhielt. Ein zweites Mal fühlte sie sich beschämt und beschmutzt...

Erst weit nach Mitternacht schlief sie unruhig ein.

*

Am nächsten Morgen musste sie den beiden zwangsläufig über den Weg laufen. Vergeblich hoffte sie, dass die beiden oder zumindest der Student die Wohnung früher verlassen würden als sie – und wusste doch zugleich, dass das nicht geschehen würde. Schließlich musste sie selbst auch ihr Zimmer verlassen. Das Bad konnte sie noch ungestört benutzen – aber in der Küche traf sie sie dann unweigerlich an. Sie vergaß sogar irgendeinen Gruß, als sie sich mit einem beschämten Schweigen am Küchenschrank zwei Brote machte, während die beiden an dem kleinen Tisch am Fenster saßen und Kaffee tranken.

Der Student sagte:

„Guten Morgen!"

Sie sah ihn nur einen Sekundenbruchteil an und meinte, ein herausforderndes Grinsen zu sehen.

Sie erwiderte den Gruß, ohne ihn anzusehen. Sie sah kein einziges Mal mehr hinüber, während sich die beiden weiter unterhielten, offenbar über einen Kinofilm, und ab und zu lachten. Als sie ihr Frühstück fertig zubereitet hatte, verschwand sie damit wieder in ihrem Zimmer.

Wenige Minuten später hörte sie, wie sich der Student verabschiedete. Dann stand Freddie bei ihr in der Tür – das heißt, sie hatte vorher geklopft und auf Antwort gewartet. Als sie diese erhalten und die Tür geöffnet hatte, sagte sie, an den Rahmen gelehnt:
„Sag mal, was war *das* denn eben?"
„Was denn?"
Eine neue Scham beschlich sie. Sie ahnte, was nun kommen würde...
„Na dieses verstohlene Rein-Raus. Was ist dein Problem?"
„Mein Problem? Das weißt du doch ganz genau..."
„Nein, das weiß ich nicht. Ich weiß nur, dass ich mit Christian Sex hatte. Ist das für dich so ein Problem?"
Wieder einmal konnte sie nichts sagen... Es war ein furchtbares Gefühl, wie ein Ausgeliefertsein...
„Saskia, das kann doch nicht wahr sein! Sag mir, dass das nicht wahr ist."
Verzweifelt versuchte sie, ihre Empfindungen zu verteidigen.
„Doch, es ist wahr. Für mich ist das etwas sehr Intimes. Ich schäme mich."
„Das ist doch idiotisch. Was heißt, sehr intim? Hast du es überhaupt schon mal gemacht?"
„Nein – aber darum geht es gar nicht."
„Doch, darum geht es! Mach es mal! Wenn ich in einer Wohnung jemand anderen Sex machen hören würde, würde mich das aufgeilen, wirklich geil machen. Und ich würde es mir dann selbst machen. Weißt du, wie das geht? Wenn nicht, kann ich es dir zeigen. Nächstes Mal, wenn ich Sex haben sollte, mach es dir einfach selbst – dann wird es schon gut

sein. Das ist doch schlimm, dieses Schamhafte ‚ich versteck mich'!"

Sie war zutiefst erschüttert. Erstaunt bemerkte sie, wie dieser regelrechte Angriff von Freddie sie nicht noch mehr beschämte, als sie es schon war, sondern nur noch zutiefst verletzte. Ihr Mund verschloss sich nicht...

„Du kannst mir nicht vorschreiben, wie ich damit umgehen soll. Es ist meine Sache. Ich werde nie tun, was du sagst! Es ist ekelhaft!"

„Du spinnst ja", kommentierte Freddie. „Du hast überhaupt keine Ahnung. Komm mal runter. Wie alt bist du jetzt? Oder in welcher Zeit leben wir? Sex ist was *Normales*. Verstehst du? Es ist *normal*. Und überhaupt – schau dir doch mal deinen Namen an. Nimm die Vokale weg und stell das ‚K' in die Mitte. Dann hast du auch den Sex. Freunde dich einfach damit an, Saskia! ‚Der Sex, dein bester Freund'! Ist 'n guter Rat von mir..."

„Lass mich in Ruhe!", schrie sie außer sich. „Lass mich in Ruhe! Geh raus!"

Überrascht sagte Freddie:

„Ist ja gut!"

Die Tür schloss sich.

Sie warf sich auf das Bett und war so überwältigt, dass sie nicht einmal weinen konnte, nicht einmal wusste, welche Gefühle sie überhaupt hatte. Sie fühlte sich einfach nur beschmutzt, zutiefst beschmutzt und missbraucht.

Bis in ihren Namen hinein hatte Freddie sie missbraucht. Sie hatte das wahrscheinlich nicht einmal bemerkt – vielleicht sogar noch gut gemeint. Doch sie würde nun für immer daran denken müssen. Sie würde nie wieder ihren Namen so haben, wie er gewesen war, noch bis eben. Beschmutzt war ihr Name nun, ekelhaft, sie hasste ihn; sie hasste sich; sie hasste die ganze Welt. Und dann kamen die Tränen, sie weinte hemmungslos...

Wäre sie doch nur nie geboren worden! Wäre sie nie in diese Stadt gekommen! Hätte sie doch nur nie Tiermedizin studiert! Nie Freddie kennengelernt. Es war alles furchtbar. Es gab niemanden, der sie verstand. Sie würde nie einen Freund finden. Alle waren gleich – sie war die Einzige, die das nicht wollte. Die nicht so war. Und doch war auch sie jetzt beschmutzt. Ihr Name war schlimmer als alle anderen. Die anderen hatten sie nun sich gleich gemacht... Sie weinte und weinte... Es gab keinen Freund, der genauso denken würde wie sie. Es gab keine Zärtlichkeit. Es gab nur Härte, gewöhnlichen Sex, bloße Lust, und das alles ohne Scham. Der Sex wurde als guter Rat verkauft, aufgedrängt. Sie wurde nicht gefragt, ihre Name wurde dafür benutzt. Sie weinte und weinte und konnte nicht mehr aufhören...

Schließlich fühlte sie eine Hand auf ihrer Schulter. Fast panisch fuhr sie hoch.
„He!", sagte auch Freddie erschrocken. „Ich wollte dich nicht erschrecken. Ich wollte nur sagen ... es tut mir leid... Es war dumm von mir – ich ... ich hab' nicht gemerkt, dass es für dich ... ich wollte sagen ... können wir nicht auch hier nochmal auf Null..."
Von neuem weinte sie hemmungslos, halb aufgerichtet, barg mit einer Hand ihr Gesicht... Schließlich brachte sie schluchzend dazwischen hervor: „Man kann – nicht immer wieder – auf Null..."
Inmitten ihres Weinens hörte sie Freddie sagen:
„Saskia, ich meine es ernst. Es tut mir leid – *wirklich*! Was kann ich tun?"
Der erste kleine Trost drang zu ihr durch...
Schließlich beruhigte sich ihr Körper, das Weinen wich erneut einem Schluchzen, dieses schließlich einem Nachschluchzen, noch immer verzweifelt...
Freddie wartete neben ihr auf Antwort. Und sie konnte niemanden ohne Antwort lassen...

Schließlich blickte sie mit ihren völlig verweinten Augen auf, sah Freddie an, versuchte zu verstehen, wie ein und derselbe Mensch etwas so Furchtbares sagen konnte und es ihm dann doch wieder leid tun konnte...

Traurig hielt sie sich an Freddies Augen fest, die in diesem Moment tatsächlich von Mitleid sprachen, traurig und noch immer zutiefst verletzt sagte sie:

„Ich weiß es nicht...“

„Kannst du meine Entschuldigung annehmen?“

Wieder strömten Tränen aus ihren Augen.

„Ja – aber das ist es nicht, Freddie. Mein Name ... was du mit meinem Namen gemacht hast ... ich kann das nie wieder vergessen. Ich werde immer daran denken müssen...“

Freddie wischte ihr die Tränen von den Wangen.

„Ich war ein wirklicher Idiot. Ein echtes Arschloch...“

Auch das wollte sie nicht...

„Du wusstest es nicht...“

„Keine Ahnung. Ich hätte es doch wissen müssen. Ich habe einfach keine Rücksicht genommen.“

Wieder Tränen... Freddie wusste also doch, was Rücksicht war... Tränen... Ein Meer der Gefühle, hin und her...

Schließlich weinte sie einmal mehr hemmungslos. Und dazwischen stieß sie hervor:

„Ist – schon – gut, Freddie. Ich – verzeihe – dir...“

Etwas hilflos sagte Freddie:

„Du bist schon ein seltsamer Mensch, Saskia. Ich hab dich eigentlich so gern...“

Erlösende Worte, die alles wieder heilten... Nur der Tränenstrom wollte nicht aufhören...

*

Von diesem Tag an war ihr Verhältnis wie verwandelt. Freddie blieb ruppig wie immer, aber sie verletzte Saskia nie wieder, wurde vielmehr so etwas wie eine große Schwester. Sie hatte ihr versprochen, nie wieder in ihrer Gegenwart Sex zu haben, notfalls vorher irgendeine Verabredung zu treffen.

Auch mit ihrem Namen freundete Saskia sich von neuem an. Er war nie wieder ganz makellos, aber das, was Freddie damals gesagt hatte, erschütterte sie nicht mehr.

Schließlich fragte Freddie sie sogar wieder, ob sie gemeinsam ins ‚Maestro' gehen wollten, und sie freute sich darüber. Und dann trank auch sie einen Milchkaffee...

Dann war auch der November zu Ende gegangen, und der Dezember hatte begonnen...

Immer wenn in den Schaufenstern und auf den Straßen die Lichter der Adventsdekorationen zu erstrahlen begannen; wenn schon die Nachmittage dunkel wurden und bereits der frühe Abend von nachtschwarzem Samt umhüllt wurde, wurde sie von einer seltsamen Stimmung erfasst. Frieden, Unruhe, Glück, Traurigkeit – so viele Empfindungen durchzogen dann ihre Seele, und alle gleichzeitig...

Der Dezember war für sie schon immer etwas Besonderes gewesen. Da gab es diese Bilder aus ihrer Kindheit, ihrer frühen Kindheit.

Morgens am Frühstückstisch gab es da eine Kerze, die alles verwandelte, obwohl alles andere wie immer war. Aber dieses eine Licht, das in der Dunkelheit leuchtete... Und wirklich hatte ihre Mutter manchmal das normale Licht ausgelassen. Und wie sie dies geliebt hatte! Morgens in die dunkle Küche zu kommen, wo dann die Mutter am Tisch saß und wo nur die Kerze ihr Licht erstrahlen ließ... Dann gab es einen Becher warme Milch, dann machte die Mutter ihr das Schulbrot, und dann ging sie in die Schule...

Und nach wenigen Tagen war dann immer Nikolaus! Als Kind war dies immer ein besonderes Geheimnis gewesen. Man putzte die Schuhe – und sie hatte dies immer mit einem besonderen Eifer getan – und stellte sie vor die Tür; und am nächsten Morgen war etwas darin! Süße Köstlichkeiten... Dass sie diese auch manchmal in den Geschäften sah, brachte sie damit nicht zusammen. Das waren zwei völlig verschiedene Welten...

Und dann schien eine endlose Zeit zu vergehen ... eine endlose Zeit des Wartens und des süßen Wissens, dass allmählich dieses Andere herankam, dieses ganz Besondere, Einzigartige ... Weihnachten. Man sah es auch an dem Adventkalender, an den Türen, die offenstanden, immer mehr, Tag für Tag... Und immer ging man abends schlafen, eingehüllt in das Dunkel der Dezembernächte, und wusste: Morgen ist es wieder ein Tag näher...

Schließlich wusste man: Jetzt sind es nur noch ganz wenige Tage. Das wunderliche Gefühl des Erwartens verwandelte sich in eine wirkliche Aufregung. Mit leisem Herzklopfen stand man vor der geheimnisvollen Frage, was da auf dem kleinen Tisch mit der roten Decke liegen würde, die er nur zu Weihnachten hatte – welche wunderbaren Geschenke, die da auf einen warteten, eingepackt in schönes Papier, mit glänzendem Goldband...

All das war Geheimnis, war Glück, war eingetaucht in ein Wunder. Und während man das schöne Papier auspackte, durchzog das kleine Herz ganz unbewusst das Gefühl, dass dies alles für einen selbst war, dass man all dies geschenkt bekam... Es war das von Segen durchleuchtete Gefühl, dass man *geliebt* wurde...

Und ganz früher, da war sie noch im Kindergarten gewesen, hatte all dies unter einem ganz besonderen Wunder gestanden. Und das Wunder war der Baum. Ein Baum mitten im Wohnzimmer! Ein Baum mit Nadeln, die dufteten. Aus dem Wald war er in ihre Wohnung gekommen. Und wie schön er geschmückt war! Lichterkerzen waren da, glänzende Kugeln in Silber und Rot, in denen sich alles spiegelte, kleine Engelfiguren und Glöckchen, und überall viele, viele feine Silberfäden, die sich so weich anfühlten...

Dass die Lichterkerzen an den Baum angeklammert waren und durch ein Kabel verbunden waren, mit dem man sie dann alle auf einmal an- oder ausmachen konnte, hatte sie leise verwundert und irritiert, aber sie hatte es hingenommen. Und wenn dann die Lichter leuchteten, war das ganze Geheimnis da – diese Stimmung des Wunders, die das kleine Herz so tief berührte...

Und dann waren unter diesem wunderschönen Lichterbaum alle diese Geschenke, gebracht vom Weihnachtsmann, aber wann hatte er sie gebracht...? Alles war für sie völlig unfassbar gewesen, bestand nur aus reinem Staunen.

Aber der Baum war nicht geblieben. Sie wusste nicht einmal, ob es überhaupt zwei Weihnachten mit einem Baum gegeben hatte. Viel später hatte sie von ihrer Mutter erfahren, dass es der Vater nicht gewollt hatte...

Was aber geblieben war, bis heute, war der nicht mit Worten zu beschreibende Zauber, der sie berührte, sobald der Dezember begann. Inzwischen wusste sie, dass es keinen Nikolaus gab, auch keinen Weihnachtsmann. Inzwischen wusste sie, dass man die Bäume nicht aus dem Wald holte, sondern von Verkaufsständen, die sich vor aller Augen in der Stadt befanden. Auch der Schmuck, die Süßigkeiten, die Geschenke, all das war kein Wunder, sondern man kaufte sie in den Geschäften und Supermärkten.

Aber all das konnte das Wunder nicht erklären. Das Wunder blieb... Immer wieder wurde ihr Herz wehmütig in dieser Zeit... Auch ihre Sehnsucht nach einem Freund nahm zu – nach einem wahren Freund, der dies alles verstehen würde, was sie empfand...

Oh, sie liebte ihre Eltern, auch ihren Vater, und sie genoss es, mit ihnen Weihnachten zu feiern, mit schönen Gesprächen, mit manchem gemeinsamen Spiel, mit besonderem Essen. Es war eine Zeit voller Harmonie und Glück, voller Freude und dem Glück, zusammen zu sein, eine Familie zu sein.

Die Wehmut, die diese Zeit durchdrang, war eine solche, für die sie sich selbst leise schämte. Wie konnte es sein, dass ihr etwas fehlte, wenn alle anderen wunschlos glücklich waren, das Essen genossen, das Zusammensein, kein weiteres Bedürfnis hatten? Liebte sie denn ihre Eltern nicht, dass ihr etwas fehlte? Ach, wie oft hatte sie solche Gedanken gedacht – aber sie liebte sie doch! Was war es dann...

Sie wusste, dass andere Menschen zu Weihnachten in die Kirche gingen. Aber andere Menschen hatten auch einen Weihnachtsbaum... Sie hatte nur als kleines Mädchen einmal einen Weihnachtsbaum erlebt. Die Kirche hatte sie nie erlebt. Mit ihr war darum das größte Geheimnis verbunden. Aber nicht nur darum. Sie wusste inzwischen, dass Weihnachten zutiefst mit dem Christentum verbunden war, und dieses hatte mit der Kirche zu tun. Ihr war dies alles verschlossen geblieben. Darum war ihre Sehnsucht danach um so größer. Aber diese Welt war und blieb ihr durch eine Schwelle verborgen...

Der Dezember hatte mit einem Wochenende begonnen. Nun war Montag, und die vier Stunden in der Buchhandlung waren bald vorbei.

Es waren eigentlich nicht mehr Menschen als sonst gewesen. Zum Glück war dies eine Universitätsbuchhandlung, in der man keine Belletristik bekam. Die Höhepunkte des Verkaufs lagen stattdessen zu Semesterbeginn, und diese Wochen waren jetzt längst vorbei.

Gerade hatte sie wieder eine Pause und dachte an den Histologiekurs von letzter Woche. Warum musste man all diese Einzelheiten lernen? Und warum stand in den Lehrbüchern alles so allgemein, so ganz losgerissen vom einzelnen Tier? Es ging um Gewebe, um allgemeine ‚Gewebelehre', in der Anatomie genauso. Das lebendige Tier wurde zum bloßen Prinzip – und man konnte es auswendig lernen. Aber hatte man dann noch das Tier? Es mochte ja alles in jedem Tier gleich sein, aber das einzelne *Tier* war doch nicht gleich? Es war doch immer *dieses eine*? Warum konnte man das nicht zumindest in einer Verbindung halten? Irgendwie dazuschreiben und es auch fühlen; ehrlich sein, wenn man es schrieb...? Warum mussten die Lehrbücher ohne alles Gefühl geschrieben werden? *Hatten* die Menschen, die sie schrieben, diese Gefühle nicht?

*

Es kam wieder ein Kunde. Flüchtig glaubte sie, ihn vor einer Woche schon einmal gesehen zu haben. Er grüßte, und sie grüßte zurück.

Der Titel des Buches sagte ihr nichts. Es war eine Lebensbegegnung des Autors mit einem Menschen, den sie nicht kannte. Sie las den Preis ein und nannte ihn. Der Mann gab ihr einen Fünfzig-Euro-Schein, und sie suchte das Wechselgeld heraus. Gerade als sie es ihm gab, sagte der Mann:

„Ich, äh ... ich würde Sie gerne kennenlernen...“

Sie erstarrte innerlich. Erschrocken sah sie den Mann an. Er mochte etwas zwischen vierzig und fünfzig Jahren alt sein.

„Ich habe Ihnen einen kleinen Brief geschrieben.“

Durch ihre innere Abwehr hindurch hörte sie, wie der Mann diese Worte schnell und vielleicht auch unsicher gesprochen hatte. Tatsächlich hatte er plötzlich einen zusammengefalteten Brief in der Hand und hielt ihn ihr hin. Was würde passieren, wenn sie ihn nahm? Sie wusste nicht, was sie tun sollte.

„Bitte nehmen Sie ihn!“

Sie sah die Bitte vor allem in den Augen des Mannes. Zögernd nahm sie den Brief und sah ihn wieder an. Sie fühlte sich in die Enge getrieben. Sie wollte am liebsten weglaufen und wünschte sich, dass das, was hier gerade geschah, so schnell wie möglich vorbeigehen möge. Der Mann sollte gehen!

„Vielen Dank“, sagte er nun leise.

Diese Worte durchbrachen ihre Abwehr und in diese mischte sich leise eine berührte Verwunderung. Dann hatte er sich auch schon umgedreht. Erleichtert sah sie, wie sich die Glastür hinter ihm wieder schloss, noch immer erschrocken und verwundert folgten ihre Augen seiner vor dem Schaufenster verschwindenden Gestalt.

Schnell faltete sie den Brief auf. Aber er war zu lang, um ihn jetzt zu lesen. Noch immer voller Aufregung faltete sie ihn wieder zusammen und tat ihn in ihren Rucksack. Nur die Anrede klang ihr immer wieder im Ohr: ‚Liebe Buchhändlerin‘...

Sie konnte die letzte halbe Stunde keinen klaren Gedanken fassen. Fast mechanisch bediente sie die Kunden, die kamen und ihre Bücher bezahlten. Was wollte dieser Mann? Wieso wollte er sie kennenlernen? Hatte er sie beobachtet?

Sie konnte sich nur einen Grund vorstellen, warum ein solcher Mann ein Mädchen wie sie kennenlernen wollte. Sie zog ihn irgendwie an. Ihre Abwehr wurde noch größer. Warum musste das gerade ihr passieren! Konnte dieser Mann sie nicht in Ruhe lassen?

Der furchtbare Abend bei Freddie kam ihr in den Sinn. Und nicht nur das. Sie erinnerte sich an ein Erlebnis, das sie mit elf, zwölf, vielleicht auch dreizehn Jahren gehabt hatte. Sie war auf dem Weg von der Schule nach Hause eine Straße entlanggegangen, in der sich Geschäfte und Wohnhäuser abwechselten. Plötzlich stand da in einem Hauseingang ein älterer Mann, ungepflegt, mit einer Flasche in der Hand. Sie sah ihn schon, bevor sie ihn erreicht hatte, und zitterte innerlich heftig, als sie auf seiner Höhe war, denn für sie ging irgendetwas Furchtbares von ihm aus. Als sie sich, die Augen starr auf den Gehweg gerichtet, an ihm vorbeistehlen wollte, hörte sie seine Worte, die ihr nun plötzlich wieder lebendig im Ohr klangen, als wenn sie sie nie vergessen hatte: ‚Na, Süßes – wie wär's mit uns...?'

Die Worte waren hässlich gesprochen. Sie hatte nur ganz leise geahnt, was sie bedeuten konnten, und doch fühlte sie sich wie nackt, als sie sie hörte. Ihr Herz schlug bis zum Hals, sie vergewisserte sich aus den Augenwinkeln, dass der Mann ihr nicht folgte und starrte im Übrigen weiter auf den Gehweg, bis sie weit genug von ihm weg war. Zuhause fühlte sie noch immer die Angst. Und von da an mied sie diese Straßenseite, fürchtete die ganze Straße...

Und warum wollte dieser andere Mann von vorhin sie kennenlernen? Musste es nicht auch mit demselben zu tun haben? Mit dieser Anziehung, die junge Frauen auf Männer allen Alters offenbar hatten? Aber warum sie? Sie tat doch gar nichts dafür, ja, sie *wollte* dies alles doch überhaupt nicht? Sie schminkte sich nicht, sie war nicht hübsch, sie trug kein Kleid, keinen Rock...

Aber auch der Mann sah absolut unscheinbar aus. Er sah nicht so aus, als ob er ihr etwas tun würde. Aber konnte man das wissen? War es nicht um so gefährlicher, je unauffälliger ein Mann war? Und doch hörte sie nun wieder seine Worte, seine Stimme. Sie wurde völlig ratlos. Wenn er ihr auch nichts tun würde – was *wollte* er? Warum wollte er sie kennenlernen? Er kannte sie doch überhaupt nicht. Wie kam ein älterer Mann dazu, sie anzusprechen? Sie wollte damit nichts zu tun haben.

Als es sechs Uhr war, schloss sie wie immer ab und brachte die Kasse in Ordnung. Als sie mit allem fertig war, ging sie nach Hause. Draußen hatte es seit einiger Zeit angefangen zu schneien – der erste Schnee in diesem Jahr... Sie liebte den Schnee so sehr, doch diesmal konnte sie sich gar nicht recht über ihn freuen, schaute sich vielmehr ein paar Mal um, ob sie nicht verfolgt wurde...

*

In ihrem Zimmer holte sie dann den Brief aus dem Rucksack, setzte sich an den kleinen Tisch und las.

Liebe Buchhändlerin,
wenn Du diesen Brief bekommen hast, werde ich versucht haben, Dir irgendwie auszudrücken, dass ich Dich gerne kennenlernen würde. Dies wird wahrscheinlich gescheitert sein – und wie sollte es nicht? Wir kennen uns nicht, und Du wirst Dich fragen, was ich eigentlich will, und wirst es sicher nicht verstehen. Aber in diesem Brief kann ich Dir in Ruhe schreiben, und Du wirst ihn in Ruhe lesen können – und dann wirst Du wissen, ob Du mir irgendwie entgegenkommen kannst oder doch nicht.
Was kann ich sagen? Ich kann sagen, dass mir in meinem Leben vielleicht noch nie ein Mensch begegnet ist, den ich so

sehr kennenlernen wollte wie Dich. Wer bist Du? fragt meine Seele. Und dass ich eine Seele habe, weiß ich vielleicht auch erst durch Dich – und durch das Buch, das ich an jenem Tag bei Dir gekauft habe.

Für einen Moment fragte sie sich, wie das Buch, das der Mann gekauft hatte, etwas mit der Seele zu tun haben konnte. Dann erst begriff sie, dass er ja vor einer Woche schon einmal ein Buch gekauft hatte – und dass er auch nur dieses gelesen haben konnte und auch den Brief schon geschrieben hatte, bevor er die Buchhandlung betrat. Sie war einfach völlig verwirrt...
Da war sie ihm also begegnet? Letzte Woche? Und deswegen wollte er sie kennenlernen? Sie verstand es nicht... Sie las weiter.

Ach, manche Sätze möchte ich gleich wieder durchstreichen, und doch lasse ich alles so stehen, wie es meine Feder verlässt – auf die Gefahr hin, dass Du einfach nur den Kopf schüttelst und mich nie wiedersehen möchtest; ein Gedanke, der mir schon jetzt den tiefsten Schmerz gibt, nachdem ich zwei Tage versucht habe, Dich zu vergessen, und nur erkennen musste, dass dies einfach unmöglich ist.
Wenn ich so weiterschreibe, schreibe ich mich um Kopf und Kragen, denn Du musst sicher denken, dass da ein älterer Mann sich in ein junges Mädchen verliebt hat und wie das dann so ist. Ich weiß selbst nicht, was ich zu meiner Verteidigung sagen kann. Denn es stimmt ja, ich habe mich verliebt.

Sie erschrak, und wieder war ihre ganze Abwehr da. Also doch! Dieser Mann dachte jetzt fortwährend an sie – hatte sie nicht einmal vergessen können. Sie wollte das nicht. Sie wollte, dass er nie wiederkäme...

Warum sonst könnte ich Dich kennenlernen wollen? Ein ganz und gar fremdes Mädchen? Aber – wie konnte das geschehen? Vielleicht doch nur, weil wir uns überhaupt nicht fremd sind? Vielleicht kennen wir uns schon lange? Ich weiß es nicht, liebes Mädchen. Ich weiß nur, dass meine Sehnsucht, Dich kennenzulernen, rein ist – dass ich nichts anderes will, als Dich kennenzulernen, und, ja, wenn schon dies schlecht sein sollte, dann magst Du diesen Brief zerreißen und mich einfach vergessen...

Diese letzten Worte berührten sie eigentümlich. Ihr Inneres besänftigte sich. Aber was meinte er damit: Vielleicht kennen wir uns schon lange? Sie kannte ihn doch überhaupt nicht – und er sie doch auch nicht... Aber was bedeutete das: sich *nur* kennenlernen, nichts anderes? Nein, das allein war nicht schon ,schlecht'. Aber warum nur – warum wollte er sie kennenlernen? Von was für einer Sehnsucht sprach er?

Aber wie schade ist es, wenn ein Mensch nach einem anderen Menschen eine solche Sehnsucht hat und sich doch die beiden niemals kennenlernen. Kann das möglich sein in unserer Welt? Oder sollte man nicht einander immer eine Chance geben – und auch den Mut dazu haben? Ich weiß nicht, ob Mut dazu gehört, Dir zu schreiben. Sicherlich auch sehr viel, und doch lässt mein Wunsch, Dich kennenzulernen, der so stark ist, jedes andere Gefühl undeutlich werden, so dass ich es selbst nicht mehr weiß, ob ich mutig bin oder nicht. Ich weiß auch nicht, ob für Dich Mut dazu gehört, mir zu antworten. Ich weiß nur, dass Du nichts befürchten musst. Ich möchte Dich einfach kennenlernen. Wenn Du mir das erlaubst, werde ich glücklich sein. Wenn Du es dann irgendwann nicht mehr willst, sagst Du es einfach, und ich werde Deinen Willen befolgen. Aber solange sich die eine Seele bei der anderen wohl und geborgen fühlt und man das Gefühl hat, gerne mit jemandem zu sprechen und mit einem zu sein, muss es doch möglich sein, dass sich zwei Seelen überhaupt einmal kennenlernen? Ich hoffe es so sehr...

Aber nun muss ich auf Deine Antwort warten. Du kannst sie mir sagen oder auch einen Brief schreiben – und ihn mir geben, wenn ich dann noch einmal komme.

Was auch immer Du antwortest, ich bin froh, Dir begegnet zu sein.

Joachim Bauer.

Sie ließ den Brief auf den Tisch sinken. Dieser Mann hatte Sehnsucht nach ihr. Warum aber nur... Sie wollte das nicht. Sie wollte ablehnen. Es tat ihr leid, aber sie konnte das nicht. Was er schrieb, ging ihr zu nah. Sie wollte mit diesem Mann nichts zu tun haben.

Aber dann lag in dem Brief noch etwas anderes. Etwas, was auch in den Worten des letzten Satzes lag. ‚Was auch immer Du antwortest, ich bin froh, dir begegnet zu sein.' Wer konnte so etwas schreiben...?

Inmitten ihrer ganzen Abwehr berührten sie einzelne Stellen des Briefes. Dadurch fühlte sie sich erst recht hilflos. Was sollte sie diesem Mann antworten? Am liebsten würde sie ablehnen und gleichzeitig dafür sorgen wollen, dass ihm dies nicht zu weh tat. Aber das würde nicht gehen. Eine Ablehnung war eine Ablehnung.

Wenn sie nur wüsste, warum er ausgerechnet *sie* kennenlernen wollte. Er hatte es ja selbst geschrieben: Er hatte sich in sie verliebt. Aber warum in sie? Und was wollte er nun? Auch das hatte er geschrieben: Er wollte sie nur kennenlernen. Aber dann? Wie sollte das gehen? Sie fühlte sich so hilflos, so ratlos.

Ihr Herz sagte ihr, dass sie ihm zumindest ein Mal zuhören musste. Sie stellte es sich vor. Sie hatte Angst, dass sie ihn dann nicht mehr loswerden würde. Aber er hatte geschrieben, dass sie immer Nein sagen könne. Also müsste sie es einfach wagen...

Sie las den ganzen Brief noch einmal durch. Noch immer war sie ratlos. Sie riss ein Blatt aus ihrem College-Block heraus und schrieb ihre Antwort...

Sehr geehrter Herr Bauer,
ich weiß nicht, was ich auf Ihren Brief antworten soll. Ei-
gentlich wollte ich unmittelbar ablehnen. Aber das möchte
ich dann auch nicht. Wenn Sie mir noch einmal selbst er-
klären können, warum Sie mich kennenlernen wollen, werde
ich Ihnen zuhören. Aber bitte seien Sie nicht böse, wenn ich
es dann doch nicht will. Sie können mit mir sprechen, wenn
ich nach der Arbeit hier um 18 Uhr Schluss habe. Ich arbeite
montags und dienstags hier.
Saskia Reinhardt

Sie wollte eigentlich noch ein bisschen lernen, aber sie konnte sich nicht mehr konzentrieren. So ging sie früh ins Bett. Lange konnte sie jedoch nicht einschlafen. Erst nach einer endlos scheinenden Zeit fiel sie schließlich in einen unruhigen Schlaf.

Auch als sie am nächsten Morgen müde erwachte und zu ihren Vorlesungen fuhr, konnte sie diesen kaum folgen. Immer wieder schweiften ihre Gedanken zu der gestrigen Begegnung ab, und voll leiser Furcht dachte sie an die nächste Begegnung. Ihre Abwehr wurde immer größer. Und doch wusste sie, dass nur ihre Furcht wuchs. Ihr Herz wollte diesem Mann zumindest eine Chance geben, ihr zu erklären, was sie einfach nicht verstehen konnte...

Als sie um halb zwei nach einem schnellen Mittagessen in der Mensa im Bus Richtung Altstadt fuhr, spürte sie ihre Aufregung sehr stark. Sie wusste nicht einmal, wann er kommen würde, um ihre Antwort zu bekommen. Aber sicherlich doch heute? Nur wann... Erst als sie fast da war, fiel ihr schließlich ein, dass er sicher auch arbeiten musste. Dies beruhigte sie etwas. So musste sie nicht den ganzen Nachmittag jede Minute mit dieser nächsten Begegnung rechnen.

Ab vier Uhr war sie dann aber doch bereits wieder sehr aufgeregt. Zwar musste sie ihm nur den Brief geben, aber das war schlimm genug. Und dann kam ja das, was dann folgen würde – sie selbst hatte sich darauf eingelassen...

Wieder konnte sie kaum ihre Arbeit machen, war unkonzentriert, gab sogar einmal falsch heraus. Zum Glück gab ihr die alte Dame die zuviel gegebenen Münzen wieder zurück. Was gab es doch für freundliche Menschen!

Immer wieder blickte sie verstohlen auf das Schaufenster, durch das sie einen kleinen Teil der Fußgängerzone sah. Die Menschen, die von unten kamen, sah man, kurz bevor sie eintraten, daran vorbeigehen – und sie sahen einen, wenn sie genau schauten, auch.

Wieder schaute sie auf die Uhr. Es war schon zwanzig nach fünf. Dann musste sie wieder mehrere Kunden bedienen.

Als der letzte von ihnen gegangen war und sich die Tür öffnete, erkannte sie ihn sofort.

Ihr Herz schlug bis zum Halse. Sie spannte sich und versuchte so, inmitten ihrer Abwehr halbwegs ruhig zu bleiben. Schnell drehte sie sich um und nahm den bereitliegenden zusammengefalteten Brief. Der Mann war an die Kasse getreten, und sie reichte ihm den Brief. Ihre Aufregung erreichte ihren Höhepunkt. Sie hoffte innig, dass er sofort wieder gehen würde. Er sollte ihn auf keinen Fall hier lesen...
Sie hörte leise sein ‚Danke', dann wandte er sich auch schon zum Gehen. Draußen wandte er sich nach rechts und war so sofort aus ihrem Blick verschwunden.
Ihre Anspannung ließ unmittelbar nach. Nur langsam drangen Einzelheiten der Begegnung zu ihr durch. In seinem ‚Danke' hatte selbst auch eine Unsicherheit, ja sogar eine Traurigkeit mitgeklungen. Seine Augen hatten den Ausdruck eines lieben Menschen gehabt.
Aber was würde jetzt weiter geschehen? Er wollte sie kennenlernen – und sie hatte ihm erlaubt, mit ihr zu sprechen! Er war in sie verliebt! Hilflos fühlte sie, dass sie sich auf etwas eingelassen hatte, was jetzt seinen Gang nehmen würde.

Kurz darauf betrat der Mann erneut die Buchhandlung. Sie hatte es ihm erlaubt... Was würde er ihr jetzt sagen?
Unsicher fragte er sie:
„Haben Sie also gleich, nach sechs Uhr, etwas Zeit?"
Trotz ihrer inneren Abwehr sagte sie:
„Ja."
Und jetzt? Sie hoffte innig, dass er nicht die verbleibende halbe Stunde hier warten würde, sie vielleicht sogar die ganze Zeit beobachten konnte! Nervös sah sie sich um. Sie wollte auch nicht, dass man ihr Gespräch sah.
„Dann warte ich draußen auf Sie."
Hatte er ihre Gedanken gelesen? Er hatte es schnell gesagt. Unsicher und dankbar nickte sie leicht.

Noch bevor er hinausging, wurde ihr klar, dass er nun in der Kälte warten würde. Aber sie brachte es nicht über sich, etwas zu tun...

Nun tickte unabänderlich die Zeit. In einer halben Stunde würde sie mit diesem Mann sprechen oder ihn anhören müssen. Sie zwang sich, alle Konzentration zusammenzunehmen, um die nächsten Kunden zu bedienen. Glücklicherweise half ihr dies, die Zeit zu überbrücken und sich nicht völlig in dem Gefühl der Abwehr zu verlieren, das in ihr aufsteigen wollte. Durch das Schaufenster sah sie, dass es wieder angefangen hatte zu schneien.

Schließlich war es sechs Uhr. Sie ließ die letzte Kundin hinaus und schloss die Tür ab, um wie üblich noch die Kasse in Ordnung zu bringen. Beim Abschließen sah sie den Mann in einiger Entfernung warten. Wieder fühlte sie die Aufregung in sich hochsteigen.

*

Schließlich war sie fertig. Jetzt würde also die Begegnung kommen...

Sie trat nach draußen und schloss die Buchhandlung ab. Als sie sich umdrehte, sah sie den Mann in zwei Schritten Abstand warten.

Unsicher sah sie ihn an und fragte:

„Und wohin gehen wir nun?"

Der Mann erwiderte:

„Wissen Sie, ich weiß es selbst auch nicht. Ich komme mir so dumm vor. Ich wünschte, ich wäre Ihnen im Sommer das erste Mal begegnet. Dann könnten wir einfach so durch die Altstadt gehen, oder unten am Fluss entlang... Aber jetzt? Es tut mir so leid, ich bin wirklich verzweifelt..."

Was war das für eine Antwort? Er hatte sich wirklich überhaupt nichts überlegt? In seinen Worten lag echte Verzweiflung. Zudem schien er leise zu zittern. Unmittelbar empfand sie Mitleid.

„Frieren Sie?"

„Ja, auch das noch..."

„Das tut mir leid. Ich hätte Sie doch nicht nach draußen gehen lassen dürfen..."

„Das ist nicht Ihre Schuld."

Doch es war schon ihre Schuld. Und der Mann wusste nicht einmal, wohin man gehen konnte. Aber sie kannte sich doch auch nicht aus, hier in der Nähe schon gar nicht! Das Einzige, was sie vorschlagen konnte, lag ein ganzes Stück die Fußgängerzone hinab. Sie sagte:

„Es gibt weiter unten ein kleines Café – das ‚Maestro'. Ich weiß nur nicht, ob sie abends noch auf haben."

„Gut, gehen wir hin und sehen nach..."

Ein seltsamer Mann war das... Unsicher ging sie neben ihm. Vom Himmel fielen die Schneeflocken...

Schließlich begann der Mann zu sprechen:

„Ich weiß nicht, was Sie von mir denken. Ich komme mir so dumm vor, wirklich. Ich habe so etwas noch nie erlebt und noch nie getan. Ich weiß selbst nicht, was ich gedacht habe. Vielleicht dachte ich, Sie würden einen Ort vorschlagen, und ich wollte mich gerne nach Ihnen richten. Dann wieder fürchtete ich, Sie würden ohnehin ablehnen; und das haben Sie ja auch fast getan... Dann dachte ich vielleicht, man kann ja überall hingehen – aber so einfach ist es doch wiederum nicht. Und nun schäme ich mich eigentlich in Grund und Boden, weil ich vor Ihnen doch dastehe wie ein ... na ja, Sie wissen schon..."

Was war dies nur für ein seltsamer Mann? Sie dachte nicht schlecht von ihm, aber was sollte sie erwidern?

„Wahrscheinlich ist es Ihnen jetzt schon zuviel, nicht wahr?"

Berührt hörte sie den verzweifelten Klang seiner Stimme.

„Nein...", erwiderte sie zögernd, „ich kann nur nicht so schnell etwas sagen. Ich spreche auch sonst nicht so viel..."

„Ich eigentlich auch nicht. Ich habe nur das Gefühl ... wenn ich Ihnen das alles nicht erzähle, dann ... würden Sie wahrscheinlich ohnehin sofort am liebsten nach Hause gehen. Aber das würden Sie wahrscheinlich so oder so am liebsten, nicht wahr? Ich verhalte mich doch so oder so unmöglich. Was nützt die ganze Ehrlichkeit, wenn man nur gestehen kann, was für ein Idiot man eigentlich ist...?"

Sie wollte nicht, dass er so sprach. Dies tat ihr leid...
„Nein, so ist es nicht", sagte sie.
„Nein? ... Wie ist es dann...?"
Sie konnte nicht einfach so auf der Straße darüber sprechen. Es war alles viel zu seltsam. Sie brauchte einen ruhigen Ort...
Sie waren beim ‚Maestro' angekommen – aber das Café war schon geschlossen.
„Oh, schade, sie haben doch schon zu..."
Sie überlegte, welche Möglichkeiten es jetzt gab.
„Nun können wir nur noch entweder zurückgehen und oben beim Marktplatz irgendetwas suchen, oder wir gehen weiter unten in diese Kneipe, wie heißt sie noch? ‚Robins'. Was wollen Sie?"
„Ich?", fragte der Mann verwundert. „Was willst *du*? – Oh, Entschuldigung, das tut mir leid. Ich meine: was wollen Sie?"
Sie sah ihn an. Die Unsicherheit des Mannes berührte sie.
„Nein, ist schon gut", antwortete sie. „Das ‚Sie' ist für mich eigentlich eher ungewohnt. Sie können ruhig ‚du' sagen. Was mir lieber ist? Na ja ... oben würde man wahrscheinlich eher etwas Ruhigeres finden. Aber ... das ‚Robins' ist zwar wahrscheinlich etwas lauter, aber dafür hat man mehr seine Ruhe, ich meine..."
„Vor der Umgebung?"
„Ja, das meinte ich."
„Gut, dann gehen wir dorthin."
„Ist das für Sie auch in Ordnung?", erkundigte sie sich vorsichtig.

„Ja, natürlich!"
Sie hörte in seiner Stimme eine dankbare Erleichterung.
Befangen ging sie weiter schweigend neben ihm.
Schließlich fragte der Mann zögernd:
„Wollen Sie auf meine Frage lieber nicht antworten?"
Einen Moment später verbesserte er sich:
„Tut mir leid, ich meine, du..."
„Doch... Ich kann das nur nicht so einfach. Hier einfach so
auf der Straße ist das komisch. Mir fällt das schwer."
„Tut mir leid. Ich wollte dich nicht drängen..."

Schließlich waren sie beim ‚Robins' angekommen.
„Hier ist es", sagte sie.
Drinnen umgab sie die laute Gesprächskulisse, die einen im-
mer ein wenig überraschte, weil man die relative Ruhe der
Außenwelt so abrupt hinter sich ließ. Sie sah sich nach dem
Mann um, der ihr folgte, und zeigte auf die Treppe, die nach
unten führte. Der Mann nickte, und sie ging ihm weiter
voraus. Unten war es etwas ruhiger. Sie blieb neben einem
leeren Zweiertisch stehen und fragte:
„Hier?"
„Ja, sehr gern."
Sie zog ihren Mantel aus und hängte ihn über den Stuhl. Der
Mann tat das Gleiche. Sie setzten sich.
Der Mann sah sie an, und sie sah die Verlegenheit in seinem
Blick – und dass er immer noch zu frieren schien. Sie sagte:
„Es tut mir noch immer leid, dass ich Sie hinausgeschickt
habe."
„Aber das haben Sie doch gar nicht! – Ich meine: das hast du
doch gar nicht."
In diesem Moment kam die Bedienung, eine junge Frau, und
brachte die Karten.
„Guten Abend. Oder wissen Sie schon, was Sie möchten?"

Sie sah den Mann an, der sie ansah. Sie bestellte einen Apfelsaft. Der Mann wollte zuerst eine heiße Zitrone bestellen, die es aber nicht gab. So nahm er einen Kräutertee.

Als die Bedienung wieder gegangen war, sagte der Mann noch einmal:
„Aber das hast du doch gar nicht...“
„Ja, vielleicht nicht. Aber ich habe Ihnen auch nicht gesagt, dass Sie drinnen bleiben könnten.“
„Das kann ich schon verstehen.“
„Ich habe“, gestand sie, „schon daran gedacht, noch bevor Sie draußen waren, aber ich hatte Angst, dass Sie mich beobachten würden oder so etwas...“
„Ja.“
Unsicher fragte sie den Mann ganz offen:
„Hätten Sie das getan?“
„Was? Dich beobachtet? Nein...“, erwiderte er entschieden.
Er überlegte einen Moment, dann sagte er:
„Ich hätte mich wahrscheinlich wieder zu dem hinteren Regal zurückgezogen, von dem ich die Bücher hatte, die ich gekauft habe. – Und vielleicht wäre ich nach einiger Zeit etwas herumgelaufen und hätte dann doch versucht, einen kurzen Blick auf dich zu werfen, aber nicht, um dich zu beobachten; nicht, um dir ... ich hätte nichts tun wollen, was dir unangenehm gewesen wäre.“
Die Unsicherheit des Mannes berührte sie fortwährend leise, und dies, wie auch manche seiner Worte, ließ ihr Vertrauen immer mehr wachsen.
„Ja, ich verstehe“, sagte sie. „Trotzdem wäre mir alles unangenehm gewesen. Denn ich wusste ja nicht, was Sie von mir wollen...“
„Und jetzt weißt du es ja doch immer noch nicht.“

Die Bedienung brachte den Apfelsaft und den Tee. Sie bedankten sich. Sie wartete, bis die Frau wieder weg war, dann sagte sie:

„Nein, das weiß ich immer noch nicht. Aber nun habe ich etwas mehr Eindruck von Ihnen bekommen..."

„Und was heißt das? Dieser Eindruck kann doch eigentlich nur furchtbar gewesen sein..."

„Warum?", fragte sie mit leiser Verwunderung.

„Weil ich ... weil du doch denken musst, dass ich – na ja, du weißt schon. Vom Wiederholen wird es auch nicht besser."

Sie wollte nicht, dass er sich fortwährend für einen ‚Idioten' oder so etwas hielt. Sie hatte solche Gedanken in keinem einzigen Moment gehabt. Sie antwortete:

„Ich verstehe Ihre Sorge nicht. Meine Sorge ist eine ganz andere. Das müssen Sie doch auch verstehen?"

„Ja...", erwiderte er, „du fragst dich, was ich eigentlich will...?"

„Ja."

Wieder war da die ganze Befangenheit, die Unsicherheit – was wollte dieser Mann von ihr? Jetzt würde er es sagen...

Ihr ganzes Empfinden schien zu einer einzigen Frage zu werden. Sie sah den Mann an. Er sah sie an. Was war mit ihm? Ging es ihm gut? Seine Augen hatten einen seltsamen Ausdruck ... bittend, verzweifelt? Er begann zu sprechen...

„Saskia, für mich ist das alles hier zu groß. Ich meine ... die Worte sind eigentlich zu klein, um es überhaupt auszudrücken, zu benennen, zu beschreiben. Ich habe Gefühle, die ich überhaupt nie gehabt habe. Erlebnisse..."

Er schüttelte den Kopf.

„Nein, das hört sich jetzt alles anders an, als ich es meine. Ich weiß nicht, ob du überhaupt ein einziges Wort so verstehen kannst, wie ich es meine. Im Moment habe ich das Gefühl, ganz weit weg zu sein, von mir selbst, und doch ganz nah. Ich meine, es fühlt sich auf einmal alles viel größer an, viel zu groß. Vielleicht fühlt es sich auch so an, wenn man Drogen genommen hat – oder zu viel Alkohol getrunken. Aber das habe ich nicht – verstehst du? Es fühlt sich *ohne alles* so an. Nur durch deine Anwesenheit. Ach, das klingt schon wieder so falsch, so missverständlich. Was ich sagen will, ist: Ich bin nicht mehr bei mir selbst. Jetzt, wo ich dir gegenübersitze, muss ich ehrlich sagen: Es fühlt sich an, wie der wichtigste Moment im Leben. Man steht wie auf einer Bergspitze, wie an einem Abgrund. Und man schaut hinunter und fühlt sich irgendwie von allem angezogen, fast wie mit allem vereint. Und es zieht einen... Ich habe das noch nie erlebt, ich weiß nicht, woher mir jetzt dieser Vergleich kommt. Oder gibt es nicht solche Erlebnisse, wenn man fast gestorben wäre? Dass man dann auch über allem schwebt? Ich habe das mal irgendwo gelesen...

Oder ist es vielleicht auch so, wenn man zum Henker geht? Die letzten Schritte vor dem entscheidenden Moment? Bleibt da vielleicht auch fast die Zeit stehen? Oder jeder Schritt wird unendlich groß? Alles wird erlebt wie ganz und gar unwirklich? – Ich weiß nicht, was ich rede. Ich suche Vergleiche für das, was ich gerade fühle; für das, wie es sich gerade anfühlt.

Ich sehe dich jetzt hier – und meine Sehnsucht ist unendlich groß. Ich stehe da vor dem Abgrund, und weiß nicht, was passiert, wenn du das nächste Wort sprichst. Denn die Lücke zwischen meinem Nicht-mehr-Sprechen und deinem Sprechen ist der Abgrund. Und je nachdem, was du sagst, werde ich vielleicht hinabstürzen und dann tot sein...“

Seine Worte hatten ihr Inneres immer mehr tief erschüttert. Kaum begriff sie, dass wirklich sie der Grund dafür sein sollte, dass er sich so fühlte. Betroffen fragte sie schließlich mit einer aufsteigenden Furcht vor der entscheidenden Antwort:

„Aber ... nach was sehnen Sie sich?“

„Nach deiner Bekanntschaft. Nach deiner Freundschaft. Nach einer Begegnung mit dir. Ich bin dir begegnet, und ich möchte dich nicht mehr verlieren. Egal, wie du mir begegnen wirst, ich möchte etwas für dich bedeuten. Ich möchte mit dir sprechen, ich möchte dich kennenlernen, dein Leben. Deine Fragen. Deine Sorgen. Deine Gedanken. Nicht alles – nur alles, was du vielleicht nach und nach teilen möchtest. Teilen möchte ich mit dir...

Ich würde so gern etwas tun, etwas sagen, etwas sein, wodurch auch du so etwas empfinden können würdest – wodurch auch ich für dich etwas sein könnte und du mit mir etwas teilen wollen würdest. Du bedeutest mir unendlich viel, und ich weiß nicht, was ich tun kann, damit ich ... dir auch irgendetwas bedeute...“

Sie konnte es einfach nicht verstehen. Immer wieder dieselbe Frage...

„Aber warum bedeute ich Ihnen so viel?“

„Das weiß ich nicht.“

Sie hörte im Klang seiner Stimme seine ganze Hilflosigkeit.

„Bin ich ... Ihr ‚Typ‘?“, fragte sie zögernd.

„Saskia, ich weiß es wirklich nicht“, erwiderte er. „Ich habe zweiundzwanzig Jahre mit meiner Frau gelebt, und ich habe mich in all den Jahren nicht mehr gefragt, was mein Typ ist oder ob ich einen Typ habe. Vielleicht kann es sein, dass mich manche Frauen anziehen. Ich weiß es nicht. Aber das, was ich dir gegenüber empfinde, habe ich noch nie gehabt. Und, nein, du bist eigentlich nicht mein Typ. Und doch fühle ich mich von dir mehr angezogen als von jedem anderen Menschen, dem ich bisher begegnet bin.“

„Aber warum?“, fragte sie bestürzt. „Und was heißt ‚angezogen‘?“

„Ich weiß es nicht, warum. Es ist die Art, wie du bist. Die Art, wer du bist. Die Art, wie du die Menschen anschaust. Wie du für dich bist, wie du ein Stück auf die Menschen zugehst, aber zugleich doch auch nicht. Und das ist nicht nur eine Eigenschaft, verstehst du, das *bist* du ja selbst. Und das hat mich glaube ich so unendlich berührt – wie du bist ... wer du bist. Und dein Gesicht, deine Gestalt... Ich weiß es nicht, ob es Eigenschaften sind, die einen anziehen. Vielleicht sind es Eigenschaften. Aber warum hat dann *ein* Mensch all diese Eigenschaften, die einen dann so anziehen?

Und was heißt dann ‚anziehen'? Es heißt, was es heißt. Ich habe es eben versucht zu sagen. Es ist das große Glück, mit dem anderen Menschen zusammenzusein, und das unendliche Leid, wenn man sich vorstellen müsste, ihm vielleicht nie wieder zu begegnen...“

Sie war völlig verwirrt. Das Einzige, was sie wirklich verstand, war, dass dieser Mann nicht mit ihr ins Bett wollte, dass sie ihn nicht in dieser Weise körperlich anzog. Dennoch fragte sie noch einmal:

„Und ... ich ziehe Sie wirklich nicht auf eine ... andere Art an?“

Der Mann sah sie an.

„Du meinst...?“

Sie konnte seinen Blick nur erwidern, nicht einmal nicken...

Der Mann seufzte.

„Darum geht es nicht, Saskia. Aber ich will zu dir vollkommen ehrlich sein, selbst wenn ich dich dadurch verlieren sollte. Ich habe gerade versucht, zu beschreiben, was ich empfinde. Es ist alles ungetrennt. Alles an dir zieht mich an – es gibt nichts, was mich nicht anzieht. Aber um diese ‚andere Art' geht es ja gar nicht. Sie mag auch da sein, wie könnte es nicht, wenn das Erleben dir gegenüber so tief und umfassend ist –“

Sofort empfand sie wieder Abwehr und Befangenheit, sie verstand und wollte das alles einfach nicht. Aber der Mann sprach weiter:

„...aber was ich hoffe, ist nur, dass ich dir überhaupt etwas bedeute, damit ich dir begegnen kann; damit wir ... ich weiß nicht, wie ich es noch sagen soll. – Damit wir ... damit wir uns nicht egal sind. Weißt du, es sind sich so viele Menschen egal. Überall laufen doch Menschen aneinander vorbei. Und sogar die Menschen, die sich kennen, bedeuten einander oft nicht mehr viel. Sogar Freundschaften können sehr oberflächlich sein, denke ich. Jedenfalls – du bedeutest mir unendlich viel. Und meine einzige Sehnsucht ist, dass wir nicht ... aneinander vorbeilaufen, sondern dass ... ach, Saskia, ich weiß es nicht einmal, was ich dir wirklich geben kann. Aber ich wünschte so sehr, es *könnte* etwas geben, damit sich unsere Wege nicht wieder trennen. Damit du nicht das wahrmachen musst, was du in deinem Brief geschrieben hast: dass du die Begegnung eigentlich ablehnen willst.

Ich habe solche Angst davor, dass diese Begegnung vielleicht schon die letzte sein wird. Und wie kann ich dir auch überhaupt irgendetwas sein? Aber ich könnte dir noch so viel von dem beschreiben, was du *mir* bedeutest, und würde es mir sicher auch vorwerfen, wenn ich es nicht gesagt hätte, bevor ich dann vielleicht doch in den Abgrund stürzen muss, durch dein Wort... Deswegen spreche ich jetzt einfach weiter. – Es war zum Beispiel dein kleiner Brief. Trotz aller Abwehr, verständlicher Abwehr, wolltest du mich anhören. Und was mich zutiefst berührt hat, war, dass du auch deinen Namen unter den Brief geschrieben hattest. Du hättest das nicht tun müssen. Vielleicht war das für dich gar keine Frage. Aber für mich war es ein unendliches Geschenk. Einfach deinen Namen am Ende zu lesen. ‚Sie heißt Saskia... Sie hat mir ihren Namen geschenkt. Welches Vertrauen...‘ Ich kann das nicht beschreiben, Saskia. Wahrscheinlich verstehst du das alles gar nicht – nicht so tief, wie ich es erlebe. Jede einzelne Geste von dir ist für mich eigentlich ein Geschenk. Weil es ja schon deine reine Anwesenheit an sich ist... Und wenn es darüber sogar noch hinausgeht; wenn du sogar noch deinen Namen auf einen Brief schreibst, mit eigener Hand. Und so weiter. Du kannst dir das alles nicht vorstellen – und es tut so weh, das zu beschreiben, ohne dass du es wirklich verstehen kannst. Denn da fängt es schon an, dass du mir so unendlich nahe bist und ich dir vielleicht niemals auch nur annähernd so nah, so vertraut, so ... bedeutungsvoll sein kann..."

Diese lange Rede hatte ihr Herz zutiefst berührt. Warum empfand er all dies für sie? Würde man so nicht nur gegenüber dem *einen* Freund empfinden, dem man irgendwann begegnen würde...?
„Ich verstehe das wirklich nicht", sagte sie leise. „Und das tut mir wirklich leid. Ich möchte nicht, dass Sie leiden müssen. Was Sie beschreiben, dachte ich, gibt es nur unter Menschen gleichen Alters..."
„Ja...", erwiderte er. „Aber manchmal gehen die Jahrzehnte an einem vorbei, ohne dass man es bemerkt. Und auf einmal ist man äußerlich alt..."
Sofort schrak sie innerlich wieder zurück.
„Heißt das, dass Sie doch ‚das andere' empfinden?"
Sie hörte seine Verzweiflung, als er antwortete:
„Ich kann es nicht mehr wiederholen, Saskia. Ich empfinde *alles*. Ja, ehrlich gesagt wünschte ich mir, ich wäre so jung wie du. Dann wäre es alles kein Problem – für dich nicht und für mich nicht. Nun bin ich aber so alt, wie ich bin – und empfinde trotzdem das Gleiche. Denkst du, ein Junge in deinem Alter, wie du ihn vielleicht schon als Freund hast oder noch finden wirst, würde auch nur ‚das andere', also ‚das Eine' empfinden? Nein, er würde, wenn er ein wahrer Freund ist, auch *alles* empfinden – dein ganzes Wesen, eine tiefe Anziehung, den Wunsch, dir so Vieles zu sein, so viel mit dir teilen zu können, dir wirklich begegnen zu können und all dies. Darum geht es.
Ja, ich möchte dir so innig begegnen wie nur möglich. Aber wir werden uns nur in dem Maße begegnen, wie auch ich dir irgendetwas bedeute. Und was ich dir bedeute, das liegt ganz bei dir, nur bei dir. Ich kann mich bemühen, dir etwas zu

bedeuten. Und ich würde dir so gerne ein Mensch sein, dem du dein Vertrauen schenken könntest; der dein Vertrauen verdienen würde, ein wahrer Freund, in der Bedeutung, die *du* dem Ganzen geben würdest, und nur in dieser. Und wenn das irgendwie geschehen könnte, würde ich mich unendlich beschenkt fühlen.

Um es also noch einmal vollkommen aufrichtig zu sagen: Ja, ich würde mir wünschen, so jung zu sein wie du. Aber ich bin es nicht, und darum ist die Sache so, wie sie ist, nämlich vollkommen anders. Trotzdem bedeutest du mir unendlich viel, und nun stehe ich vor der Frage: Was kann ich *dir* bedeuten, jetzt, da uns einfach auch im Alter ein Abgrund trennt? Aber das kann doch vielleicht auch ganz neue Möglichkeiten schenken... Das ist zumindest meine Hoffnung..."

Wieder war sie durch dieses Geständnis im Grunde ihres Herzens tief berührt. Sie wagte es sich kaum einzugestehen, aber dieser Mann liebte sie offenbar – und doch wollte er mit ihr nicht ins Bett. Er wünschte sich zwar, so jung zu sein wie sie, weil er irgendwie auch das empfand, und doch ging es ihm um etwas anderes... Mit Verwunderung sagte sie leise:
„Sie sind wirklich sehr ehrlich..."
Sie sah sein dankbares Lächeln, als er erwiderte:
„Mir bleibt nichts anderes übrig. Ich möchte dir gegenüber nichts anderes sein. Das ist zunächst vielleicht das Allereinzigste, was ich dir schenken kann. Ich bin auch erstaunt darüber, wieviel ich überhaupt aussprechen kann. In Wirklichkeit bin ich genauso schweigsam, wie du es vorhin von dir gesagt hast. So viele Jahre war ich eigentlich schweigsam. Aber jetzt, wo ich dir begegnet bin, muss ich doch sprechen, denn wie solltest du mich sonst kennenlernen? Und noch immer habe ich das Gefühl, dass ich eigentlich viel zu wenig zu sagen weiß und zu sagen habe..."
Trotz der merkwürdigen Wendung, die das Gespräch inzwischen genommen hatte, spürte sie ein immer mehr wach-

sendes Vertrauen. Seltsamerweise nahm mit der Klarheit ihre Furcht ab; trotz aller Umstände begann sie stattdessen, ein sanftes Verständnis für diesen seltsamen Mann zu empfinden.

„Ist Ihnen noch kalt?"

Die Frage schien ihn sehr zu berühren.

„Nein, schon seit einiger Zeit nicht mehr", sagte er mit belegter Stimme und wischte sich verstohlen die Augen.

Bestürzt sah sie ihn an.

„Tut mir leid", erklärte er verlegen. „Diese Frage von dir... Das gehört auch zu den Dingen, die mich so unendlich berühren, ja erschüttern... Ich habe das alles noch nie zuvor erlebt..."

Berührt und von Mitleid bewegt sagte sie:

„Sie sind wirklich ein besonderer Mensch."

„Warum?"

Noch immer war seine Stimme vor Rührung belegt. Diesem Mann konnte sie wirklich sagen, was sie empfand...

„Ich habe zumindest noch nie einen so ehrlichen Menschen erlebt. Ich meine, es gibt schon Menschen, die offen sind. Aber meistens kostet es nicht viel – oder man ist es dank seines großen Selbstbewusstseins. Verstehen Sie, was ich meine? Aber Sie sind absolut ehrlich, obwohl es für Sie so unendlich viel bedeutet und obwohl Sie selbst doch auch ... unsicher sind. Das habe ich noch nie erlebt.

Mich hat es auch eigentlich sehr berührt, als Sie vorhin so verzweifelt waren. Ich wollte eigentlich nicht, dass Sie sich so fühlen. Aber ich wusste auch nicht, was ich sagen sollte. Ich wusste ja noch überhaupt nichts. Ich spürte nur immer mehr, dass ich Ihnen vertrauen konnte, dass ich ... keine Angst zu haben brauchte. Es war eine sehr seltsame Situation für mich, das können Sie sich ja sicher vorstellen. Ich hatte erst große Angst – Angst ist vielleicht nicht das richtige Wort, aber doch Furcht, Angst vor dem, was daraus werden würde; Angst vor dem, was ich vielleicht nicht wollen würde;

Angst vor dem Unbekannten. Aber dann waren Sie genauso unsicher wie ich, und ich bekam Mitleid mit Ihrer Unsicherheit. Und ich hatte Angst und zugleich Mitleid, und da gingen Sie neben mir, und ich wusste nicht, was Sie genau wollten, und es schneite die ganze Zeit... Es war eigentlich auch etwas sehr Schönes. Verstehen Sie? Und jetzt sind Sie so ehrlich, und das habe *ich* noch nie erlebt.

Ich fühle, dass ich vor Ihnen wirklich keine Angst haben muss. Und ich fühle, jetzt, wo ich dies alles erzähle, dass Sie mir auch irgendetwas bedeuten. Dass Sie anfangen, mir etwas zu bedeuten..."

Sie sah in die dankbaren Augen des Mannes, eine Dankbarkeit, die immer tiefer zu werden schien. Schließlich sagte er, wie aus einem Traum erwachend:

„Danke, Saskia... Ich weiß, dass ich mich nicht bedanken muss. Und doch muss ich es..."

Offen erwiderte sie seinen Blick, bis sie den ihren schließlich senken musste...

*

Nach einer Weile fragte der Mann vorsichtig:

„Darf ich ... nun fragen, was du machst, Saskia? Du arbeitest also zwei Tage in der Woche in der Buchhandlung – und die anderen Tage? Studierst du...?"

„Ja, ich habe in diesem Semester angefangen, Tiermedizin zu studieren."

„Tiermedizin? Das klingt sehr interessant."

„Ja. Aber ich weiß noch nicht, ob es das Richtige für mich ist. Am Anfang ist es ja sowieso sehr viel Chemie und Biologie. Aber ob ich wirklich auch Tiere operieren kann und so weiter, das weiß ich noch gar nicht."

„Warum nicht?"

„Na ja – davor habe ich auch irgendwie Angst."

„Wovor genau?"

„Ob ich es kann. Ob ich das will... Ob ich etwas falsch mache...“

„Vieles traut man sich nicht sofort – und traut es sich auch nicht sofort zu. Aber wenn man es wirklich will, wird man es nach und nach auch können.“

Sie sah ihn an.

„Vielleicht ist das genau mein Problem ... dass ich nicht genau weiß, *ob* ich es will.“

Lächelnd erwiderte er ihren Blick.

„Warum hast du mit diesem Studium angefangen?“

„Weil ich Tiere liebe. Und etwas anderes habe ich nicht gefunden.“

„Nicht gefunden?“

„Als Alternative, bei der ich mir sicherer gewesen wäre.“

„Aber du liebst Tiere?“

„Ja.“

„Dann ist es doch gewiss das Richtige!“

„Ich weiß nicht... Man muss so viel lernen – und hat vor allem so viel Verantwortung!“

Er schien kurz nachzudenken. Dann sagte er:

„Ja, aber einer muss sie doch tragen.“

Es war auf einmal so schön, mit diesem Mann zu sprechen. Halb bewusst nahm sie wahr, dass sich das Verhältnis nun umdrehte. Der Mann hatte jetzt eine Sicherheit, und sie erzählte ihm von ihren Sorgen, aber das tat so gut... Fast ratsuchend sah sie ihn an und sagte:

„Das ist mir schon klar. Aber ob gerade ich die Richtige dafür bin, das glaube ich eigentlich gar nicht.“

„Glaubst du, die, die Tiere nicht so sehr lieben wie du, wären die Richtigeren?“

„Ich glaube, die, die letztlich Tierärzte werden, lieben die Tiere genug, um die Richtigen zu sein.“

Nach einer Weile sagte der Mann:

„Kann sein, vielleicht aber auch nicht. Ich denke gerade an Ärzte für Menschen. Ich habe zum Glück noch nicht viel Erfahrung mit ihnen. Aber ich habe nicht das Gefühl, dass mancher Arzt sich sehr für den Menschen interessiert, den er behandeln soll."

„Ja, vielleicht", erwiderte sie. „Aber vielleicht ist es bei Tieren trotzdem anders."

„Wie meinst du das?"

„Dass man Medizin aus verschiedenen Gründen studieren kann, Tiermedizin aber vor allem aus Liebe zu den Tieren."

„Ah, ich verstehe", sagte der Mann. „Trotzdem muss es nicht so sein. Ich kann mir vorstellen, dass viele junge Menschen sich da weniger Gedanken machen als du. Sie lieben Tiere irgendwo und werden dann eben Tierärzte. Aber wie sehr sie dann später noch ... das einzelne Tier lieben, das sie dann behandeln, das ist die Frage. Verstehst du? Es ist *immer* die Frage, ob irgendetwas letztlich nur ein Beruf wird, oder ob man die wirkliche Liebe dazu behält. – Aber eigentlich will ich ja vor allem dir Mut machen. Eigentlich will ich sagen: Wenn du Tiere liebst und ein Studium gewählt hast, mit dem du später Tieren helfen können wirst, dann hab doch Zutrauen zu dir selbst – und zu dem, was du in diesen Jahren jetzt lernen wirst. Du wirst es ganz sicher gut machen, später!"

Dankbar sah sie ihn an.

„Es ist schön, wie Sie das sagen. Da beginnt man fast, es zu glauben – dass es so sein könnte..."

„Ja", bekräftigte er. „Das kann es."

In Dankbarkeit wandte sie nun ihr Interesse dem Mann zu.

„Und was machen Sie?"

„Ich?", erwiderte er überrascht, fast abwehrend. „Oh, ich bin nur Buchhalter in einer kleineren Firma."

„Haben Sie das denn auch einmal lernen wollen?"

„Ich habe es einfach gelernt. Ich glaube, ich hatte noch weniger Alternativen gesehen als du. Dieser Beruf hat sich einfach irgendwann ergeben, und, ja, dann bin ich eben Buchhalter geworden."

„Aber das ist doch sicher auch wichtig?"

„Ja, nur ist es für einen jungen Menschen ganz gewiss so ziemlich das Uninteressanteste, was es gibt."

„Hauptsache ist doch, dass es für *Sie* interessant genug ist."

Er seufzte.

„Na ja – ich habe damit kein Problem. Ob es interessant ist... Ich wüsste nicht, was ich sonst machen sollte."

Bestürzt antwortete sie:

„Aber Sie müssen doch etwas haben, was Sie gern machen!"

Der Mann sah vor sich auf sein leeres Glas Tee. Dann sagte er:

„Das ist etwas, wofür ich mich wahrscheinlich immer mehr schämen werde, je länger ich davor stehe. Ich habe dir vorhin schon angedeutet, dass auf einmal die Jahrzehnte vorbeigegangen sein können, ohne dass man weiß, wohin sie gegangen sind. Und ohne dass man weiß, ob man eigentlich etwas gern gemacht hat – oder hätte... Ich habe das traurige Gefühl, dass ich deine Frage fast verneinen muss. Es gibt *eine* Sache, die ich gerne mache – und die gibt es erst seit sehr, sehr kurzer Zeit..."

„Und was ist das?", fragte sie erleichtert.

„Mit dir hier zu sitzen und dir zuzuhören und mit dir zu sprechen..."

Betroffen erwiderte sie:

„Aber das kann doch nicht das Einzige sein!"

„Es soll dir nicht zur Last fallen..."

„Nein, so meine ich es nicht. Aber es wäre doch unendlich traurig, wenn Sie nichts anderes haben, das..."

„So erlebe ich es eigentlich nicht. Nicht mehr, seit ich dir begegnet bin. Jetzt ist es mir eigentlich egal, wie mein übriges Leben aussieht, weil die Momente, in denen ich mit dir zusammen bin, und seien sie noch so kurz ... es ist wie eine Sonne, die in alles Übrige hineinleuchtet, verstehst du?"

Betroffen schwieg sie lange. Das, was er sagte ... war viel zu groß für sie. Dies alles tat ihr so leid, aber sie konnte es nicht tragen, es wäre zu viel... Schließlich sah sie ihn wieder an und sagte:

„Ehrlich gesagt ... es *würde* mir eine sehr große Last sein, wenn das das Einzige wäre – wenn *ich* das Einzige wäre...“

Er nickte langsam.

„Ja, ich verstehe.“

„Ich kann nicht Ihre Sonne sein.“

„Ja, Saskia, ich verstehe, was du meinst. Aber sag mir bitte auch von dir aus, was du fürchtest, was du ... genau meinst.“

„Aber das müssen Sie doch verstehen?“

„Ich verstehe es ja. Aber vielleicht hast du doch vor etwas Angst, was gar nicht so ist. Ich meine, wir sitzen jetzt hier und sprechen miteinander, nicht wahr? Ist das schon etwas Schlechtes? Oder etwas, was dich belastet? Aber es *ist* schon etwas, was die Sonne in meinem Leben ist. Ich kann nichts dafür. Ich kann es auch verschweigen, wenn du möchtest. Und trotzdem ist es so...“

„Nein, das meine ich nicht. Aber wovor ich Angst habe...“

Sie sah ihr leeres Glas an und schwieg wiederum lange. Schließlich sah sie ihm wieder in die Augen und sagte:

„Ich habe Angst davor, dass ich Ihnen nicht das geben kann, was Sie wollen. Dass Sie irgendwann mehr wollen, als ich es ... will. Dass Sie schon jetzt mehr wollen. Ach, ich weiß nicht, wie ich es sagen soll.“

Sie blickte wieder auf ihr Glas.

„Es tut mir“, erwiderte der Mann, „so leid, dass du dies denken musst. Das will ich nicht. Ich ... ich will, dass du überhaupt keine Angst vor irgendetwas haben musst. Ich werde nichts wollen, nichts tun, nichts fragen, nichts bitten, was du nicht willst. Wenn du mir nicht begegnen willst, dann kannst du es einfach sagen. Jetzt oder jederzeit. Was du in deinem

Brief geschrieben hast, bleibt gültig. Du kannst jederzeit ablehnen..."

Staunend und voller Mitleid sah sie ihn an.

„Es tut mir leid, dass wir jetzt darüber reden..."

„Nein, das muss es nicht. Deine Angst ist doch nur allzu verständlich."

„Ich meine...", gestand sie, „wenn man sich erst einmal kennt, ist es doch schwierig, plötzlich zu sagen ... ‚es ist mir zu viel', oder so etwas."

Der Mann dachte kurz nach. Dann antwortete er:

„Nein, Saskia. Eigentlich müsste man doch immer ehrlich sein können – obwohl das oft so unendlich schwierig ist. Aber du hast immer alles Recht dazu, denn ich wollte *dich* kennenlernen, obwohl du es eigentlich überhaupt nicht wolltest. Wenn du also irgendwann merken solltest, dass du es tatsächlich nicht mehr willst, oder was auch immer es ist, dann kannst du es sagen."

Wieder berührten diese Worte sie tief.

„Aber ... was ist dann mit ... der Sonne?"

„Ja", erwiderte er nachdenklich, „was soll ich sagen? Dann wäre sie, wenn du mir nicht mehr begegnen willst, wieder untergegangen... Aber wenigstens hat sie einmal geschienen... Sie würde dann aus der Vergangenheit noch immer weiter in mein Leben hineinscheinen können..."

„So würden Sie das sehen?", fragte sie aufrichtig verwundert.

Er nickte langsam.

„Ja... Ja, ich denke, ich würde dann jeden einzelnen Moment mit dir als eine wärmende Erinnerung sehen..."

„Aber wie soll das gehen?", fragte sie berührt. „Ich meine, jetzt. Wie soll ich damit leben, dass ich Ihnen so viel bedeute?"

„Ich weiß nicht", erwiderte der Mann. „Kannst du es nicht einfach ein wenig vergessen?"

„Wie soll man es vergessen, wenn man für jemanden eine Sonne ist?", fragte sie aufgeregt.

„Saskia", erwiderte er traurig, „wenn ich für dich überhaupt nichts sein kann, dann brauchst du dich zu nichts verpflichtet zu fühlen. Ich meine, eine Freundschaft ... oder eine Begegnung beruht doch immer auf Gegenseitigkeit. Wenn es diese in keiner Weise gibt, dann...

Aber wenn es sie doch gibt; wenn auch du dich freust, mich zu sehen, weil wir über bestimmte Dinge sprechen können, vollkommen vertraut; wenn wirklich eine Art Freundschaft entstehen sollte, dann ... dann finde ich es nicht wichtig, ob einer dem anderen mehr bedeutet. Ich meine, für mich wird es immer vollkommen selbstverständlich sein, dass ich dir nicht so viel bedeuten werde wie du mir. Aber das macht nichts, verstehst du? Meine einzige Frage ist: Wird es möglich sein, dass wir uns *irgendetwas* bedeuten, also dass auch ich dir wert werde, meine Bekanntschaft, meine Freundschaft dir wertvoll werden wird – oder nicht? Wenn sie es aber werden wird, dann wirst doch auch du in unserer Freundschaft eine kleine Sonne haben...“

Ein neues Vertrauen, eine neue Perspektive stieg in ihr auf.

„Ja, ich verstehe", sagte sie leise.

Sie begegnete seinem dankbaren Blick.

Inzwischen hatte sie so großen Hunger, dass sie nicht mehr lange aushalten konnte, ohne etwas zu essen. Und die Begegnung mit dem Mann schien gerade jetzt einen Punkt erreicht zu haben, an dem man ein nächstes Mal anknüpfen konnte. Vorsichtig sagte sie:

„Jetzt muss ich glaube ich langsam nach Hause. Ich habe ziemlichen Hunger."

Der Mann erwiderte besorgt:

„Hier gibt es doch bestimmt Essen – oder möchtest du lieber allein essen?"

„Na ja, ich habe nicht so viel Geld...“, gestand sie.

„Ich würde dich von Herzen gerne einladen", antwortete der Mann unmittelbar und sah sie abwartend, ja bittend an.
Verzweifelt rang sie mit sich. Sie sah die Sehnsucht in seinen Augen. Und jetzt wollte er ihr sogar schon das Essen bezahlen.
„Aber verstehen Sie, da geht es doch schon weiter..."
„Was denn, Saskia? Bitte sag es..."
„Ich würde mich nicht gut fühlen, wenn Sie das täten. Und ich bin es auch überhaupt nicht gewohnt – außerhalb zu essen, meine ich. Und dann noch vor jemandem, der mich einladen würde."
Noch immer sah sie in seinen Augen, wieviel es ihm bedeuten würde, während er antwortete:
„Bitte versteh' mich nicht falsch, wenn ich versuche, dir darauf zu antworten. Alles, was ich sage, ist immer nur ein Versuch, dass wir uns besser verstehen – nie ein Versuch, dich zu etwas zu überreden. Dein wirklicher Wunsch ist mir immer das Heiligste. Ich will ihn achten wie nichts sonst. Kannst du darauf vertrauen?"
Sie nickte stumm, berührt von diesen Worten...
„Und hab bitte auch wirklich den Mut, mich zu unterbrechen oder deinen Wunsch noch einmal zu betonen, wenn du das Gefühl hast, ich rede an deinen Bedürfnissen vorbei und achte sie nicht. Willst du das tun?"
Sie nickte noch einmal. Da sagte der Mann:
„Ach, Saskia, mir läge so viel daran, dass wir uns schon so vertraut wären, wie es sein könnte. Aber zwischen vertraut und nicht vertraut liegen eben noch manche Hindernisse. Ich spüre das wie eine Entfernung. Und es ist ja auch eine Distanz, so nennt man das nun einmal. Aber wenn es einen Menschen gibt, der einem so viel bedeutet, würde man diese trennenden Distanzen am liebsten im Fluge überwinden. Gibt es nicht dieses Kinderlied? Und es stimmt: Wie gern ,flög ich zu dir'! Nur aus diesem Grund ist das alles gesagt, was ich nun sage.

Wenn du jetzt wirklich gehen willst, dann bin ich für diesen Abend zutiefst dankbar. Wenn es aber nur ist, weil du kein Geld hast, dann bereitest du mir einfach nur eine Freude, wenn ich dich einladen darf. Du hast vielleicht das Gefühl, dass du dich damit mir gegenüber verpflichtest, aber das tust du nicht – und du sollst es wirklich nicht einmal denken. Du machst mir damit wirklich nur eine Freude – *das* sollst du denken! Ich habe genug Geld und würde dir noch ganz andere Dinge schenken wollen, wenn es darum ginge. Aber darum geht es nicht. Es geht nur darum, dass es mir eine allertiefste Freude ist, wenn wir so wie jetzt miteinander sprechen und beieinander sein können – für die Zeit, wo wir es eben sind. Und wenn du Hunger hast, soll dies der letzte Grund sein, der entscheidend dafür ist, dass diese Zeit vorbei ist – es sei denn, du *willst* nun allein sein, verstehst du?

Du brauchst auch nicht das Gefühl zu haben, dass du alleine essen musst. Ich esse dann gern mit dir. Was soll ich noch sagen? Wenn man Hunger hat, soll man essen. Und das Essen soll eine Freude sein. Und das Zusammensein auch. Wenn du also nicht wirklich gehen willst, dann tu ruhig auch alles andere mit Freuden – und schenke *mir* die Freude, dich dabei nicht schlecht zu fühlen...“

Staunend hatte sie zugehört. Er wollte ihr wirklich alle Sorgen nehmen, die sie hatte – und wie konnte er das so gut? Hatte er nicht gesagt, er sei so schweigsam wie sie? Ein seltsames, schönes Gefühl von Freiheit begann in ihr aufzusteigen. Verwundert fragte sie:

„Sind Sie wirklich sonst sehr schweigsam?“

„Ja...“

„Wie können Sie dann so sprechen, wie Sie es tun?“

„Wie spreche ich denn?“

„Sie haben genau von den Sorgen gesprochen, um die es ging.“

„Aber ist das nicht klar?“

„Doch ... vielleicht ... aber wer kann es dann so ... *schön* aussprechen? Meist spricht man darüber doch überhaupt nicht!"

„Ja, aber du bist nicht ‚meist'. Unter normalen Umständen hätte ich wahrscheinlich auch nicht darüber gesprochen und hätte es sicher niemals in diesen Worten tun können. Ich wundere mich ja auch fortwährend über mich selbst. Aber ich habe heute schon so viel getan, was mit ‚meist' überhaupt nichts zu tun hat. Das liegt alles nur daran, dass..."

Er unterbrach sich. Dann sagte er:

„Ich will nicht immer wieder dasselbe sagen, was für dich dann doch so schwer wäre. Aber ich glaube wirklich, dass ich nur durch dich und bei dir so sprechen gelernt habe. Mein Herz ist es, das mir die Worte gibt. – Ist das nicht seltsam: *Du* hast mich eigentlich so sprechen gelehrt, auch wenn du es gar nicht weißt..."

Unmittelbar wies sie diesen Gedanken von sich und erwiderte:

„Das glaube ich nicht."

„Glaube es oder nicht, ich weiß, dass es so ist", sagte der Mann.

„Dann muss es doch vorher schon irgendwo in Ihnen gewesen sein."

„Ja, vielleicht, das ist möglich. Aber nur die Begegnung mit dir hat es befreit. Du bist dann die Befreierin gewesen. – Und ... *ist* es nicht so? Befreit nicht auch die Sonne im Frühling die Bäche vom Eise, die Pflanzen aus der Erde, die Vögel zum freien Flug?"

„Aber das kann doch nicht sein!"

Sie konnte sich nicht vorstellen, was dieser Mann sagte – dass er *ihr* irgendetwas verdankte, was nicht schon vorher, ohne sie, dagewesen wäre. Sie wollte das auch gar nicht...

„Doch, das kann sein! Lass es nur zu! Lass es nur zu, dass du eine Lehrerin und eine Befreierin bist. Ich kann es ja selbst kaum glauben, dass es so wirkt. Aber lass es nur zu – so wie auch die Tatsache, dass du eines Tages eine wunderbare Tierärztin sein wirst!"

Sie musste lachen und fühlte sich von dieser plötzlichen Wendung wieder seltsam geborgen. Fröhlich fragte sie:

„Wie haben Sie denn *diesen* Bogen nun hinbekommen?"

Lächelnd erwiderte der Mann ihren Blick und sagte:

„Auch er liegt auf der Hand. Du willst das eine nicht glauben, du willst das andere nicht glauben. Und wenn doch beides wahr ist...?"

Was auch immer er für sie empfand, sie fühlte sich im Moment wohl und unbeschwert. Es war ein lieber Mensch. Das sah sie.

Nun fragte er:

„Würdest du also gerne zusagen, mit mir noch etwas zu essen?"

Es blieb für sie sehr ungewohnt... Dennoch sagte sie:

„Ja, wenn es Ihnen wirklich nichts ausmacht, dann sehr gerne..."

*

Sie hatte schon an dem Abend, als sie mit den anderen Studenten mitgegangen war, in der Speisekarte kurz gesehen, dass es einige spezielle vegetarische Gerichte gab, und sich darüber gefreut. Jetzt bestellte sie ein vegetarisches Chili con carne. Der Mann bestellte es ebenfalls, was sie insgeheim sehr schön fand, auch wenn sie hoffte, dass das nicht wiederum etwas war, womit er ihr langsam zu nahe treten würde.

Das Chili con carne war wirklich sehr gut, und sie fühlte sich beim Essen wohl und ungezwungen. Auch jetzt wieder spürte sie, dass sie eigentlich keine Angst haben musste. Sie fühlte sich nicht eingeengt, sondern sehr freigelassen... Nur die Befangenheit in Bezug auf das, was der Mann für sie empfand, begleitete sie dennoch auch fortwährend...

Als sie gemeinsam gegessen hatten, blickte der Mann sie voller Dankbarkeit und Freude an und sagte:
„Saskia, ich danke dir so sehr für diesen wunderbaren Abend! Dafür, dass ich dich auf diese Weise kennenlernen durfte. Dass du dazu bereit warst. Dass du es eigentlich warst, die diesen Abend gerettet hat. Dafür, dass wir gemeinsam durch den Schnee gegangen sind und du mich hierher geführt hast. Ich war so hilflos und naiv, dass du mich wirklich gerettet hast. Nun möchte ich denselben Fehler nicht noch einmal machen. Und weil du wirklich meine Sprache befreit hast, mit deinem ganzen Vertrauen, das größer war, als ich je hoffen durfte, möchte ich zum Abschied für heute noch versuchen, eine Brücke in die Zukunft zu bauen. Ich hätte nie gedacht, dass ich so zu dir sprechen könnte. Aber nun kann ich es, indem ich mich getragen fühle von dir, von deinem Zuhören. Also eine Brücke...“
Wovon würde er jetzt sprechen? Wiederum berührten sie seine Worte, wiederum empfand sie eine große Sympathie für diesen Mann, der ihr immer wieder leise leid tat. Denn zugleich fürchtete sie die Bindung. Sie war schon gerne bereit, diesen Abend fortzusetzen. Aber wohin würde das führen? Würde er nicht irgendwann zu viel von ihr wollen – oder sie festhalten wollen? Aber sie hörte ihm zu...
„Was in der Zukunft liegt, das liegt auch bei dir. Was du willst oder wollen kannst, danach will ich mich richten. Und sei es, dass du mich nicht wiedersehen möchtest, Saskia. Bitte glaube mir, dass du ganz ehrlich sein kannst – und sogar sollst! Ich blicke in die Zukunft nur unter der Voraussetzung, dass du das auch willst. Ich sehe in deinen Augen, dass du mir voller Offenheit zuhörst, und schon das macht mich glücklich...“
Berührung und Befangenheit, beide wurden intensiver...
„Zur Zukunft gehört die Frage, wann wir uns wiedersehen können und wollen. Wann ich es will, oder wie oft, das brauche ich dir nicht zu sagen. Aber um mich geht es bei dieser

Frage nicht. Vielleicht hältst du es für möglich, dass wir uns nächste Woche wiedersehen. Vielleicht möchtest du es lieber nur alle zwei Wochen... Aber vergiss nicht, dass wir uns noch nicht einmal wirklich kennengelernt haben. Die Zeit des Kennenlernens ist auch eine besondere, die vielleicht einen anderen Rhythmus, eine andere Intensität braucht, wenn man sich wirklich vertraut werden will, nicht nur einfach so irgendwie ‚bekannt'. – Davor habe ich vielleicht am meisten Angst: Dass wir uns irgendwie oberflächlich kennenlernen, obwohl wir die Gelegenheit gehabt hätten, eine ganz andere Art des Vertrautwerdens zu erreichen. Wie oft verpasst man im Leben Gelegenheiten, wodurch das Leben und auch eine Begegnung ganz anders verlaufen wäre? Mit dir möchte ich nichts falsch machen – wirklich nichts, Saskia. Und ich hoffe, dass du nicht aus Angst irgendeinen *künstlichen* Abstand hältst, sondern immer nur den Abstand, den du wirklich brauchst. Verstehst du, was ich meine?"

In einem einzigen Moment begriff sie auf einmal, worum es hier ging: Um die Frage, ob sich zwei Menschen *wirklich* kennenlernten, oder aber nicht... In diesem einzigen Moment fühlte sie ihre ganze Verantwortung, aber auch ihre Freiheit. Sie empfand, wie unendlich wichtig diese Begegnung und sie selbst für diesen Mann war – und sie empfand trotz allem so etwas wie Vertrauen...

„Ja", erwiderte sie leise.

Sie sah, wie er kurz voller Dankbarkeit ihren Blick erwiderte. Dann fuhr er fort:

„Das ist also das erste, was ich voller Vertrauen in deine Hände lege: die Frage, wann ich dich das nächste Mal wiedersehen darf; wann du mir das nächste Mal wiederbegegnen willst und dieser Abend eine Fortsetzung finden kann.

Die nächste Frage, die auch zu der Brücke in die Zukunft gehört, ..."

Mit ungläubigem Staunen verfolgte sie, wie dieser Mann auf einmal eine so große Sicherheit hatte; wie er auf einmal sprechen konnte.

„...ist, was wir tun können; worüber wir sprechen können; was unser Kennenlernen ausmachen kann. Ich will da nichts vorwegnehmen. Ich will nur, dass wir nicht ganz ratlos und unbeholfen davorstehen und nur die Absicht haben, aber hilflos dabei sind, sie zu verwirklichen. Hilflos war ich heute schon genug. Und ich fühle sogar, dass mich das gerettet hat. Dass dein Mitleid es eigentlich gewesen ist, was die Brücke zu diesem ersten Abend überhaupt nur gebaut hat..."

Wieder standen ihr jene Minuten vor Augen, in der sie an der Seite des Mannes unsicher die Straße hinuntergegangen war, während der Schnee fiel und er selbst so unsicher gewesen war, gefroren hatte... Doch er sprach schon weiter:

„Ich will nun nicht in das Gegenteil fallen, sondern nur versuchen etwas auszusprechen, was vielleicht ein Licht darauf werfen kann, wie wir uns überhaupt weiter kennenlernen können. Ich will dich mit dieser Frage nicht ganz allein nach Hause gehen lassen, ich will nicht, dass du wieder eine Art furchtsame Frage haben musst, was ich eigentlich will. Sondern ich hoffe, ich kann dir mit allem, was ich sage, genügend Sicherheit darüber geben, so dass du für dich selbst entscheiden kannst, ob du das auch willst... Glaube nur nicht, dass ich selbst ganz sicher dir gegenüber bin. Meine ganze Sicherheit hängt ebenfalls nur von dir ab. Deine wunderbare Offenheit macht mich sicher, nichts anderes. Bestünde nur mein Wunsch, dir weiter zu begegnen, ohne dass ich diese Offenheit bei dir spüren würde, wäre sofort all meine Sicherheit dahin. Du siehst, ich habe dir nichts voraus, nicht das Geringste... Alles, was ich habe, verdanke ich nur dir..."

Sie konnte es einfach nicht verstehen – und doch musste sie es ihm glauben. Sie sah ja, dass er die Wahrheit sagte...

„Und nur mit diesem Vertrauen, dem mir von dir geschenkten Vertrauen, das nun wieder zu dir zurückströmt, sage ich:

Ich wünschte mir so sehr, dass zwischen uns eine Freundschaft entsteht, in der wir keinerlei Angst mehr spüren, einander dasjenige anzuvertrauen, was uns im Innersten beschäftigt; was unsere innersten Fragen an das Leben sind, unsere Gedanken, Empfindungen..."

Eine wunderbare Perspektive und eine große Angst leuchteten fast gleichzeitig in ihrer Seele auf, kämpften miteinander... Sie wusste nicht, was von beidem sie fühlen sollte...

„...Die Entstehung einer solchen Freundschaft braucht natürlich Zeit. Aber sie wird auch nur dann entstehen, wenn man wirklich mit dieser Hoffnung immer weiter aufeinander zugeht. Das ist eigentlich ein wunderbares Bild: ein tief vertrauensvolles Aufeinanderzugehen, in dem das Vertrauen nur noch immer weiter wächst...

Ich würde gern in jeder Hinsicht mehr über dich erfahren, an deinem Leben Anteil nehmen, sowohl an deinem vergangenen als auch an deinem jetzigen Leben. Das sage ich nicht, damit du dich gedrängt fühlst, mich daran Anteil nehmen zu lassen, sondern nur, damit du weißt, dass es nichts gibt, dem ich nicht mit innigem Interesse begegnen würde. – Ich selbst habe diese Angst oft. Ich glaube oft, dass mein Leben, meine Gedanken, meine Hoffnungen für andere Menschen nicht interessant sind, auch für dich nicht. Und gerade weil ich diese Angst, diese Empfindung oft habe, möchte ich dir sagen, dass *du* diese Angst niemals haben musst. Du und dein Leben bedeuten mir so viel, dass ich immer an allem den größten Anteil nehmen werde, was du mit mir teilen möchtest.

Das gilt dann auch für das, was du gerne tun würdest. Mit blindem Vertrauen sage ich dir: Ich folge dir gern überallhin. Vielleicht gehst du gerne spazieren, vielleicht gehst du gern in ein Konzert, ins Kino, vielleicht sitzt du gern einfach an einem bestimmten Ort – und es gibt noch sehr viele andere ‚Vielleichts'. Was immer du mir vorschlagen wirst – allein die Tatsache, dass du es durchaus gerne mit mir zusammen tun würdest, wird mir genügen, es voller Freude zu erwidern.

Du musst dich nicht gezwungen fühlen, mir irgend so etwas vorzuschlagen. Ich will dir nur sagen, *wenn* du jemals einen solchen Gedanken haben wirst, sollst du wissen, wie ich ihn aufnehmen würde. Du sollst dich nie fragen: Ob er das jetzt wohl überhaupt auch gerne machen würde? Die Tatsache, dass es in dem Moment *dein* Wunsch ist und dir Freude machen würde, wird für mich immer vollauf Grund genug sein, es ebenfalls gerne zu tun; deine Freude zu teilen oder dich darin zu begleiten, wenn du dir das gerne wünschst und vorstellen kannst, wird immer *meine* Freude sein.

Ja ... das war es eigentlich, was ich dir noch sagen wollte...“

Der Mann schwieg nun und sah sie an. Lange erwiderte sie seinen Blick, während sie verwundert begriff, dass er ihr mit all diesen berührenden Worten seine bedingungslose Freundschaft beschrieben hatte und sie um die ihre bat... Aber warum nur? Warum *sie*? Sie senkte ihren Blick und fragte sich, was dies alles war; was hier geschah; was sie tun sollte... Schließlich sagte sie leise:

„Ich weiß nicht, woher Sie das haben, diese Gedanken, diese Worte. Es klingt wie ein Ideal. Ich ... ich spreche sonst auch nicht viel. Aber, was Sie gerade alles gesagt haben, das...

Man glaubt eigentlich gar nicht, dass es solch ein Ideal wirklich gibt. Ich meine ... ich habe so etwas in mir, solche Gedanken, solche Träume...

Es ist nur so seltsam, dass Sie das mir gegenüber so aussprechen...“

Er nickte verstehend. Dann sagte er:

„Es ist schön, dass du selbst dieses Ideal auch so sehr empfindest. ... Ich wünsche dir, dass du irgendwann einen Jungen findest, dem du selbst ähnliche Worte sagen kannst oder der sie zu dir sagt oder der es so fühlt.“

Sie erschauerte... Er fuhr fort:

„Mach dir bitte nicht so viele Gedanken darüber, dass nun ich so gesprochen habe. Nun weißt du einfach, was du mir bedeutest – aber du kannst damit umgehen, wie du willst. Ich kann deine Zuneigung nur gewinnen, wenn ich dich völlig frei lassen kann ... und dir trotzdem etwas bedeuten kann. Ob ich das aber tue, nach und nach, das liegt nicht bei mir. Ich kann dir Verständnis schenken, Zeit, Freundschaft, Vertrauen, Freude, Geborgenheit oder was du möchtest. Aber ich kann dir nur das schenken, was du selbst möchtest. Das, womit ein Junge deines Alters deine Freundschaft und Liebe gewinnen könnte, habe ich nicht. Nur alles Andere. Und ich hoffe, dass es für eine andere Freundschaft ausreichen wird, dass es eine andere Freundschaft entstehen lassen kann.

Und ich weiß, dass es viel verlangt ist – denn gibt es nicht unzählige Menschen, mit denen man das haben kann? Überall auf der Welt suchen Menschen nach Freundschaft, nach Vertrauen. Und so viele Menschen könnten es sich einander schenken. Aber der eine Mensch sucht vor allem die Freundschaft eines bestimmten anderen Menschen. Und vielleicht sucht dieser andere Mensch wiederum bei ganz anderen Menschen und muss diesen einen Anderen zurückweisen...

Für mich bist es gerade *du*. Ob aber ich für dich zumindest ein wesentlicher Mensch unter anderen sein kann, das kann ich nicht mehr bestimmen. Ich konnte nicht einmal bestimmen, dass du für mich so wesentlich wurdest. Du warst es einfach, vom ersten Moment an...“

Ihr Herz war von seinen Worten tief berührt. Dieser Mann bat sie wirklich immer wieder um ihre Freundschaft. Leise erwiderte sie:

„Ich danke Ihnen für all Ihre Worte... Sie wissen ja, dass ich es kaum verstehen kann, oder dass ich kaum damit umgehen kann. Aber dankbar bin ich dafür trotzdem. Und ich habe das Gefühl, dass ich das alles nicht verdient habe. Ich kann es ja gar nicht erwidern...“

„Das brauchst du ja gar nicht. Es ist für mich schon der schönste ‚Dank‘, wenn du dafür wirklich auch eine Art Dankbarkeit empfindest, ich meine, wenn es sich für dich nicht nur schwer anfühlt, sondern irgendwo auch schön. Gerade da liegt doch die einzige Brücke..."

„Ja...", erwiderte sie.

Sie war inmitten all ihrer Unsicherheit bereit, zu sehen, wo diese Begegnung weiter hinführen würde; ob eine Freundschaft entstehen könnte... Ihre Angst schwand, und eine leise, schöne Hoffnung erschien am Horizont ihrer Seele...

Der Mann sah sie vorsichtig fragend an und sagte:

„Und ... weißt du dann jetzt schon, wann du diese Brücke weiterbauen wollen würdest..."

Immer wieder erschauerte sie innerlich leise, wenn sie fühlte, wie der Mann alles in ihre Hände legte, wie in einer zarten Geste. Ja, sie wusste es. Sie antwortete:

„In zwei Wochen ist schon Weihnachten. Da fahre ich zu meinen Eltern nach Hause. Aber bis dahin ist noch ein wenig Zeit. Morgen könnten wir uns noch einmal treffen."

Sie sah, wie die Augen des Mannes aufleuchteten. Er sagte:

„Sehr gerne! Und wo?"

„Vielleicht um vier Uhr in dem Café?"

„Oh", erwiderte er bedauernd, „ich würde es leider erst kurz nach fünf schaffen."

Beschämt wurde ihr klar, dass sie dies völlig vergessen hatte.

„Natürlich, Entschuldigung, Sie müssen ja arbeiten."

„Wäre denn viertel nach fünf auch noch gut?", fragte er.

„Ja, dann also wieder hier?"

„Ja, wenn es dir hier gefällt."

„Gefällt es Ihnen hier nicht?", fragte sie besorgt.

„Mir ist nur wichtig, dass es *dir* hier wirklich gefällt. Wir könnten auch oben in der Altstadt zum Beispiel zu einem Italiener gehen. Dort wäre es noch etwas ruhiger, dafür aber vielleicht weniger urig und ungestört. Entscheidend ist nur, wo es dir am meisten gefällt und du dich am wohlsten fühlst – und zwar dann morgen. Ich folge dir voller Freude überallhin und lade dich natürlich dann ein."

„Nein, hier ist es schon schön", erwiderte sie. „Aber Sie dürfen wirklich *auch* sagen, wenn Sie woanders hinwollen – und sollen es bitte auch."

„Gut, ich verstehe, Saskia. Das würde ich dann auch tun, bitte hab keine Sorge, ja?"

„Gut, dann bin ich beruhigt."

Sie lächelte.

„Wohnst du weit von hier?", fragte der Mann schließlich.

„Nein, zehn Minuten zu Fuß."

„Möchtest du lieber allein nach Hause gehen, oder darf ich dich noch begleiten?"

Sie überlegte einen Moment. Sie wollte ihn nicht verletzen und auch nicht abweisen, aber...

„Ehrlich gesagt", gestand sie, „möchte ich lieber allein nach Hause gehen. Es würde sich für mich etwas komisch anfühlen, wenn Sie mich begleiten."

Etwas unsicher sah sie ihn an. Aber der Mann hatte so verständnisvolle Augen... Er antwortete:

„Das verstehe ich. Bitte habe doch wirklich keine Bedenken, mir so etwas zu sagen. Vielleicht muss ich auch lernen, mich zu beherrschen und manche Fragen gar nicht erst zu stellen..."

„Das konnten Sie ja nicht wissen."

„Die Hauptsache ist, Saskia, das du immer wirklich nach deinem Gefühl gehst und nicht dahin kommst, nur mir zuliebe etwas zu tun, was sich für dich dann doch nicht ganz gut anfühlt. Ich will mich nach dir richten, und nicht umgekehrt. Hab keine Sorge, mich zu enttäuschen, wenn du mal ‚Nein' sagst – oder immer wieder, so oft du willst. Du enttäuschst mich nicht. Ich muss es nur fragen, weil ich erst lernen muss, was für dich in Ordnung ist und was nicht – oder was jetzt im Moment nicht. Aber wenn ich fragen darf, darfst du auch ‚Nein' sagen. Bitte sei immer ganz ehrlich. Ich will *dich* kennenlernen. Und zu dir gehören auch deine ‚Neins'..."

Wieder war sie tief eigentümlich berührt. Gegenüber welchem Menschen wäre das Nein-Sagen so einfach? Und er forderte sie geradezu dazu auf...

„Sie sind wirklich ein besonderer Mensch."

„Nein", widersprach er. „Alles, was ich sage, entspringt dem, was ich dir gegenüber empfinde. Wenn das besonders ist, dann bist *du* ein besonderer Mensch, und das bist du ja auch..."

Sie schüttelte leicht den Kopf und widersprach nun ebenfalls: „Trotzdem... Ich bin auch nicht besonders. Sie *sehen* in mir etwas Besonderes, aber ich weiß noch immer nicht, warum. Dass Sie es aber tun, liegt an Ihnen, nicht an mir."

Er lächelte.

„Dann sind wir doch bei einem wunderbaren Rätsel angelangt. Wenn wir wollen, können wir dies ja morgen weiter vertiefen. Ich jedenfalls bleibe bei meinem Standpunkt..."

Nun lächelte auch sie.

Als der Mann gezahlt hatte, gingen sie nach oben und verließen die Gaststätte. Draußen empfing sie die frische Kälte des Dezemberabends. Auf der Straße lag nun wieder eine leichte Schneeschicht.

Wie sie den Schnee liebte! Sie holte einmal tief Luft und sagte voller Freude:

„Ist das schön!"

„Ja", sagte der Mann, „es ist schön. Alles..."

Befangen verstand sie, was er damit sagen wollte. Es war immer wieder ein seltsames Gefühl...

Sie hatten doch noch eine kleine Strecke gemeinsamen Wegs, denn der Mann musste ebenfalls weiter hinunter. Dann waren sie schließlich am Beginn der Fußgängerzone angekommen, wo sie abbiegen musste.

Als sie dem Mann die Hand gab und sie sich verabschiedeten, sagte dieser:

„Vielen Dank für alles, Saskia! Und bis morgen Nachmittag."
„Ja..."
Unsicher wusste sie nicht weiter, was sie selbst sagen sollte. Sie schämte sich leise, dass sie diesem Mann so viel bedeutete und er ihr doch gar nicht...

Nach wenigen Schritten schaute sie sich noch einmal um. Er stand noch immer da – nun hob er die Hand zum Gruß. Sie erwiderte seine Geste befangen, dann drehte sie sich wieder um. Es war immer so schwer, von jemandem wegzugehen, der einem nachsah... Doch als sie sich nach einigen Schritten noch einmal umsah, war auch der Mann gegangen. Wenn jemand aber auf einmal weg war, war es auch schade...

*

Als sie das letzte Stück bis zu ihrem neuen Zuhause lief, fühlte sie erst wiederum, wie aufregend der ganze Abend gewesen war.

Wenn sich die innere Aufregung langsam legte und all die unendlich verschiedenen Empfindungen, Gefühle und Fragen in der Stille des Alleinseins um so deutlicher nachklangen, wurde einem erst wirklich klar, was und wieviel man erlebt hatte. Und dann tauchten auch alle Fragen noch einmal deutlicher auf, kamen neue Gefühle, neue Unsicherheiten...

Und dann noch diese einzigartige Stimmung, fast allein durch ruhige Straßen durch frisch gefallenen Schnee zu gehen... Es verband sich alles miteinander zu einem seltsamen Gefühl.

Als sie die Wohnung betrat und in der Küche ein Glas Leitungswasser trank, kam Freddie aus ihrem Zimmer und fragte aufgeräumt:

„Na? Hast du heute mal was unternommen? Was hast du gemacht?"

Das war wieder die falsche Frage zur falschen Zeit...

Doch ihre Beziehung zu Freddie war inzwischen so vertrauensvoll, dass sie es wagen konnte, einfach die Wahrheit zu sagen. Zögernd sagte sie:

„Das ist eine lange Geschichte..."

Herausfordernd setzte sich Freddie an den Tisch und sah sie an.

„Ich liebe lange Geschichten!", sagte sie mit einem hintergründigen Lächeln. „Besonders wenn sie von dir sind. Ich bin echt gespannt, was für eine lange Geschichte das ist..."

„Ich war mit einem Mann im ‚Robins', und wir haben uns unterhalten."

„He!", sagte Freddie ausgelassen und zeigte auf sie. „Na bitte! Schritt eins zur perfekten Partnerschaft! Dass ich das noch erleben durfte..."

Freddie musterte sie durchdringend, als könne sie es noch immer nicht glauben.

„Es ist nicht so, wie du denkst!", erwiderte Saskia. „Wir haben uns nur unterhalten. Der Mann war vielleicht ungefähr Mitte vierzig."

„Hä? Wie bitte?" Freddie verstand nicht ganz. „Was – was wolltest du denn dann mit ihm?"

„Ich wollte nichts. Er wollte etwas..."

Noch immer war sie in ihrer Erinnerung sehr stark bei der Begegnung dieses Abends.

„Ih!", sagte Freddie und verzog das Gesicht. „Und hast du ihn dann nicht sofort stehengelassen?"

„Es ist nicht so, wie du denkst!", sagte sie von neuem eindringlich.

„Nicht?", fragte Freddie verwundert. „Wie ist es dann?"

Das hatte der Mann in einem bestimmten Moment auch gefragt. Wann war das noch...? Er hatte sich etwas vorgeworfen, was gar nicht stimmte... Freddie dagegen verstand immer etwas anderes ganz falsch.

„Es ist nicht so, wie du denkst", wiederholte sie, wie um etwas Sicherheit und einen festen Anfang zu gewinnen.

„Ja", grinste Freddie. „Dann warte ich jetzt einfach, dass du mir erklärst, *wie* es dann ist. Übrigens, kann es sein, dass du rot wirst?"

„Was – ich?", sagte sie völlig erschrocken.

Freddie lachte fröhlich.

„He, Saskia – das war 'n Witz! Mann, lass dich doch nicht immer so leicht reinlegen. War auch eine Art Test. Ist da nun was zwischen euch oder nicht? Was war das für ein Typ?"

„Es war kein Typ", sagte sie.

Leise spürte sie das schöne Gefühl, das auf einmal da war, wenn man jemanden verteidigte, der selbst nichts tun konnte.

„Ich mag das Wort ‚Typ' nicht, egal bei wem..."

„Gut", lenkte Freddie ein. „Ich ziehe die letzte Frage zurück und verbessere: Was war das für ein ... *Mann?*"

Die Art, wie sie das letzte Wort betonte, war wieder typisch. Freddie konnte es nicht lassen, sie zu provozieren. Aber es war inzwischen eine Art stilles Spiel. Sie mochten einander – und sie hatte gelernt, mit Freddies Art umzugehen.

„Aber bitte auch die andere Frage nicht vergessen!", ergänzte Freddie.

Sie seufzte.

„Du verstehst das sowieso nicht, Freddie. Bei dir ist immer alles so ... eindeutig. Aber das ist es hier gar nicht. Ich meine ... es ist schon eindeutig, aber es ist mehrschichtig. Verstehst du? Bei dir haben diese Dinge nie mehrere Schichten – bei mir haben sie ganz viele Schichten. Und bei diesem Mann auch..."

Freddie konnte nicht aufhören, sie als Weltwunder zu behandeln. Sie sagte:

„Sorry, ich verstehe zwar gerade fast nur Bahnhof. Aber das Eine scheint mir doch zu stimmen – da *ist* was zwischen euch? Kannst du mir das mal bitte kurz ganz klar bestätigen?"

„Ja, es *ist* was zwischen uns!", ahmte sie Freddie um Einiges ärgerlicher nach, als sie es eigentlich wollte. Sie beruhigte sich wieder und fügte hinzu: „Kannst du jetzt endlich mal Ruhe geben und hinnehmen, wie es *wirklich* ist?"

„Mann, Saskia", erwiderte Freddie. „Beruhige dich doch... Du weißt schon, dass ich dich mag?"

Warm durchdrangen diese Worte ihr Inneres. Wieder fühlte sie ihre ganze Zuneigung und ihr ganzes Vertrauen gegenüber Freddie, als sie antwortete:

„Ja, das weiß ich, und ich mag dich doch auch... Aber wenn du ... mich wirklich verstehen willst, musst du mir zuhören – ich meine *wirklich*..."

Freddie schien zu begreifen. Sie sah, wie sie ernst wurde. Auch das liebte sie inzwischen so an ihr – dass sie doch im richtigen Moment, im zumindest gerade noch richtigen Moment, ernst werden konnte, meistens...

„Okay, Saskia", sie setzte sich auf, „erzähl' einfach..."

Und sie erzählte – so kurz wie möglich, so ausführlich wie nötig ... und so gut, wie sie es konnte.

Als sie fertig war, sagte Freddie, die sie die ganze Zeit nicht unterbrochen hatte, erst einmal einen weiteren Moment lang nichts. Als sie diesen Moment überwunden hatte, sagte sie zunächst nur ein einziges Wort:

„Okay..."

Sie dehnte es wie zu einer langen, schwebenden Frage, so als müsse sie selbst erst einmal überlegen, wie die Antwort darauf sein könnte.

„Das klingt in der Tat kompliziert; oder wie sagtest du? Vielschichtig? Ja ... nicht zu leugnen. – Und was willst du jetzt damit machen?"

„Ich weiß es nicht", gestand sie.

Sie wollte sagen: Ich weiß nicht, wohin es mich führen wird.

Freddie verstand es aber anders und sagte:

„Willst du einen Rat von mir?"

„Ja?", sagte sie zögernd. Sie wollte Freddie nicht abweisen.
Ob jemand wirklich einen Rat wollte, merkte Freddie nicht so schnell. Sie hatte einfach ihre Meinungen – und das waren bei Saskia, die in ihren Augen viel unerfahrener war, dann ihre Ratschläge.
„Diese Vielschichtigkeit... Letztlich läuft es doch auf das Eine hinaus. Ich meine, du hast ja selbst gesagt, dass dieser Typ – äh, ich meine, dieser *Mann*, sorry – verliebt in dich ist. Er ist verliebt, Saskia, verstehst du!? Wenn man das ist, dann *ist* man das, Punkt, kein Komma, kein Strich, einfach nur Punkt. Er konnte dich nicht vergessen, hast du gesagt. Ist doch völlig eindeutig! Ist doch sogar eindeutiger als schwarz auf weiß. Und ja – dann will er dich kennenlernen und so, und nicht nur das Eine. Das mag ja alles sein. Aber das Eine will er eben auch. Vielschichtigkeit hin und her. Die anderen Schichten kommen alle von dieser. Er will mit dir ins Bett – und selbst, wenn er es nicht kann, will er es. Alles, was ich damit sagen will, ist einfach nur: Sei vorsichtig. Und sei nicht enttäuscht..."

Sie empfand dankbar Freddies Sorge um sie – aber sie war sich sicher, dass Freddie trotz allem etwas Entscheidendes nicht verstanden hatte, und darüber war sie einmal mehr sehr traurig.
„Es ist nicht, wie du sagst. So ist es nicht – es kommt nicht alles nur von dieser Schicht. Man will nicht mit jemandem ‚ins Bett' und alles andere kommt daher. Es ist genau andersherum. Man ist berührt – und von da kommt dann alles andere..."
Freddie sah sie an.
„Du bist wirklich speziell, Saskia. Aber das ist mir zu viel Romantik. Bei dir mag das so sein, aber bei Anderen ist es doch ein wenig anders. Da ist man nicht ‚berührt', sondern man will sich berühren – und zwar ziemlich schnell überall. Und das macht man dann im Bett. So läuft das einfach. Wenn

ich jemanden – na, du weißt schon: geil finde, dann will ich doch nichts anderes als das? Selbst ein Kuss ist doch schon 'ne Berührung. Und von da ist es bis zum Bett nicht mehr weit."

Immer wieder schrak sie vor dieser Sichtweise heftig zurück. Doch inzwischen verstand sie immer mehr, dass andere Menschen so denken konnten und auch dachten.

„Das ist mir zu heftig", sagte sie aufrichtig. „Zu ... gewalttätig. Ich weiß nicht, wie ich es sagen soll. Es ist zu schnell. Zu äußerlich – ja, zu äußerlich. Du sprichst nur von äußerlicher Berührung. Ich werde aber zuerst innerlich berührt. Und das ist das Entscheidende. Hier innerlich berührt zu werden..."

Sie legte ihre Hand auf ihr Herz.

„Da beginnt erst die Liebe. Vorher ist es irgendetwas anderes, aber keine Liebe..."

Freddie sah sie nachdenklich an.

„Du bist speziell, Saskia... Wirklich speziell... Ich weiß nicht – vielleicht überzeugst du mich doch noch irgendwann."

Dann schien sie wie aus einem kurzen Tagtraum aufzuwachen und sagte mit wieder normalem Tonfall:

„Aber dieser Mann. Bei dem kann ich mir das nun wirklich nicht vorstellen. Der hat dich gesehen und sich in dich verliebt – und nun... Verstehst du? Ein älterer Mann verliebt sich in ein junges Mädchen nur deshalb. Weil es jung ist! Also...? Das ist immer da, spielt immer mit. Der Gedanke ans Bett also auch. Willst du das?"

Sie hatte das Gefühl, ihn wieder in Schutz nehmen zu müssen.

„Es geht nicht darum, was ich will. Es geht darum, was er *eigentlich* will. Und das, worauf du ständig hinaus willst, ist nicht das Eigentliche. Es mag immer mitspielen. Ja, vielleicht muss er daran denken. Na und? Vielleicht kann er gar nichts dafür. Wenn es so ist, wie du sagst, kann man nichts dafür.

Wichtig ist nur, was man *wirklich* will. Und wenn er mich nur kennenlernen will, ohne dieses Andere... Und das hat er gesagt!"

„Und dem vertraust du natürlich?"

„Ja!", sagte sie betont.

„Du bist wirklich speziell...", sagte Freddie wieder.

Nach einigem Nachdenken fügte sie schließlich hinzu:

„Aber vielleicht ist dieser Mann auch speziell..."

Sie freute sich zutiefst, dass Freddie dies sagte.

„Ja", bestätigte sie. „Das ist er. Ich habe es dir doch erzählt, wie er ist."

„Okay. Sei trotzdem vorsichtig. Aber genug von dem Mann. Ich meine ... *du* bist jetzt trotzdem nicht im Begriff, dich in ihn zu verlieben, oder?"

„Nein!", sagte sie erschrocken und abwehrend.

Unmittelbar tat ihr diese Reaktion wiederum leid. Es fühlte sich wie eine Verleugnung der ganzen unsicheren Freundlichkeit des Mannes, seiner Gefühle und der ganzen Begegnung dieses Abends an. Sie versuchte, es innerlich wieder gutzumachen.

„Ich meine: nein", sagte sie sehr ruhig. „Das kann ich ja gar nicht. Mir tut es sogar leid, dass ich das, was er empfindet, gar nicht erwidern kann. Das muss für ihn doch schwer sein?"

„Saskia, Saskia", schüttelte Freddie den Kopf. „Übertreib' es nicht wieder. Da kommt so ein älterer Mann und sagt: ‚Entschuldigung, ich habe mich in dich verliebt' – und schon tut es dir sogar leid, dass du dich nicht auch in ihn verliebst. Wie abgedreht ist das denn?"

Unmittelbar tat es ihr leid, dass sie so offen gewesen war. Diese letzte Bemerkung von Freddie gab ihr wirklich wieder einen großen Stich ins Herz... Aber inzwischen hatte sie ab und zu den Mut, dann etwas zu sagen. Und jetzt war sie so enttäuscht, dass sie die Klarheit und die Kraft bekam, den entscheidenden Punkt zu ergreifen.

„Du musst das nicht verstehen, aber warum bist du dann immer so verletzend?"

„Ich? Wieso verletzend?"

„Ich finde es schlimm, dass du es nicht einmal merkst", sagte sie traurig. „Zum Beispiel ‚wie abgedreht ist das denn'. Du verstehst etwas nicht – und schon machst du es mit Worten herunter... Du weißt gar nicht, wie es mir dann immer geht..."

„Wieso herunter? Ist das nicht abgedreht?"

„Für dich vielleicht!", erwiderte sie mit trauriger Heftigkeit. „Weil du es nicht verstehst. Aber warum muss das, was du nicht verstehst, gleich falsch sein? Und überhaupt, abgedreht ist doch nur ein anderes Wort für ‚bescheuert', ‚minderbemittelt'. Warum *sagst* du so was?"

„Keine Ahnung – so bin ich nun mal", verteidigte sich Freddie halbherzig. „Aber überleg doch mal! Was würdest du tun, wenn sich fünf ältere Herren in dich verlieben würden? Würdest du zu jedem Einzelnen hingehen und dich entschuldigen, dass du dich nun leider, leider nicht auch in ihn verlieben kannst?"

„Ja, vielleicht würde ich das!", betonte sie störrisch. „Du formulierst das immer so, dass du dich darüber lustig machst. ‚Leider, leider'! Ich würde mich so nie über einen anderen Menschen lustig machen. Immer wenn du das machst, kannst du gar nicht mehr verstehen, wie es *wirklich* ist. Denn für dich ist es ja nur etwas zum Lustigmachen..."

„Aber warum entschuldigst du dich für etwas, womit du gar nichts zu tun hast? Die sollen dich in Ruhe lassen! Stattdessen entschuldigst du dich noch dafür, dass sie es *nicht* tun!"

Sie überlegte. Dann sagte sie:

„Wenn sich jemand in mich verliebt, dann habe ich sehr wohl etwas damit zu tun. Man kann nichts dafür, wenn man sich verliebt. Und wenn ich es will, *würde* der Mann mich in Ruhe lassen. Dir wäre es egal, wie er sich dann fühlt – aber mir nicht. Und deswegen kann es einem doch leid tun, dass man etwas nicht erwidern kann – gerade *weil* man es eben nicht kann."

„Also wenn sich jemand in mich verliebt, der mir egal ist, würde ich sagen ‚Hau ab' – und nicht noch ein schlechtes Gefühl haben."

„Ja, *du*!", betonte sie. „Eben *weil* es bei dir nur äußerlich ist. Du siehst gar nicht die Gefühle des Anderen. Du siehst gar nicht, wie es ihm innerlich geht!"

Fast kämpferisch funkelte sie Freddie an und verteidigte den imaginären Anderen.

Freddie war einen Moment überrumpelt. Und Saskia ließ nun dem, was ihr Herz ihr in diesem Moment sagte, freien Lauf:

„Du siehst es gar nicht! Und wenn der Andere dich nun aber über alles liebt? Wenn er nicht jemand anderen lieben will? Nur dich? Und du willst ihn nicht! Kannst du dir vorstellen, wie es ihm dann geht? Er will nicht einfach mit dir ins Bett. Er will dich nicht einfach nur berühren – er will überhaupt nicht einfach nur das Äußerliche! Er will das Innerliche! Er will das ganze Leben bei dir sein. Er will dich verstehen und von dir verstanden werden. Dein Innerliches will er! Aber dieses Innerliche gibt es gar nicht! Wo ist die innerliche Freddie? Wo hat sie Gefühle? Wo hast sie wirkliche Liebe? Da ist dieser Andere, der dich liebt, Freddie. Aber wo bist du? Wo ist dein Herz? Kannst du fühlen, wenn du jemandem alles bedeutest? Oder kannst du dem, dem du alles bedeutest, ins Gesicht sagen ‚Hau ab', weil du gar nichts bemerkst? Nichts? Sein ganzes Herz nicht..."

Sie hatte sich so sehr mit diesem ‚Anderen' identifiziert, dass ihr die Tränen in die Augen getreten waren, nun über ihre Wangen rollten...

„Saskia...", sagte Freddie bestürzt.

„Nein!", funkelte sie sie mit tränennassen Augen an. „Du sollst nicht mich trösten – du sollst den *Anderen* verstehen! Du sollst *seine* Gefühle mitfühlen..."

Die beiden saßen einander gegenüber und sahen sich für eine Weile nur in die Augen – die eine nachdenklich, die andere voller Empfindungen...
Schließlich sagte Freddie leise:
„Das muss dir erstmal einer nachmachen... Jetzt hast du nicht nur mit dem mitgefühlt, der etwas von dir will, sondern sogar mit dem, der etwas von mir will..."
„Und du?", fragte sie. „Kannst du es noch immer nicht?"
Noch immer nachdenklich erwiderte Freddie:
„Ich weiß es nicht... Ich glaube einfach nicht, dass es so ist, Saskia. Solch einen Freund habe ich noch nicht gefunden..."
Sie überlegte. Dann sagte sie:
„Vielleicht musst du ihn dir erst wirklich wünschen..."
Freddie sah sie nur an und sagte nichts...
Schließlich stand Freddie auf.
„Ich muss noch was für die Uni machen. Aber du bist wirklich speziell, Saskia. Irgendwie bin ich froh, dass ich dich als Untermieterin habe und nicht jemand anderen."

Als sie am nächsten Abend wieder in den Kellerraum des
‚Robins' ging, war der Mann noch nicht da. Sie setzte sich an
denselben Tisch, an dem sie gestern gesessen hatten.
Wenige Minuten später kam er. An seinen Bewegungen sah
sie sofort, dass er sich verspätet haben musste. Als er ihren
Tisch erreichte, stand sie auf und gab ihm die Hand.
„Hallo", sagte sie mit einer leichten Unsicherheit, die von ei-
nem deutlichen Gefühl des Vertrauens getragen wurde.
„Hallo, Saskia. Wie geht es dir?"
In seinen Augen sah sie die tiefe Freude, sie wiederzusehen.
„Gut. Und Ihnen?"
„Sehr gut, jetzt... Ich freue mich so sehr."
Sie hörte sofort die Bedeutung des einen Wortes, das seine
Antwort eingeschränkt hatte.
„Ging es Ihnen sonst heute nicht so gut?"
Der Mann seufzte.
„Nein."
Fragend sah sie ihn an.
Das Gesicht des Mannes wurde trauriger.
„Meine Frau. Es ist eine lange Geschichte. Unsere Ehe ist ei-
gentlich am Ende. Aber wir leben nun einmal noch zusam-
men. Ich habe den Fehler begangen, ihr zu beantworten, was
ich gestern gemacht habe. Ich habe nur einen einzigen Satz
gesagt – und daraufhin hat sie Bemerkungen gemacht, für die
ich mich jetzt noch schäme, auch um deinetwillen."
Sie erschrak.
„Was für Bemerkungen?"
„Du kannst es dir sicher vorstellen. Von wegen junges Mäd-
chen und so weiter. Ich kann es wirklich nicht wiederholen.
Es war tief unter der Gürtellinie, beleidigend, beschmutzend.
Ich schäme mich wirklich."
Diese Wendung des Gespräches war ihr sehr unangenehm.
„Warum ist das so?", sagte der Mann traurig, „warum kann
man einen Menschen nicht so zulassen, wie er ist, zulassen,

was er tut oder nicht tut. Warum muss man einander so quälen, verletzen?"

Die Bedienung kam mit der Speisekarte.

„Es sind wirklich immer seltsame Momente, in denen man unterbrochen wird", kommentierte der Mann leise. Dann fragte er: „Möchtest du gern wieder etwas essen?"

„Nein, danke", erwiderte sie. „Jedenfalls noch nicht."

Sie bestellte einen Apfelsaft, der Mann ein Wasser.

Als die Bedienung wieder gegangen war, fragte sie:

„Warum *ist* ihre Ehe am Ende?"

Traurig antwortete der Mann:

„Weil es genau so ist, wie ich sagte. Es gibt zwischen uns nichts mehr. Nur noch dieses Verletzenwollen seitens meiner Frau. Ich verstehe es nicht."

„Aber wie kam es dazu?"

„Ich weiß es nicht. Es ist kein schönes Thema. Ich habe das Gefühl, dass es sich uns jetzt aufgedrängt hat, ohne dass wir das wollen. Von mir aus würde ich darüber gar nicht spre-chen wollen, und du musst dich dafür wirklich nicht interes-sieren, zumindest jetzt nicht. Es würde mir leid tun, dich da hineinzuziehen und dich nur zusätzlich zu belasten – das will ich überhaupt nicht! Ich möchte nicht, dass sich uns Themen aufdrängen. Nur *deine* wirklichen Fragen würde ich immer beantworten. Ich will nicht, dass irgendeine Situation oder irgendein Umstand unsere Begegnung bestimmt. Ich habe Angst davor, dass es dann nicht mehr *unsere* Begegnung ist. Verstehst du, was ich meine?"

Wieder spürte sie berührt das Bemühen des Mannes, ihre Be-gegnung ganz nach ihr zu richten.

„Ja, ich verstehe. Aber jetzt ist es ja trotzdem da. Darf ich es trotzdem fragen? Ich würde es gerne wissen."

„Ja, wenn du es willst, werde ich dir antworten."

Die Bedienung brachte die Getränke.

Dann sagte der Mann:

„Wie es dazu kam ... ich weiß es nicht genau. Es geschah sozusagen schleichend. Es gab manche Bemerkungen meiner Frau, die ich einfach verletzend fand. Ich habe das einfach nie verstanden. Ich habe versucht, es zu ignorieren. Aber diese Situationen häuften sich. Es war eine Art von Herrschaft, so erlebe ich das jetzt. Das Ganze entwickelte sich über Jahre, viele Jahre – eigentlich zu viele Jahre. Auch das verstehe ich nicht. Es ist mir ein Rätsel. Ich selbst bin mir ein Rätsel – wie ich das alles so lange ausgehalten habe, einfach ertragen, verstehst du? Ich selbst bin mir ein Rätsel. Ich weiß eigentlich nicht, wo und wer ich diese vielen, langen Jahre gewesen bin. Ich weiß es jetzt eigentlich noch immer nicht. Aber irgendetwas ist passiert. Es ist wie eine Art Aufwachen – in der Gestalt eines Nicht-mehr-ertragen-Könnens und eines ersten Seinen-eigenen-Weg-Gehens.

Jetzt, wo ich das sage, schäme ich mich furchtbar, denn du musst mich für einen völligen Naivling halten, der gerade erst lernt, erwachsen zu werden, obwohl er sozusagen schon halb vor der Rente steht. Das ist doch etwas Unmögliches! Aber ich muss es gestehen, wie es ist. Es *ist* unmöglich...“

Sie versuchte, sich in das hineinzuversetzen, was der Mann erzählt hatte. Sie dachte nach...

„Du kannst damit nichts anfangen, oder?“, fragte der Mann. „Bin ich in deinen Augen jetzt ein...“

„Nein“, unterbrach sie ihn, berührt von seiner Sorge. „Ich ... habe mich gefragt, ob es eine Möglichkeit gegeben hätte, das aufzuhalten. Aber das kann man wahrscheinlich gar nicht beantworten...“

„Nein...“

„Und haben Sie denn nie versucht, mit Ihrer Frau darüber zu sprechen?“

„Doch, aber erst vor wenigen Wochen, da habe ich es einmal versucht. Es ist eigentlich absurd, das jetzt so gestehen zu müssen... Es war einfach viel zu spät.“

„Wie ist das Gespräch verlaufen?“

„Ich habe versucht, sie zu fragen, warum sie so handelt. Was sie von mir erhofft. Ob ich etwas falsch gemacht habe. Ob wir nicht noch etwas ändern könnten. – Sie wollte sich nicht darauf einlassen, sie ist nicht auf diese Ebene des gemeinsamen Gesprächs mitgekommen. Sie hat ihre Art beibehalten und hat mir in Form von Vorwürfen alle meine angeblichen Fehler aufgezählt: dass ich mich ja immer nur zurückgezogen hätte; dass es jetzt viel zu spät sei, irgendetwas zu ‚klären' oder zu ‚ändern'. Dass ich unfähig zu einer Beziehung sei, ein Waschlappen, ein Nichtsnutz. Ich weiß nicht, was sie alles gesagt hat, aber das war das Bild, was sie mir vermitteln wollte. Sie wollte auch da nichts ändern, sie wollte oder konnte mir auch da letztlich nur Vorwürfe machen."

„Das ist ja schlimm", sagte sie leise.

„Ja. Aber vielleicht hat sie auch da noch ein wenig Recht. Wenn ich selbst nicht weiß, wo die ganzen Jahre geblieben sind – vielleicht habe ich *sie* auch viel zu sehr enttäuscht."

„Aber das ist doch kein Grund, jemanden so zu behandeln, wie Sie es beschrieben haben!"

„Ja, das ist kein Grund. Aber vielleicht konnte sie nicht anders. Vielleicht hat immer jemand irgendwo Recht. Vielleicht können manche Dinge nur so gehen, wie sie gehen..."

Sie konnte das nicht glauben.

„Das wäre traurig."

Der Mann sah sie einfach nur an... Etwas befangen fügte sie hinzu:

„Ich stelle mir vor, dass man immer *rechtzeitig* etwas ändern könnte."

„Ja, das wäre schöner", erwiderte der Mann nachdenklich. „Hattest du mit so einer Frage denn schon einmal zu tun?"

„Nein. Aber manchmal, wenn ich von einem Problem höre oder etwas davon mitbekomme, stelle ich mir vor, was geschehen müsste, damit es doch gut ausgeht – oder was geschehen hätte müssen, damit es gut ausgegangen wäre."

„Das ist eine schöne Eigenschaft, Saskia. Vielleicht würdest du ja auch eine gute Therapeutin werden."
„Nein, das glaube ich nicht."

„Du hast gesagt, du bist eigentlich auch eher schweigsam. Wie kommt das oder wie meinst du das? Ist das Schweigsam-Sein gut oder schlecht? Was bist du für ein Mensch, Saskia? Willst du etwas von dir erzählen?"
Spätestens die letzten beiden Sätze machten sie wieder befangen – aber auch überhaupt sprach sie nicht gern über sich. Ehrlich erwiderte sie:
„Nein, eigentlich will ich nicht – ich meine, nicht von mir aus. Ich will schon gerne versuchen, Ihre Frage zu beantworten. Aber von mir aus würde ich das nicht tun. Das ist meine Schweigsamkeit. Ich habe schon in der Schule immer irgendwie diejenigen bewundert, die immer im Mittelpunkt standen. Solche gibt es ja immer. Auch da habe ich mich eigentlich oft gefragt, wie die das machen. Aber es war nicht so, dass ich das auch können wollte. Vielleicht ein bisschen. Aber ich war auch gern allein.
Ich habe nur dann etwas gesagt, wenn man mich gefragt hat – und auch dann meistens nicht viel. Später, als dann die Zeit der Feten kam, habe ich eigentlich erst gemerkt, dass ich etwas anders bin als die meisten anderen. Ich hatte dafür nicht viel übrig, und wenn ich doch mal mitkam, saß ich meistens sehr allein in einer Ecke."
„Hat dich nie ein Junge angesprochen oder so etwas?"
„Doch, ein-, zweimal schon. Das war dann eine ziemliche Katastrophe."
„Warum?"
„Weil entweder ich gleich gesagt habe, ich habe keine Lust, also er soll mich sozusagen in Ruhe lassen, oder weil ich mich so blöd angestellt habe, dass er nach kurzer Zeit wieder gegangen ist."
Berührt sah der Mann sie an und sagte:

„Saskia, du hast gesagt, du sprichst darüber nicht gerne. Und nun erzählst du mir doch dies alles...“

Sie spürte, dass sie etwas rot wurde.

„Ja... Vielleicht, weil ich Ihnen vertraue...“

Der Mann sah sie tief berührt an. Leise sagte er:

„Ich werde das nie enttäuschen...“

Verlegen wandte sie ihren Blick ab.

Schnell knüpfte der Mann das Gespräch wieder an.

„Du hast gesagt, dass du für die Feten nicht viel übrig hattest – aber es gab dann doch Momente, wo du dir gewünscht hättest, es einmal so gut hinzukriegen wie die, die immer im Mittelpunkt stehen können?“

„Ja“, gestand sie, „ein-, zweimal hätte ich mir das wirklich gewünscht.“

„Und wünschst du es dir immer noch?“

„Was?“

„Sozusagen ein wenig anders zu sein. Andere Fähigkeiten zu haben, einen anderen Mut, und so etwas. Ich meine, ist die Schweigsamkeit, von der du sprichst, etwas, was du liebst, was du sehr gern hast, was du wirklich bist – oder ist sie etwas, worunter du auch öfter leidest und was du als ein Hindernis erlebst?“

Sie schwieg eine Weile und dachte nach.

„So deutlich, wie Sie es eben gesagt haben, habe ich darüber noch nie nachgedacht. Ich glaube, meistens bin ich wirklich so, wie ich bin – und würde auch nicht anders sein wollen. Nur...“, wieder fühlte sie, wie sie errötete, „nur einen Freund hätte ich gerne. Aber ich glaube, so werde ich keinen finden...“

Sie vertraute sich dem Mann gerade vollkommen an – und wunderte sich selber ein wenig darüber...

„So...?“

„So schweigsam.“

„Aber du bist doch wirklich gar nicht schweigsam!“

„Sie ja auch nicht."

Der Mann musste lächeln – er verstand, was sie meinte.

„Das heißt also", nahm er den Faden wieder auf, „wenn es dir wirklich darauf ankäme, gerade dann versagen deine Fähigkeiten oder dein Mut?"

„Ja."

„Bist du hier schon einem Jungen begegnet, den du gerne kennenlernen würdest?"

„Nein. Mein Studium hat ja gerade erst seit zwei Monaten begonnen."

„Das macht ja nichts."

„Ich musste mich hier erst einmal zurechtfinden."

Das war eine etwas zweifelhafte Entschuldigung. Den Jungen aus ihrem Semester war sie doch immerhin allen schon begegnet. Leise schämte sie sich selbst. Doch der Mann sagte:

„Ja, natürlich. Wie hast du es geschafft, so schnell die Arbeit in der Buchhandlung zu finden?"

„Oh ... ja." Verlegen war ihr unmittelbar bewusst, dass dies der Ort war, wo er sich in sie verliebt hatte... „Das gehörte zu den ersten Dingen, die ich schaffen wollte. Ein Nebenjob. Es war Zufall, dass das so schnell geklappt hat. Sie suchten jemanden; das mit den zwei Tagen kam ihnen entgegen, und ich konnte es halbwegs so einrichten, dass ich nicht zuviel ausfallen lassen muss."

„Was beschäftigt dich zur Zeit am meisten?", fragte er nun. „Ist es der Gedanke an einen Freund?"

Sie spürte das aufrichtige Interesse des Mannes, sein Bedürfnis, mit ihr über das zu sprechen, was sie selbst war; sie kennenzulernen – und doch ging ihr diese Frage zu nah...

„Du brauchst natürlich nicht zu antworten...", sagte er vorsichtig.

„Ich bin solche Gespräche nicht gewohnt. Dass es so in die Tiefe geht..."

„Tut mir leid", antwortete der Mann. „Bitte sag mir, was ich darf und was nicht. Ich..." Er überlegte kurz. „Es ist so schwer. Normalerweise lernt man sich kennen, indem man erst über anderes spricht und dann langsam Vertrautheit gewinnt. Aber welchen Grund hätte ein Mädchen wie du, mit einem älteren Mann wie mir über unwichtige Themen zu sprechen? Ich habe einfach immer wieder Angst, dass dir dies alles unwesentlich und damit auch lästig erscheint. Deswegen versuche ich wahrscheinlich, das Wichtige und Wesentliche und eigentlich auch die Vertrautheit an den Anfang zu stellen. Aber das ist wahrscheinlich gar nicht möglich. Bitte verzeih... Vielleicht ist es auch *alles* gar nicht möglich..."

Immer wieder war sie von seinen aufrichtigen Worten berührt, von seinem tiefen Bedürfnis, sie kennenzulernen, das ihr zugleich solch ein Rätsel war.

„Nein, ich wollte Sie nicht so unsicher machen...", begann sie.

„Für mich ist es so schwer!", erwiderte er. „Denn für mich ist alles völlig anders als für dich. Ich *habe* einfach schon vollstes Vertrauen in dich. Nicht in die Erwiderung deiner Zuneigung, aber in dich. Ich würde dir *alles* erzählen, wenn du mich fragen würdest. Und ich habe auch eine solche Sehnsucht nach deinem Vertrauen, dass es wirklich weh tut, innerlich. Aber ich verstehe dich natürlich auch. Und ich hoffe fortwährend, dass ich keine Fehler mache; dass ich dich nicht verletze; dass ich dich nicht überfordere. Und dann wieder fürchte ich, dass dies vielleicht gar nicht zu vermeiden ist – und dann steigt in mir eine große Angst auf, dich zu verlieren, weil ich keine Möglichkeit habe, dich zu halten, deine Freundschaft und dein Vertrauen zu gewinnen..."

„Sie brauchen diese Angst nicht zu haben", sagte sie leise.

„Aber wie mache ich es, dass ich nichts falsch mache? Dass ich nicht etwas frage, wobei du plötzlich das Gefühl hast, dass es nicht wirklich angenehm ist, mit mir zu sprechen? Ich hoffe so sehr, dass wir über Dinge sprechen können, die dir etwas bedeuten – und die, indem wir darüber sprechen, das Vertrauen, die Nähe, die Freundschaft, die vielleicht möglich ist, auch wirklich schaffen können... Aber wenn ich dann Themen berühre, die eher die Distanz vergrößern ... ich könnte mir das nie verzeihen, denn gerade das tut so weh..."

Sie sah ihn an, sah die aufrichtigen Augen, in denen die ganze Sehnsucht und Sorge lebte, von der er sprach, und sagte zögernd:
„Wenn Sie mich wirklich kennenlernen wollen, brauche ich Zeit. Ich vertraue Ihnen. Und ich habe Ihnen schon mehr erzählt, als ich fast allen anderen Menschen erzählen würde. Aber eine Vertrautheit entsteht doch erst mit der Zeit, oder? Ich würde auch gerne über das sprechen, was mir am wichtigsten ist. Aber das Thema ‚Freund' ist mir zu nah, zu wichtig. Dafür muss unser Kennenlernen noch weitergehen. Hoffentlich verstehen Sie das. Dass ich Ihnen das alles jetzt so sage, bedeutet schon, dass ich Ihnen wirklich vertraue..."
Auch ihre Worte schienen den Mann sehr zu berühren.
„Ja, Saskia, du hast völlig Recht. Tut mir leid. Wenn man selbst so viel empfindet, kann einen dies völlig blind für das machen, wo der andere Mensch steht."
Wenn er so etwas sagte, fühlte sie immer unmittelbar ihre Befangenheit, ja sogar wieder eine Abwehr – die sie eigentlich gar nicht fühlen wollte. Verlegen drehte sie ihr leeres Glas ein wenig. Dann fragte sie zögernd:
„Kann ich Sie noch um etwas anderes bitten?"
„Aber natürlich!"
„Es wird ... für mich zu schwer, wenn Sie ... davon sprechen, dass Sie für mich so viel empfinden. Ich weiß es zwar und merke es auch, aber wenn Sie es *sagen*, dann..." Sie sprach den Satz nicht zu Ende. „Ich wünschte, Sie würden es nicht sagen..."
Der Mann schien innerlich aufrichtig erschrocken.
„Ja", erwiderte er, „es tut mir sehr leid..."

In derselben Aufrichtigkeit gestand sie:

„Mir tut es auch leid. Ich weiß, dass Sie mehr empfinden, als ich erwidern kann. Und das muss für Sie auch schwer sein. Deswegen tut es mir wirklich leid, wenn Sie das nun auch nicht mehr sagen dürfen, das heißt, wenn ich Sie darum bitte. Aber ich fühle, dass ich nur diese zwei Möglichkeiten habe. Wenn ich fortwährend spüren würde, wieviel Sie empfinden, müsste ich unsere Bekanntschaft abbrechen; ich würde das nicht können, verstehen Sie? Bitte verstehen Sie das! Sie dürfen das empfinden, aber bitte sagen Sie es nicht! Wenn ich es sozusagen halb vergessen kann, dann kann mit Ihnen eine Freundschaft entstehen. Das glaube ich schon seit gestern... Aber es tut mir leid, dass ich das von Ihnen verlangen muss...“

Der Mann hatte ihr mit großen, aufrichtigen Augen zugehört. Erschrocken und entschuldigend antwortete er ihr nun:

„Ja, Saskia, ich verstehe. Bitte – es muss dir nicht leid tun. Mir muss es leid tun. Natürlich kann ich das verstehen! Ich verstehe es so gut. Ich kann nur dankbar sein, dass du es trotzdem aushältst – für deine ganze Art kann ich dir nur danken! Ich werde mein Bestes tun – und bitte sag es mir, wann immer es mir nicht gelingt; wann immer du etwas sagen musst. Sag es, ohne zu zögern!“

Unmittelbar bat sie:

„Sie sollen mich bitte auch nicht immer so loben...“

„Habe ich das getan? Ich wollte nur ausdrücken, was für ein besonderer Mensch –“

„Das meine ich gerade.“

„Aber ich empfinde es so!“

„Aber das hat wieder mit Ihrer Empfindung zu tun...“

„Ja, ich verstehe“, erwiderte der Mann. „Das ist dann auch unser Thema von gestern, nicht wahr? Aber es hat nicht nur mit meiner Empfindung zu tun. Es hat auch mit der Frage zu tun, was besonders *ist* und was nicht.“

„Aber Sie sehen es einfach nur so“, widersprach sie.

„Nein, ich sehe etwas, was so *ist*.“

„Aber ich *bin* nicht so besonders.“

„Doch. Das siehst du nur nicht.“

„Niemand sieht das. Nur Sie.“

Dass dieser Mann so viel in ihr sah, berührte sie zugleich auf eine nicht zu beschreibende, sehr tiefe Weise. Und doch war ihr dies gerade ein vollkommenes Rätsel.

„Es ist zum Verzweifeln“, erwiderte er. „Ich kann doch nichts dafür, wenn die ganze übrige Welt blind ist!?“

Sie musste lachen. Wie lieb war doch dieser Mann mit seiner tiefen Überzeugung!

„Nein“, entgegnete sie fröhlich, „Sie sind blind, weil Sie eine rosa Brille aufhaben.“

„Das ist nicht wahr. Selbst wenn es so wäre, würde diese Brille einen eben *besser* sehen lassen als ohne!“

„Mit Ihnen kann man nicht diskutieren“, stellte sie fest.

„Doch – aber ich habe eben Recht!“

Nun brach wirklich ein herzliches Lachen aus ihr hervor...

„Also gut“, sagte sie, „dann haben Sie eben vorläufig Recht. Sagen dürfen Sie es aber trotzdem nicht mehr.“

Der Mann sah sie bewundernd an und sagte:

„Du hast einen wunderschönen Humor... Darf ich das wenigstens sagen?“

„Nur jetzt kurz einmal“, erwiderte sie. „Sie aber auch...“

*

Wiederum hatte der Mann sie dann eingeladen, gemeinsam etwas zu essen, und sie hatten noch über dies und jenes gesprochen, was nicht so persönlich gewesen war.

Nach dem Essen hatte sie auf seine Frage geantwortet, dass sie sich am nächsten Montag noch einmal wiedersehen könnten. Wenige Tage später würde sie dann für die Weihnachtstage zu ihren Eltern nach Hause fahren.

Als sie schließlich das ‚Robins' verließen und in die stille Abendkühle hinaustraten, schneite es erneut.

Unmittelbar jubelte ihr Herz bei dem Anblick. Als sie mitten auf der Straße stand, atmete sie einmal tief ein und seufzte erfüllt:

„Ach, ist das schön!"

„Ja...", hörte sie den Mann sagen.

„Wissen Sie, warum ich den Schnee so liebe?", fragte sie, während sie sich wieder zu ihm umdrehte.

„Nein, sag es mir...", erwiderte er lächelnd.

„Na ja, weil er so schön ist, natürlich sowieso. Aber noch mehr liebe ich ihn, seit ich weiß, dass jede Schneeflocke unterschiedlich ist. Wie die Menschen! Können Sie sich das vorstellen? Millionen Schneeflocken – und keine wie die andere..."

Wieder blickte sie voller Freude zum Himmel und sah diese unzähligen Schneeflocken von oben herabschweben – für sie war es ein Wunder...

Sie gingen schließlich wieder gemeinsam bis zum Ende der Fußgängerzone die Straße hinunter. Dort verabschiedeten sie sich mit einem herzlichen Händedruck.

„Also, auf Wiedersehen", sagte sie.

„Auf Wiedersehen, Saskia!", sagte der Mann.

Immer wieder sah sie in seinen Augen alles – dieses ‚alles', das sie nie erwidern können würde; dieses ‚alles', das alles in ihr sah. Aber warum nur in ihr... Sie sah dies alles, und es tat ihr leid, dass er so viel mehr empfand, für das ihm gar nichts entgegenkam...

*

Nachdenklich ging sie wieder nach Hause. Das letzte Gespräch mit Freddie kam ihr in den Sinn. Wieso machte sie sich um diese Dinge Gedanken? – Sie tat es, *weil* sie dies alles fühlte. Sie fühlte, wieviel der Mann für sie empfand, und sie wusste, was dieses ‚viel' bedeutete. Sie wusste, was es hieß, wenn ein Mensch für einen anderen viel, vielleicht sogar unendlich viel empfand. So etwas würde sie nie gleichgültig lassen.

Auch musste sie sich eingestehen, dass es ein besonderes Gefühl war, wenn jemand so viel für einen empfand. Es war eigentlich ein ... ebenso unendlich schönes Gefühl. Nicht, wenn sie sich irgendeine körperliche Anziehung vorstellen musste, aber wenn sie einfach dieses ‚viel' spürte. Sie bedeutete etwas für diesen Mann. Und sie wollte dies erwidern – sie wollte ihm etwas zurückgeben. Denn seine Empfindungen und auch seine Art berührten ihr Herz. Wenn es möglich war, würde sie ihm ihre Freundschaft schenken...

*

Als sie angekommen war, kam Freddie wieder aus ihrem Zimmer und begrüßte sie. Sie wusste, dass sie sich an diesem Abend wieder mit dem Mann getroffen hatte.

„Hallo, Saskia!", sagte sie und machte es sich sofort auf dem Küchenstuhl am Fenster gemütlich, von wo sie grinsend zu ihr hinaufsah. „Wie war es denn...?"

Sie setzte sich nun ebenfalls.

„Freddie", sagte sie. „Was ist das immer für ein Unterton in deinen Fragen?"

Sie konnte sich mit diesen Nuancen noch immer nicht anfreunden. Sie würde das wahrscheinlich nie verstehen.

„Was für Untertöne? Ich bin einfach nur neugierig."

„Ja ... vielleicht ist es das. Vielleicht ist es dieses ‚einfach nur neugierig'..."

„Was meinst du?"

„Irgendetwas stellst du dir doch vor... Du vermutest, dass irgendetwas passiert. Du bringst es in Zusammenhang mit deinen Vorstellungen von ... ‚so etwas'. Du erwartest irgendetwas Aufregendes, ich weiß nicht was..."

„Wieso?", wehrte Freddie ab. „Nein – ich bin einfach nur gespannt, wie die Sache weitergegangen ist. Ich meine, das ist doch was Spezielles oder nicht?"

Sie war nicht zufrieden.

„Du immer mit deinem ‚speziell'. Ich habe dann immer das Gefühl, dass das heißt ‚nicht normal'. Na ja ... manchmal klingt das aus deinem Mund fast wie ein Lob – aber diesmal nicht. Es ist wie..."

Sie suchte nach Worten. Schließlich sagte sie:

„Ich kann es nicht beschreiben. Es ist, wie wenn du... – Was heißt ‚speziell' überhaupt? Ja, es ist etwas ‚Spezielles', aber so wie du das sagst, klingt es nicht schön. Da *hat* es einen Unterton. Und den mag ich nicht. Gerade diesen Unterton will ich heraushalten."

Freddie schien zu verstehen, was sie meinte. Doch sie erwiderte:

„Aber – ist er nicht auch in euren Begegnungen da? Ich meine, dieser Unterton spielt doch einfach mit, oder nicht?"

„Meinst du jetzt das Körperliche und so?"

„Ja."

„Das meinte ich aber nicht – jedenfalls nicht nur. Ich meinte auch das ganze Unbestimmte, was mitschwingt, wenn du sagst ‚speziell' und ‚wie war es denn' und so weiter. Die Neugier an sich. So, als ob es etwas Sensationelles wäre. Wie eine spannende Serie, deren Fortsetzung bevorsteht und so weiter. Und ja, dann diese Frage: ‚Ist' da nun etwas oder nicht? All das zusammen."

„Was soll ich denn machen?", versuchte Freddie, sich zu rechtfertigen. „Soll ich etwa gar kein Interesse an dir haben?"

Sie überlegte. Dann sagte sie:

„Kannst du nicht einfach *nur* Interesse an mir haben? Ohne dass du gleich vermutest, wie es weitergegangen sein könnte oder was alles mitgespielt haben könnte, welche ‚Untertöne‘ und so weiter? Einfach *nur* Interesse für mich?"

Nun dachte Freddie nach.

„Hmm, Saskia, du bist *wirklich* speziell... Ich weiß nicht, ob ich das kann. Aber zumindest verstehe ich, glaube ich, was du meinst."

„Okay", sagte sie nachdenklich. „Das ist ja dann vielleicht auch erstmal schon viel..."

„Und wie war es nun?", fragte Freddie vorsichtig.

„Es war schön", erwiderte sie.

„Was – nur schön? Erzähl doch mal!"

„Nein", sagte sie lächelnd.

„Was?", wiederholte Freddie entsetzt. „Das ist unfair! Warum nicht?"

„Weil du", erklärte sie noch immer lächelnd, „selbst nicht sicher bist, ob du dieses ‚einfach nur Interesse‘ haben kannst. Und solange ich das nicht weiß, kann ich auch nicht erzählen. Ich würde es dir ja erzählen – aber solange dieser Unterton in deinem Kopf ist, wäre es nicht richtig. Weder mir gegenüber noch dem Mann gegenüber."

„Du machst mich fertig!", sagte Freddie. „Und es ist einfach unfair. Aber gut, dann erzählst du eben nicht. Ich versteh das schon. Nur geht in meinem Kopf dann natürlich nur noch mehr ab."

„Das kann ja sein – aber das ist dann dein Problem, nicht meins. Ich kann erst erzählen, wenn in deinem Kopf gar nichts mehr ‚abgeht‘. Und ... ich bin froh, dass du es zumindest verstehst."

„Na gut", seufzte Freddie und gab auf. „Ist schon traurig. Ich hätte so gern gewusst, wie es weitergegangen ist. Ich meine, ich interessiere mich ja *schon* für dich..."

Sie sah Freddie an. Wie sehr lag diese ihr doch inzwischen am Herzen und wie sehr mochte sie sie!

„Vielleicht erzähle ich es ja morgen..."

Freddie sah sie lächelnd an.

„Du quälst mich – echt!"

Sie erwiderte ihr Lächeln in gemeinsamem, stillem Einverständnis. Dann sagte sie:

„Aber nicht mit Absicht..."

Am nächsten Abend erzählte sie Freddie tatsächlich, wie der gestrige Abend verlaufen war. Sie spürte, dass Freddie verstanden hatte, was sie meinte, und dass sie tatsächlich anders zuhören konnte als sonst. Es war eine Tatsache, die sie selbst verwunderte – und über die sie sich unendlich freute.

Als sie mit ihrer Erzählung zu Ende war, sagte Freddie:

„Also ihr seid beide *wirklich* speziell. Ich meine, ich komme mir langsam selber etwas blöd vor mit meinem einseitigen Wortschatz, aber so ist es wirklich: Ihr seid speziell.

Und trotzdem ist für mich offensichtlich, dass der Mann, na ja sagen wir es einfach: total verknallt in dich ist. Ob er will oder nicht, du ziehst ihn total an. Und ... diese ganzen Untertöne willst du, nein ich meine: *kannst* du einfach so heraushalten?"

Sie ärgerte sich inzwischen nicht mehr über Freddies Wortwahl. Was sie jetzt sagte, war einfach Freddie, sie konnte nichts dafür. Sie erwiderte:

„Ja, kann ich. Es ist nur schwer, wenn er selbst davon spricht, wieviel er für mich empfindet. Wenn er es nicht ausspricht, kann ich es auch heraushalten. Es spielt dann mit – aber irgendwie doch nicht, verstehst du? Es ist doch nicht schlimm, wenn jemand in einen anderen verliebt ist. Es ist doch eigentlich etwas Schönes. Es ist auch ein schönes Gefühl, dass ich ... dass er so viel für mich empfindet. Nur ‚verknallt' würde ich es absolut niemals nennen, denn das ist es wirklich nicht. Verknallt ist wirklich nur ganz und gar äußerlich, es ist schon als Wort einfach nur äußerlich. Das musst du doch fühlen? Vielleicht ... ja, wahrscheinlich ist er verliebt. Aber das ist etwas ganz anderes..."

Freddie hatte ihr wiederum staunend zugehört. Nun sagte sie:

„Du bist echt ... nein, ich sag's nicht mehr, es wird mir jetzt wirklich zu dumm. Ich mach mir einfach ein Schild, auf dem steht ‚speziell', und das halte ich dann jedes Mal hoch."

Saskia musste in ein prustendes Lachen ausbrechen. Es dauerte eine Weile, bis sie sich wieder beruhigt hatte. Dann erwiderte sie:

„Freddie, du spinnst! Ich glaube, *du* bist echt speziell!"
Nun mussten sie beide lachen – bis sie sich am Küchentisch festhalten mussten...

Als sie sich wieder beruhigt hatten, sagte Freddie:
„Du, Saskia, kann ich dich noch etwas anderes fragen?"
„Ja, was denn?"
„Na ja, es hat mit dem ‚speziell' zu tun. Ich will einfach verstehen, wieso wir so unterschiedlich sind. Aber die Frage ist auch wiederum etwas speziell..."
„Was ist es denn?"
„Na ja – du hattest also noch nie ... also echt noch nie Sex?"
Sie erschrak etwas vor dem plötzlichen Themenwechsel. Dann aber erwiderte sie ruhig:
„Nein."
„Und...", fragte Freddie vorsichtig weiter, „ist dir das auch nicht wichtig? Ich meine, hast du danach keine ... Sehnsucht oder so was?"
Sie sah Freddie an. Es gab keinen Unterton.
„Ich sehne mich nach einem Freund", sagte sie ehrlich. „Und, ja, ich sehne mich danach, was mit einem Freund dann alles geschehen wird. Das gehört auch dazu... Ich würde es nicht ‚Sex' nennen, das weißt du hoffentlich..."
„Aber..." – sie sah, dass Freddie die richtigen Worte fast nicht finden konnte –, „du weißt schon, was dann geschehen wird, oder weißt du auch das nicht? Ich meine..."
Sie schaute Freddie fragend an.
„...ich meine, du hast doch sicher schon mal ... selbst ... also ... ach, was stell ich mich hier eigentlich so an: Du hast es dir doch sicher schon mal selbst gemacht?"
Entsetzt sah sie Freddie an – entsetzt von der Vorstellung.
„Nein, habe ich nicht!"

Nun sah Freddie sie wirklich wie eines der sieben Weltwunder an.

„Also ... du hast noch *nie*...?"

„Nein. Wieso – ist das schlimm?"

„Aber...", überging Freddie die Frage, „du weißt schon, dass man ... also dass man das kann ... oder wusstest du selbst das nicht?"

„Doch."

Erleichtert atmete Freddie auf.

„Puh, ich dachte schon, ich hätte dir etwas gesagt, was du vielleicht gar nicht hättest wissen wollen..."

Sie verstand noch immer nicht, warum Freddie dies alles fragte. Diese sah sie nun von neuem völlig fragend an.

„Aber, ich meine ... hast du denn gar kein *Bedürfnis* danach?"

„Nach was?"

„Na, was wohl? Es dir zumindest selbst zu machen. Hast du gar kein Bedürfnis danach?"

„Nein."

Freddie seufzte.

„Na ja – ist vielleicht so, wenn man gar nicht weiß, wie schön das ist."

„Ich glaube, ich würde es nur mit einem Jungen schön finden – mit einem Freund, den ich liebe."

Erneut schaute Freddie sie erstaunt an. Sie hatte mit einer Antwort gar nicht mehr gerechnet.

„Aber du weißt doch gar nicht, wie es ist? Natürlich ist es mit einem Jungen schöner. Aber wenn man keinen hat..."

Sie entschied sich, das Hin und Her abzukürzen. Es fiel ihr nicht leicht, darüber zu sprechen, aber sie tat es trotzdem.

„Als ich ungefähr vierzehn war, habe ich es mal versucht. Aber ich möchte jetzt wirklich keine komischen Kommentare, Freddie! Sonst erzähle ich dir *nie* wieder etwas. Ich habe es mal versucht, mich ... da zu berühren. Und ich habe gemerkt, dass es schön ist. Und trotzdem fand ich es überhaupt nicht schön. Verstehst du? Ich habe dann sofort wieder aufgehört – nicht, weil es nicht schön war, sondern weil ich das nicht *wollte*. Ich habe gemerkt, wie es ist – und ich wollte das nicht."

„Was wolltest du nicht?"

„Ich weiß nicht, ob ich es erklären kann – oder ob du es verstehen kannst. Ich wollte das nicht für mich alleine. Ich habe ja gespürt, dass es mit der Sehnsucht nach einem Jungen zusammenhängt. Ich wusste, dass es mit einem Jungen genauso schön werden wird – oder sogar noch schöner. Aber allein war es nur ... nur körperlich schön, verstehst du? Ich wollte das nicht. Ich finde schon diese Worte furchtbar: ‚es sich machen'. Schrecklich finde ich das! Das *geht* überhaupt nicht allein! Es geht nur mit einem Jungen, es geht nur mit dem Freund... Ich würde es *nie* allein machen wollen – egal wie schön es ist. Es wäre ein ‚schön', das überhaupt nicht schön ist. Es wäre armselig, eklig, nur Körper... Für mich geht es allein einfach nicht."

Sie sah Freddie mit festem Blick an.

Freddie sagte eine ganze Weile überhaupt nichts. Schließlich sagte sie:

„Okay... Ich verstehe, was du meinst. Ist natürlich nicht mein Standpunkt – aber irgendwie bewundere ich ihn auch. Ich meine, auch die Stärke, mit der du das durchhältst. Ich könnte das überhaupt nicht. Aber für dich scheint es ja genau andersherum zu sein..."

„Ja, fast", betonte sie. „Ich könnte es schon, aber ich will es einfach überhaupt nicht."

„Bewundernswert", wiederholte Freddie. „Nicht, dass ich mit dir tauschen wollte. Aber bewundern kann ich es!"

„Das ist wieder viel...", stellte Saskia fest.

„Darf ich dann noch eine letzte Frage stellen? Oder wird es dir dann zuviel?"

„Das kommt auf die Frage an."

„Okay, du kannst sagen, wenn es dir zuviel ist." Freddie sah ihr in die Augen. Dann sagte sie: „Ich würde gern noch wissen, warum es dir so peinlich ist, wenn du Andere ... dabei hörst."

Sie spürte ihre Befangenheit. Und doch war es nicht zuviel. Sie würde gerne versuchen, Freddie diese Frage zu beantworten. Sie dachte nach. Dann sagte sie:

„Für mich ist das das Intimste, was es gibt. Es ist doch klar, dass man das dann nicht von Anderen hören will? Ich will es nicht hören – und ich will auch nicht, dass ich es hören muss. Ich will nicht, dass man mich zwingt, das mit anzuhören – aber das habt ihr gemacht."

Sie versuchte, auch das Andere noch einmal zu empfinden. Und während ihr auch dies klarer wurde, versuchte sie, es langsam in Worte zu fassen:

„Und dann war es ja sogar noch so, dass ich euch danach über den Weg laufen musste! Ihr habt miteinander geschlafen – und ich war dabei und wurde dann sozusagen vorgeführt. Für euch war das kein Problem, aber für mich! Darauf habt ihr überhaupt keine Rücksicht genommen."

Sie sah Freddie an und sagte:

„Das ist das eigentlich ‚Peinliche' daran gewesen. Ihr habt mir das Intimste aufgedrängt, was es gibt – und dann musste ich euch sogar noch unter die Augen treten. ... Es bei Anderen zu hören, ist ja sogar noch schlimmer, als es selbst allein zu machen. Das hat nun wirklich *gar nichts* mehr mit einem zu tun – und doch muss man es mit anhören."

„Aber wenn es nichts mit einem zu tun hat, ist es doch auch nicht mehr schlimm?", wandte Freddie ein.

„Doch! Weil man genau weiß, worum es da geht. Und weil man es ja auch vor sich sieht. Man wird sozusagen hineingezogen, ob man will oder nicht. Es wird einem aufgedrängt. Fast, als ob es im eigenen Zimmer geschieht. Da kannst du doch nicht sagen, es hat nichts mit einem zu tun!"

„Ja, ich verstehe", sagte Freddie. „Deswegen habe ich, wenn ich so was höre, ja auch so ungeheure Lust, es mir selbst zu machen."

„Ja, es geht einem einfach nahe. Aber weil ich dies gar nicht will, weder das eine noch das andere, ist es einfach nur schlimm."

„Also einfach nur diese unglaubliche *Lust* fühlen – das willst du wirklich nicht?", fragte Freddie.

„Nein" erwiderte sie. „Das genau ist es, was sich für mich so falsch, so ... eklig anfühlt: Dass man nur für sich *selbst* etwas fühlen will. Wenn ich etwas fühle, ist es immer etwas Anderes. Wenn ich etwas schön finde... Sogar wenn ich zum Beispiel traurig bin: Dann ist es immer *etwas*, was mich traurig macht. Ich *möchte* gar nicht etwas anderes fühlen. Ich möchte gar nicht einfach nur *selbst* Lust haben oder so etwas.

Das, worüber wir jetzt sprechen, ist etwas, was für mich nur mit einem anderen Menschen verbunden sein kann, den ich über alles liebe. Und mit diesem Jungen würde ich das haben wollen, weil es dann nicht um meine Lust geht, sondern um meine Liebe zu ihm und um seine Liebe zu mir. Um Liebe und Sehnsucht geht es dann, nicht um Lust!"

„Okay... Ich verstehe...", sagte Freddie. „Das ist wirklich ganz klar der Gegensatz zwischen Romantik und Sex, zwischen Lust und Liebe."

„Ja, wahrscheinlich...", erwiderte sie nachdenklich.

„Man könnte ja auch beides wollen, mal so, mal so", machte Freddie noch einen Versuch.

„Nein, ich will nur das Eine."

Sie dachte nach, dann fügte sie hinzu:

„Und ich glaube, was du sagst, ist überhaupt ganz unmöglich. Man kann nicht mal so, mal so. Ich glaube, das, was man auf der einen Seite tut, geht auf der anderen einfach verloren. Wenn es einem auf die eine Seite ganz und gar ankommt,

kann man nicht etwas tun, wo diese Seite nicht da ist. Man
würde sie selbst verlieren."

„Also durch bloßen Sex verliert man die Romantik", folgerte
Freddie, „und du meinst, auch umgekehrt? Durch Romantik
würde man die bloße Lust verlieren?"

Saskia überlegte. Sie versuchte, sich in Freddie hineinzuversetzen.

„Wenn man das Romantische wiederfinden würde... Ja, dann
würde man auch nur *das* wollen. Ja, das glaube ich..."

„Hmm", sagte Freddie nachdenklich, vielleicht sollte ich
dann mal eine Entziehungskur machen..."

Sie konnte nicht sagen, ob Freddie diese Worte ernst meinte.
Schweigend sah sie sie an.

„Ja, ich weiß auch nicht", reagierte diese auf ihren Blick.
„War nur so 'n Gedanke..."

Sie war am nächsten Montag wieder einige Minuten vor dem verabredeten Zeitpunkt im ‚Robins'. Sie liebte es nicht, zu spät zu kommen – wenn alle schon warteten und man dann wie in ein Rampenlicht trat. Lieber wartete sie... Für sie war Warten sogar eigentlich etwas Schönes...

Als sie den Mann auf der Treppe erblickte, spürte sie die Aufregung der Begegnung. Befangenheit mischte sich mit Freude, die von Vertrauen getragen war...

Sie stand auf und gab ihm lächelnd die Hand.

„Jetzt treffen wir uns schon zum dritten Mal hier", sagte sie etwas verlegen. „Oder sollte ich sagen, erst?"

Einen Augenblick standen sie einander so gegenüber. Offen schaute sie ihn an, während eine leise Verwunderung über diesen langen Augenblick in ihr aufstieg.

„Ja, erst ... und schon, Saskia. Hattest du eine gute Woche?"

„Ja", erwiderte sie. „Sie auch?"

„Ja."

Sie setzten sich.

In vier Tagen würde sie zu ihren Eltern fahren. Sie fragte ihn: „Was werden Sie Weihnachten machen?"

Er seufzte.

„Ach – ich weiß nicht. Das ist für mich eine furchtbare Zeit, inzwischen. Alle Menschen scheinen glücklich zu sein – aber ich kenne in dieser Zeit allenfalls noch eine gespannte Ruhe. Man ist zusammen, aber kann die schlechte Stimmung fast nicht unterdrücken. Es wäre mir lieber, wenn man diese ein, zwei Wochen ganz überspringen könnte. Danach ist es immer noch schlimm genug, aber diese Zeit ... nein. Am liebsten würde ich, wenn du auch nicht da bist, einfach irgendwo ganz allein sein."

„Das ist ja schlimm!", erwiderte sie betroffen. Sie versuchte es sich vorzustellen. Dann gestand sie: „Aber, ja ... ich hatte mir noch nie überlegt, wie es ist, wenn man Weihnachten zusammen sein muss, ohne es wirklich zu wollen...“

„Man will ja vielleicht“, sagte er. „Aber es geht notwendigerweise dennoch völlig schief.“

„Aber warum dann?“, fragte sie verwundert.

„Weil man es will und doch nicht will. Weil man hofft, dass es doch anders verlaufen wird, als man es erwartet. Und das passiert natürlich nicht.“

„Aber dafür muss man doch selbst etwas tun!“, erwiderte sie.

Der Mann sah sie an. Dann sagte er:

„Vielleicht glaubt ja schon jeder, dass er sehr viel dafür tue, zum Beispiel nicht sofort in schlechte Laune auszubrechen; sich zusammenzureißen und so weiter...“

Sie war erschüttert.

„Aber so kann man doch nicht Weihnachten feiern! Das ist doch schlimm! Furchtbar ist das doch...“

„Ja“, gab er zu.

Sie empfand ein wirkliches Mitleid mit dem Mann und wollte ihm so gerne helfen.

„Wenn Sie irgendwo allein sein wollen, dann fahren Sie doch einfach ein paar Tage weg...“

Ihre Worte mussten ihn sehr berührt haben, sie sah es unmittelbar. Eine Weile sah er sie nur an, bis er schließlich erwiderte:

„Ich danke dir so sehr, Saskia. Es ist so wundervoll, wenn es einen Menschen gibt, der einem so etwas sagen kann; einfach *einen* solchen Satz, an dem man spürt, dass ein Mensch einem anderen nicht egal ist. Du weißt nicht, wie sehr mir so etwas gefehlt hat. Und wie lange schon... Ich glaube, ich wusste es bis eben selbst nicht...“

Verlegen schwieg sie, erwiderte nur seinen Blick und schenkte ihm in dem ihren noch immer ihr Mitleid.

Er lächelte.

„Und was machst du zu Weihnachten, bei deinen Eltern?“

126

Sie suchte in seinen Augen, ob es ihm wirklich besser ging, dann dachte sie an ihre eigene Familie. Fröhlich sagte sie:
„Nicht so viel Besonderes. Trotzdem ist es eine besondere Zeit. Mit schönem Essen, Gesprächen, Ausflügen, vielleicht einem Besuch bei Verwandten, gemeinsamen Spielen und so weiter."
„Hast du noch Geschwister?"
„Nein."
„Deine Eltern werden sich dieses Jahr sicher ganz besonders freuen, wenn du wiederkommst..."
Stimmt, es war das erste Mal, das sie ‚zurück kam'. Sie lachte.
„Ja..."

Sie dachte an das, was ihr trotz allem fehlen würde – wie jedes Jahr zu Weihnachten...
Einem plötzlichen Impuls folgend sah sie den Mann offen an und fragte:
„Sie glauben wahrscheinlich nicht an Gott oder so etwas?"
„Nein – warum?"
„Na ja...", verlegen drehte sie ihr Glas. „Ich finde es trotz allem jedes Jahr wieder seltsam. Weihnachten zu erleben und eigentlich nur so ein wenig zu feiern, ohne dass es eigentlich mit dem *eigentlichen* Weihnachten zu tun hat. Ich weiß nicht..."
„Du glaubst dann also an Gott?", fragte der Mann vorsichtig.
„Das ist es gerade", begann sie nun, alles zu offenbaren, was ihr auf der Seele lag. „Ich weiß es selbst nicht. Ich weiß nur, dass ich es schade finde, dass wir nicht in die Kirche gehen. Dass wir auch keinen Weihnachtsbaum haben. Wir hatten mal einen, als ich im Kindergarten war. Dann hat mein Vater gesagt, ich solle nicht so aufwachsen – zu meiner Mutter hat er das gesagt. Er glaubt absolut nicht an Gott. Und deswegen wollte er auch keinen Baum einmal im Jahr, irgend so ein Symbol, das nichts bedeutet, wie er sagte. Ich habe das alles

viel später von meiner Mutter erfahren. Sie glaubt ein bisschen an Gott, aber auch nicht wirklich, scheint mir. Und ich? Ich weiß es nicht. Ich weiß nur, dass ich als Kind, mit etwa acht oder neun Jahren, einmal eine Bibel im Regal gefunden und aufgeschlagen habe – und dann wochenlang darin gelesen habe. Meine Eltern haben es gewusst, aber nichts dazu gesagt. Jetzt, wo ich es erzähle, frage ich mich, ob mein Vater dafür gesorgt hat, dass auch meine Mutter nichts dazu gesagt hat. Jedenfalls war mir das, was da stand, fremd und nah zugleich. Ich wollte es irgendwie verstehen, soviel weiß ich noch. Aber es hat mir keiner geholfen... Und so bin ich dann aufgewachsen. Es hat mir auch später keiner geholfen – und ich mir selbst auch nicht. Irgendwie ist es verlorengegangen. Und doch merke ich jedes Jahr zu Weihnachten wieder, dass mir da etwas fehlt..."

Sie sah den Mann an. Aber wieviel konnte er davon verstehen, wenn er selbst nicht an Gott glaubte?

„Was würdest du dir denn wünschen?", erkundigte er sich vorsichtig.

„Bei dem, was ich eben erzählt habe?"

„Ja."

„Ich wünschte, ich würde *wissen*, ob es Gott gibt! Oder ich wünschte, ich könnte wirklich glauben. Oder ich wünschte, ich würde einfach Weihnachten in die Kirche gehen und dabei ein wenig glauben können!"

„Aber das kannst du doch", sagte der Mann.

„Aber ich mache es ja nicht!", erwiderte sie verzweifelt.

„Warum denn nicht?"

„Das weiß ich auch nicht... Es ist eben so, dass es Weihnachten nicht dazugehört, bei uns. Ich kann doch nicht einfach... Mein Vater würde es bestimmt nicht gut finden. Und ich will auch nicht, dass es zu einem Konflikt kommt – oder dass ich auf einmal viele Fragen beantworten muss..."

Der Mann sah sie an und fragte:

„Aber ... verstehen dich deine Eltern denn nicht? Würden sie nicht wollen, dass du das tust, was du wirklich willst?"

Voller Dankbarkeit erwiderte sie kurz seinen Blick, dann sagte sie:

„Doch, schon ... vielleicht ... ich weiß es nicht. Vielleicht liegt es ja auch nur an mir selbst, dass ich es nicht ... tue. Aber merkwürdig finden würde es mein Vater bestimmt. Und etwas dazu sagen sicher auch."

„Und davor hast du Angst?", fragte er.

„Irgendwie schon, ja."

„Warum?"

„Weil ... weil er mich da nicht verstehen würde. Weil er das ablehnen würde. Auch wenn er es nicht sagt."

Der Mann schwieg eine kleine Weile. Dann sagte er:

„Aber wenn du es nicht tust ... dann lehnst du in dir selbst etwas ab, wonach du dich eigentlich sehnst. Du würdest ... aus Sorge um die Gedanken von Anderen nicht wirklich du selbst werden..."

„Vielleicht muss ich ja nicht unbedingt *Weihnachten* in die Kirche gehen...", wandte sie ein.

„Saskia...", widersprach er warm. „Wann, wenn nicht dann? Du solltest deine Sehnsucht eigentlich vor niemandem verstecken müssen! In welch einer Welt leben wir, wo das geschehen muss? Wenn du dich nach etwas sehnst, dann habe den Mut, es vor aller Augen zu verwirklichen – egal, was jemand denkt, oder was die ganze Welt denkt! Ich lerne das auch erst gerade – und daher weiß ich so gut, wie es dir geht. Ich lerne es dreißig Jahre zu spät. Aber darum ist es mir jetzt so unglaublich deutlich, gerade bei dir, die ... mir so wenig egal ist, wie wichtig das ist, das zu tun, was man wirklich will. Das ist viel mehr als nur das eine oder andere Vorhaben. Diese Sehnsucht, das ist wirklich ein Teil von dir! Du kannst das nicht nicht tun. Du würdest etwas unterdrücken, was wirklich zu dir gehört. Ich wollte, ich könnte es noch anders ausdrücken. Aber jetzt, wo ich dir zugehört habe, sehe ich, dass es furchtbar wäre, wenn du das unterdrücken müsstest. Wenn du es nur deshalb nicht tun würdest, weil die anderen es nicht tun und weil ihre Gedanken dann dementsprechend sind. *Du* dagegen *musst* es tun – weil du du bist, verstehst du? Du bist nicht die anderen, du bist du – und du hast diese Sehnsucht. Also *folge* ihr! Folge ihr..."

Tief berührt hatte sie ihn fortwährend angesehen und dieser langen, zunehmend leidenschaftlichen Rede zugehört und versuchte noch immer, zu verstehen, was er gerade gesagt hatte. Schließlich sagte sie leise:

„Es klingt so, als wenn dies für Sie sogar wichtiger wäre als für mich selbst..."

„Nein, Saskia!", erwiderte er. „Ich sehe nur viel deutlicher als du, dass deine Sehnsucht nicht von dir getrennt ist, dass sie wirklich ein Teil von dir ist. Du denkst vielleicht: Da habe ich nun diese Sehnsucht, aber vielleicht ist sie doch nicht so wichtig, ich will nicht, dass mein Vater das ablehnen muss und dass ich ihn verärgere, dass dadurch eine Art Trennung zustande kommt. Ja, das willst du nicht, und du hast sogar Angst davor. Aber so sehr du diese Angst fühlst, als einen Teil von dir – die Angst ist viel *weniger* ein Teil von dir als diese Sehnsucht, der du folgen musst, weil du sonst wirklich einen echten Teil von dir nicht Wirklichkeit werden lässt. Ich weiß nicht, wie ich es sonst noch erklären soll, ich bin regelrecht verzweifelt, wenn du das nicht verstehen würdest..."

„Doch, ich verstehe es!", sagte sie schnell. „Und trotzdem wird es dadurch nicht leichter..."

„Nein, leichter vielleicht nicht. Aber wenn du immer mehr *fühlst*, wie diese Sehnsucht ein Teil von dir ist, dem du folgen musst; wenn diese Sehnsucht unerträglich wird, solange du ihr nicht folgst, um herauszufinden, wohin sie dich führen will – dann wirst du eines Tages dahin kommen, dass sie stärker ist als deine Angst. Und dann wirst du den Mut haben, ihr zu folgen – und das wird richtig sein. Denn an dem Tag wirst du ganz du selbst sein! Dir selbst wirst du an diesem Tag folgen, nicht dem, was Andere denken oder denken könnten. Ganz *dir selbst*..."

Es war, als wenn sie durch diese Worte erst wirklich begriff, was er sagte. Sie fühlte auf einmal, wie sehr diese Sehnsucht in ihr lebte – und wieviel es ihr bedeutete, ihr doch irgendwann folgen zu können. Ein ungeheures Gefühl der Freiheit stieg ahnend in ihr auf.

Zutiefst berührt sah sie den Mann an und fragte:

„Warum tun Sie das für mich..."

Der Mann sah ihr nur in die Augen, und einen einzigen, endlosen Moment lang *sah* sie in diesen Augen die schweigende Antwort, und für einen Moment schienen alle damit verbundenen Rätsel zu verschwinden... Dann war dieser Moment vorbei, aber sie schwiegen noch immer, beide unter dem tiefen Eindruck alles soeben Erlebten.

Verlegen sagte sie schließlich:

„Man kann jetzt eigentlich gar nichts anderes sagen..."

„Das müssen wir auch nicht...", erwiderte der Mann.

„Irgendwann müssen wir das schon", widersprach sie. „Aber ich habe mich schon manchmal gefragt, wie das eigentlich geht – oder warum man das eigentlich nicht kann, von etwas so Wichtigem wieder zu etwas anderem zu kommen, ohne dass man dieses Wichtige sofort wieder verliert."

Er hörte ihr schweigend zu, und so offenbarte sie ihre Empfindungen weiter...

„Manchmal, wenn ich mit Freunden, also Freundinnen, ins Kino gegangen bin ... und man kommt dann wieder raus, und der Film war sehr berührend – und sie fangen alle sofort an, darüber zu sprechen... Ich habe das nie verstanden. Ich habe noch ganz in dem Film gelebt, wollte ihn nur in meinem Inneren nachklingen lassen – und die Anderen sprechen schon darüber. Und nach wenigen Minuten sind sie schon bei ganz anderen Themen; der Film war eigentlich schon wieder vergessen. Noch nicht ganz im Gefühl vielleicht, aber in der Unterhaltung schon längst! Und ich war noch immer ganz bei dem Film, und mir tat es so weh, wie schnell die Anderen das fallen ließen, dieses Erleben – das sie vielleicht auch gar nicht hatten. Aber ich erlebe das, was ich in so einem Film sehe, oft sehr stark, ich erlebe es einfach mit, verstehen Sie? Und es ist doch, wie wenn man es wegwerfen würde, wenn man es danach sofort wieder vergisst und über andere Dinge redet! Wozu geht man dann überhaupt in einen Film? Aber ... verstehen Sie mich? Kennen Sie das auch?"

In seinem Blick fühlte sie sich geborgen, und er erwiderte: „Ja ... ich glaube schon. Filme habe ich mir im Kino in den letzten Jahren fast überhaupt nicht angesehen. Und im Fernsehen ist es schon sehr anders. Aber, ja, auch ich habe immer wieder ein ähnliches Gefühl gehabt, wenn die Anderen immer viel mehr und viel schneller geredet haben als ich."

Dankbar sah sie ihn wieder kurz an. Dann drehte sie erneut nachdenklich ihr Glas. Schließlich sagte sie langsam:

„Und das ist es, was ich meinte... Wie kommt man überhaupt von etwas, was man so tief erlebt hat, wieder zu einem Gemeinsamen? Zu einem Gespräch? Wie kommt man dann wieder dazu, ohne dass man das zuvor Erlebte zerredet, kaputtredet oder aber ganz vergisst? Wie kommt man sozusagen von einer Tiefe zur anderen, ohne dass die andere genauso tief sein muss wie die erste – aber die erste darf auch nicht verlorengehen..."

„Vielleicht", erwiderte der Mann vorsichtig, „geht das überhaupt nur, wenn man nach dem Ende dieses Tiefen so behutsam nach dem ersten Anfang des dann Folgenden tastet, wie du es eben versucht hast. Deine letzten Worte haben es geradezu wunderbar umfasst, fast poetisch... So müsste man miteinander sprechen können. Dann würde man die Tiefe niemals verlieren. Aber dafür muss man dieses Vorsichtige wirklich wollen – man muss es fühlen..."

„Ja, genau!", sagte sie dankbar. „Das haben Sie auch wunderbar gesagt."

Der Mann sah sie an und fragte nun:
„Saskia – wollen wir etwas essen? Darf ich dich heute wieder zum Essen einladen? Manchmal kann man das Tiefe auch dadurch ... na ja, vielleicht sollte ich wirklich sagen, heiligen, dass man etwas anderes Besonderes folgen lässt. Auch das muss man natürlich fühlen können. Aber für mich wäre das gemeinsame Essen mit dir jetzt wirklich etwas ganz Besonderes. Man kann etwas auch zu etwas Besonderem *machen*. Und das wäre für mich jetzt wirklich eine Art Feier des Vorherigen, sozusagen ein Festessen, eine feierliche Einladung zu einem wunderschönen gemeinsamen Essen..."
Sie lächelte verlegen.
„Ja, gut, gerne...", sagte sie leise.
Als sie wiederum die Speisekarten bekommen hatten, sagte er:
„Und dann achte nicht auf den Preis, denn auf einige Euro mehr oder weniger kommt es nicht an, sondern nur auf das Festliche und das, was man wirklich gern hat."
„Ja, gut", lächelte sie.
Sie studierte die Karte. Schließlich aber fragte sie:
„Ist es schlimm, wenn ich trotzdem wieder das Chili con carne bestelle? Es ist nicht wegen dem Preis, es hat mir wirklich sehr geschmeckt..."
„Nein, natürlich nicht, Saskia, triff nur deine ganz eigene Wahl, auch hier..."
Unmittelbar verstand sie und lächelte...

Der Mann bestellte eine Forelle.
Ihr taten die Tiere, die gegessen wurden, immer leid. Und sehr schlimm war es auch, wenn man sie noch wirklich sah, fast so, wie sie gelebt hatten. Bei Fischen war es so... Sie wollte nicht, dass die Bestellung dem Mann leid tat, aber sie

wollte auch nicht, dass es zwischen ihnen stand. Sie hätte sich selbst unehrlich gefühlt, wenn sie schwieg, denn sie empfand doch das Mitleid mit dem Fisch...

Möglichst beiläufig sagte sie:

„Eigentlich tun mir die Tiere immer leid...“

Der Mann sah sie an und antwortete erschrocken:

„Oh je, daran habe ich nicht gedacht! Tut mir leid...“

„Es ist nicht so schlimm...“

Entschlossen sagte der Mann:

„Ich werde die Bestellung noch ändern.“

Bestürzt erwiderte sie:

„Nein, nein, das brauchen Sie doch nicht –“

„Doch, doch, keine Sorge.“

Er stand auf und ging nach oben...

Sie war eigentümlich berührt, aber vor allem war ihr dies sehr peinlich. – Als der Mann zurückgekehrt war und sich wieder gesetzt hatte, wandte sie ein:

„Aber der Fisch war doch jetzt sowieso schon tot – ich meine, sie haben doch sicher auch schon angefangen, und vielleicht werfen sie es jetzt einfach weg.“

„Das mag sein“, erwiderte er, „aber nun musst du es zumindest nicht sehen; wie ich Fisch esse, meine ich.“

„Aber mussten Sie die Bestellung nicht trotzdem bezahlen?“, erkundigte sie sich besorgt.

„Das wusste er noch nicht, aber das lass nur meine Sorge sein. Es war mein Fehler...“

Sie wollte widersprechen.

„Aber –“

„Nein, Saskia, wirklich. Du hast wenig Geld, ich habe zumindest genug, auch dafür. Wir sehen uns jetzt erst das dritte Mal. Und diese wenigen Begegnungen sind mir so kostbar, dass dies gar kein Vergleich ist zu dem, was wir hier bezahlen – also ich –, wenn wir hier gemeinsam essen.“

„Na gut, wenn Sie das sagen...“, erwiderte sie verlegen und zugleich dankbar.

„Ja", lächelte er.

Als die Bedienung dann kam, brachte sie zweimal das vegetarische Chili con carne.

„Sie haben jetzt dasselbe bestellt!", strahlte sie.

„Ja – auch mir hat es gut geschmeckt."

„Das ist doch viel schöner als eine Forelle!", sagte sie voller Freude.

Lächelnd sah der Mann sie an. Dann sagte er:

„Ja, das ist mir jetzt auch klar. Lass es dir schmecken, Saskia!"

„Vielen Dank – Sie es sich auch!"

Während des Essens schwiegen sie lange. Ab und zu sah sie ihn an und begegnete dann seinem Blick, und das Schweigen war auch schön.

Und doch fühlte sie sich in solchen Situationen, in denen niemand etwas sagte und in denen ihr auch nichts einfiel, schnell unwohl. Es war nicht der Moment nach einem Film, wo man noch ganz versunken nebeneinander ging... So sagte sie schließlich verlegen:

„Manchmal weiß ich nichts zu sagen..."

„Das macht nichts", erwiderte der Mann. „Auch das gemeinsame Schweigen mit dir ist schön."

„Finden Sie es dann nicht langweilig?"

„Nein. Solange es dir nicht so geht, ist das für mich unmöglich. Ich sage es dir noch *einmal*, weil ich es eigentlich nicht darf, aber dann darfst du es auch nicht mehr vergessen: Für mich reicht schon deine bloße Anwesenheit, um es schön zu finden. Deine letzte Frage kann ich höchstens selbst haben, also die Sorge, wie es *dir* geht. Und wenn es dir auch gut geht, bin ich wunschlos glücklich, aber in einem wirklich tiefen Sinne..."

Berührt erwiderte sie:

„Trotzdem denkt man immer, man müsste etwas sagen. Es ist eigentlich merkwürdig..."

„Ja", sagte der Mann, „vielleicht ist das auch mit ein Grund, warum deine Freundinnen viel schneller wieder anfangen zu sprechen als du, nach einem Film."
Sie dachte kurz darüber nach.
„Ja, vielleicht... Obwohl ich glaube, dass die eigentliche Sorge, ob man zu wenig sagt, nur die von Natur aus schweigsameren Menschen haben."
„Das ist möglich", erwiderte er. „Die anderen kommen gar nicht dazu, sich Sorgen zu machen. Sie reden schon vorher..."
Sie musste lachen.
„Ja, wahrscheinlich!"

Nach dem Essen hatten sie noch etwas zu trinken bestellt.
Sie sah den Mann an. Nun würde sie von dem sprechen können, das noch auf ihre Antwort wartete. Ihr Vertrauen hatte längst auch die dafür notwendige Schwelle überschritten...
Zögernd sagte sie:
„Beim Essen wollte ich nicht nebenbei darüber sprechen, aber jetzt könnte ich, wenn Sie wollen ... über, na ja über das Thema von gestern sprechen. Meinen Freund, den ich noch nicht habe..."
Fast bestürzt erwiderte der Mann:
„Aber Saskia, das brauchst du wirklich nicht!"
Diese Antwort berührte sie einmal mehr...
„Ja, aber ich will es – wenn Sie ... wenn Sie gut genug zuhören, ich meine, tut mir leid, das wollte ich nicht sagen. Ich wollte sagen: Wenn Sie ... wenn Sie wirklich wissen, wie wichtig mir das ist. Verstehen Sie, was ich meine?"
Selbst sehr berührt antwortete er:
„Ich verstehe absolut, was du meinst. Und selbstverständlich würde ich mit ganzem Herzen zuhören. Aber wie ist es möglich, dass du auf einmal darüber sprechen möchtest. Letztes Mal war es doch noch –"
„Ja", unterbrach sie ihn sanft, „aber es tat mir doch leid, das letzte Woche so zu Ihnen sagen zu müssen. Aber vor allem

ist es heute wieder ganz anders. Worüber wir vorhin gesprochen haben, und vor allem was Sie gesagt haben... Sie sind
wirklich ein besonderer Mensch. Ich vertraue Ihnen wirklich.
Es ist mir dann auch nicht wichtig, was Sie ... empfinden –
ich merke das nicht. Heute war es ganz anders als bei den
ersten beiden Malen. Ich habe Ihnen auch vorher schon
vertraut. Aber heute ist es besonders. Das war es die ersten
beiden Male auch. Aber hoffentlich verstehen Sie, was ich
meine..."
Sie sah in seine staunenden, berührten Augen. Er sagte:
„Ja, ich verstehe, was du meinst, Saskia. Ich kann dir nur sagen, dass ich mich mit aller Kraft bemühen will, deinem Vertrauen gerecht zu werden und würdig zu sein – auch dann,
wenn du das Tiefste erzählen wirst. Und wenn du mir so vertraust, kann ich nur sagen: Ein größeres Geschenk gibt es ja
gar nicht. Ich schenke dir also alles, was ich habe, an Auf-
merksamkeit, an Verständnis, an Zuhören und an allem, was
du brauchen könntest..."
Dankbar und verlegen lächelte sie ihm zu.

Sie drehte ihr Glas etwas. Dann begann sie:
„Also, eigentlich kann ich ja gar nicht so viel sagen. ... Eigentlich wissen Sie ja schon alles..." Sie sah ihn kurz verlegen an. „Dass ich mich nach einem Freund sehne und dass
ich es schwer finde, einen zu finden, weil ich – na ja, weil ich
selbst eben zu schweigsam und ... zurückhaltend bin. Und
wenn mich ein Junge ansprechen würde, der mir gefällt, würde ich wahrscheinlich erst recht alles vermasseln."
Hilfesuchend sah sie den Mann an. Jetzt brauchte sie wirklich
... sein Verständnis.
Warm erwiderte er ihren Blick und sagte:
„Also *ist* das eigentlich deine größte Sehnsucht, nicht wahr?"
„Ja..."
„Nun, wenn du willst, kann ich dazu etwas sagen."
„Ja."

Sie sah ihn an, mit bangem Vertrauen...

„Es sind zwei Möglichkeiten, Saskia. Entweder du findest einen Jungen, der dir gefällt, oder ein Junge, dem du gefällst, findet dich."

„Mit ‚gefallen' meinen Sie alles, nicht wahr?"

„Ja, alles, so tief, wie du es auch meinst."

„Ja, gut."

„Sieh mal, schon zu dem ersten Fall, nein, eigentlich ist es der zweite Fall, sehe ich das ganz anders. Natürlich scheint es schwer zu sein, einen Jungen zu finden, der einen selbst findet, wenn man schweigsam und zurückhaltend ist. Aber es gibt genügend Jungen, die gerade solche Mädchen lieben. Vielleicht sind sie seltener als die anderen – aber auch die schweigsamen Mädchen sind ja vielleicht seltener... Das ist also kein Hindernis. Natürlich dauert Gefunden-zu-Werden oft länger, als selbst zu suchen und zu finden. Aber ich glaube sicher, dass du jetzt, wo du ein Studium beginnst, so vielen neuen Menschen begegnen wirst, dass dich bestimmt einige Jungen finden und fragen werden... Und das große Glück wird dann derjenige haben, dessen Frage du mit Freuden erwidern wirst..."

Sie hörte zu, zweifelnd, aber voller Sehnsucht...

„Die andere Möglichkeit ist, dass du selbst einen Jungen findest, den du sehr gern kennenlernen würdest. Und da fehlt dir dann der Mut, nicht wahr?"

Sie nickte.

„Ja..."

„Es ist dann so ähnlich wie mit Weihnachten. Auch hier musst du dann deine Sehnsucht so stark machen, dass du sie fühlen kannst. Oder, natürlich ist sie schon stark, aber fühlen musst du sie trotzdem. Nicht nur von dem Jungen träumen, sondern deine Sehnsucht wirklich fühlen. Und dann mit dieser Sehnsucht den Mut, den du in dir finden kannst, zusammenbringen, indem du dir sagst: Dies ist der Junge, den ich unbedingt kennenlernen will. Wenn ich das nicht versuche, wird mir für immer etwas verlorengehen. Ich muss meiner Sehnsucht folgen – egal, was Andere von mir denken. Sogar egal, ob es schief geht oder nicht. *Ich* muss es versuchen. Was ich vermag, das muss ich am Ende versucht haben. Mein Mut muss groß genug sein, um meiner Sehnsucht zu folgen. Und er *ist* groß genug. Ich gehe zu ihm hin, und ich spreche mit ihm...“

Berührt und staunend hörte sie diese Worte, die sie so sehr ermutigen wollten.

„Das klingt so schön! Wenn das so einfach wäre...“

„Du kannst es, Saskia! Wirklich!“

„Aber ich kann ihm doch nicht sofort sagen, wieviel er mir bedeutet.“

„Aber du kannst ihn doch kennenlernen. Du kannst mit ihm jedes beliebige Gespräch anfangen – was du möchtest. Im Studium oder unter Studenten ergeben sich doch genügend Möglichkeiten. Und so sprichst du dann auf einmal mit ihm und kannst sehen, wie er auf dich reagiert, ob du ihm sympathisch bist und so weiter.“

„Ja, das schon! Aber wenn ich es nicht bin? Oder wenn er mit mir nur ganz normal redet, wie mit jedem anderen?“

„Nun, er könnte seine besondere Sympathie auch verdecken wollen, weil er selbst auch verlegen ist. Oder aber er erlebt noch nicht von Anfang an, was für ein wunderbares Mädchen du bist!“

„Das bin ich aber doch auch nicht.“

„Doch, aber es sehen vielleicht nicht alle. Das ist dann ein Problem. Wenn es die Richtigen nicht sehen.“

„Und dann?“

„Dann kannst du diesem Jungen nach einiger Zeit oder auch nach kurzer Zeit deutlich sagen, dass du ihn sehr gern hast.“

„Aber das geht doch nicht!“

Heftig stieg wieder diese Furcht in ihr auf.

„Warum nicht?“

„Wenn er gar nicht dasselbe empfindet?"

„Vielleicht fängt er an, es zu empfinden..."

„Und wenn nicht?"

„Es kommt darauf an, wie sich dieses ‚wenn nicht' äußert. Du könntest ihm immer wieder deine Zuneigung zeigen, wenn er dich nicht gerade abweist. Man fängt nicht immer gleichzeitig an, etwas füreinander zu empfinden. Man kann um einen Jungen auch kämpfen. Das beeindruckt auch die Jungen!

Aber andererseits – wenn der Junge nicht sofort etwas für dich empfindet, wenn du ihm deutlich deine Zuneigung gezeigt hast, dann ist er es wahrscheinlich auch nicht wert. Du sehnst dich vielleicht nach ihm, aber er sich nach ganz anderen Mädchen. Selbst wenn er sich mit dir abgibt, wird er doch irgendwann mit dir Schluss machen. Er ist es also wirklich nicht wert. Verstehst du? Darauf musst du wirklich auch achten.

Natürlich, wenn man sich verliebt hat, denkt man so nicht. Aber was unmöglich ist, ist unmöglich, egal wie sehr man einseitig verliebt ist. Ich kann dir nicht wirklich sagen, wie man ein Verliebtsein beenden könnte. Das ist ja gerade das Schöne, dass man es nicht wirklich beeinflussen kann. Aber ich kann dir sagen, wie man Mut entwickeln kann – und das habe ich eben versucht."

Ja, das fühlte sie sehr intensiv und voller Dankbarkeit. Es tat so gut, sich mit diesen Sorgen jemandem anzuvertrauen, der einen wirklich verstand! Berührt sagte sie:

„Vielen Dank... Wirklich ... es klingt alles so schön und auch nicht so schwer – aber in Wirklichkeit ist es doch sehr schwer."

„Ja, schon, aber du wirst auch merken, dass dein Mut langsam wächst, wenn du es wirklich so versuchst. Der erste Schritt ist, die eigene Sehnsucht so stark zu fühlen, dass man nicht anders kann, als irgendwann loszugehen und nicht mehr umzukehren..."

„Woher wissen Sie das alles?", fragte sie staunend.

„Irgendwann weiß man das. Ich habe es glaube ich ziemlich genauso gemacht."

„Mit ihrer Frau?"

„Ja, vielleicht, damals. Aber ich meinte, als ich dich kennenlernen wollte."

Sie spürte, wie sie leicht errötete.

„Aber warum helfen Sie mir nun, einen Freund zu finden?"

Der Mann dachte nach. Schließlich fragte er:

„Warum vertraust du mir so?"

„Ich kann es nicht beschreiben. Was meinen Sie?"

„Würdest du mir vertrauen, wenn du spüren würdest, dass ich dich allein für mich haben wollte?"

Nach einem kurzen Moment wurde ihr klar, was er sagen wollte.

„Ja, ich verstehe..."

„Der Teil in mir, der das vielleicht will, den muss ich völlig verleugnen. Ich erlebe ja, dass ich dein Vertrauen nur verdiene und dass du es mir nur dann schenkst, wenn ich dich ganz und gar freilasse und dir nur das schenke, was wirklich für dich ein Geschenk sein kann. Und wenn ich dies kann, dann kannst auch du mir dein Vertrauen schenken – und das ist das allergrößte und schönste Geschenk, was möglich ist. Je mehr man dem Anderen schenken kann, desto größer ... die Liebe, ist es nicht so?

Weißt du, dein ganzes Vertrauen, das du nun hast, ist mir so unendlich kostbar, dass ich gar nicht anders kann, als dir wirklich alles zurückzugeben, was ich vermag. Ich wollte das von Anfang an. Ich weiß nicht, wie ich es erklären soll. Ich kann nicht ein einziges bisschen Freundschaft oder Vertrauen von dir festhalten, wenn du es mir nicht selbst schenken willst. Und der einzige Weg für mich ist, dieser Freundschaft und dieses Vertrauens wirklich würdig zu sein. Und das versuche ich..."

Ich denke jetzt nicht daran, was passiert, wenn du einmal einen Freund gefunden haben wirst. Vielleicht werde ich nach und nach wieder unwichtig für dich. Aber dass ich einmal wichtig für dich *war*, das ist schon mehr, als ich habe hoffen können. Und das wird auch dann noch eine Sonne für mich sein, wenn wir vielleicht einmal nicht mehr so wie jetzt beieinander sitzen werden."

Sie war verlegen. Wieder stand vor ihr das ganze Rätsel, warum *sie* diesem Mann so viel bedeutete – und das ganze staunende Erleben dieser Tatsache; dieses Gesehenwerden von einen Menschen, der so viel in einem sah... Sie wollte ihm wirklich etwas zurückschenken. Sie sagte:

„Ich habe Vertrauen zu Ihnen, weil Sie offen und ehrlich und immer mehr wie ein väterlicher Freund sind. Ich weiß, dass Sie mehr als das empfinden – aber ich spüre es nicht. Ich hoffe nicht, dass Sie wieder unwichtig für mich werden. Ich hoffe, dass diese *Tiefe* erhalten bleibt."

„Siehst du, Saskia", erwiderte der Mann dankbar, „und mir reicht deine bloße Gegenwart, um ein großes Glück zu empfinden. Und weil ich es gar nicht hoffen darf, dass du mir diese Gegenwart schenkst, kann ich auch gar nichts verlangen. Ich muss sozusagen lernen, ohne jedes Verlangen auf diejenigen Momente zu warten, in denen du mir diese Gegenwart schenken willst. Dadurch wird dann meine ganze Zuneigung selbstlos – und wird so echte Freundschaft, wie du sie empfindest."

In einer leisen Ahnung erfasste sie die ganze, große Bedeutung dessen, wovon er sprach. Vorsichtig fragte sie:

„Ist das für Sie sehr schmerzhaft?"

„Der Schmerz des Wartens und des Verzichts kann auch süß sein...", erwiderte der Mann lächelnd.

*

Als sie später wieder das kleine Stück der Straße hinunter-gingen, das sie von dem Punkt trennte, wo sie sich verab-schieden mussten, empfand sie eine seltsame Stimmung. Sie ging hier neben einem Mann, den sie fast nicht kannte – und dem sie inzwischen dennoch mehr vertraute als fast jedem anderen Menschen ... ja, dem sie sogar schon viel mehr anvertraut hatte als ihren eigenen Eltern.

Dieses Gefühl der Befangenheit, das längst seinen ganzen Charakter verändert hatte... Längst war es eigentlich nicht mehr mit Furcht oder Abwehr verbunden, war es fast nur noch das schöne Gefühl, in einer Weise geliebt zu werden, die man gar nicht erwidern konnte. Es war eigentlich das Ge-fühl, ein Zuviel zu bekommen, etwas, was man gar nicht ver-dient hatte... Was dieser Mann ihr mit seiner ganz eigenen Befangenheit entgegenbrachte, war so sanft, so behutsam! Sie konnte nicht anders, als darüber zu staunen – und ihm etwas zurückzuschenken, ihre Freundschaft...

Schließlich waren sie an dem Punkt ihres Abschieds ange-kommen. Voller innerer Wärme sagte sie:

„Also dann wünsche ich Ihnen eine schöne Weihnachtszeit. Ich hoffe, Sie können an einem Ort sein, wo Sie sich wohl-fühlen werden."

„Danke, Saskia. Auch dir wünsche ich eine schöne Weih-nachtszeit. Ich hoffe, du wirst auch zu dem Ort finden, zu dem es dich hinzieht. Folge mit Mut deiner Sehnsucht!"

Dankbar sah sie ihn an und sagte erfüllt:

„Danke für alles! Bis zum nächsten Jahr..."

„Ich danke dir für alles. Alles Gute."

Sie gab ihm die Hand, und er fasste diese mit beiden Händen.

Fast glaubte sie, er wolle sie gar nicht wieder loslassen.

In solchen Momenten war wieder das ganze Rätsel da...

Wieder blickte sie sich nach wenigen Schritten um. Wieder stand er noch da und erwiderte ihren verlegenen Gruß. Wieder sah auch sie ihn fortgehen, als sie sich ein zweites Mal umdrehte...

*

In ihren Empfindungen klang dieser Moment des Abschieds noch immer nach, als sie weiterging. Diese Geste der beiden Hände, die die ihre umfassten, nicht besitzergreifend und doch so voller Zuneigung, wie ein Wunsch, diesen Moment noch festhalten zu können oder noch etwas zu sagen... Dann der Moment, wo sie sich das zweite Mal umdrehte und er nicht mehr da stand. Abschied... Jeder ging seinen Weg... Und doch trennte man sich von einem Menschen, der einem inzwischen selbst seltsam viel bedeutete und seltsam viel gegeben hatte...

Freddie wollte wieder alles wissen – aber erkundigte sich außergewöhnlich vorsichtig, es gab keine Untertöne. Sie erzählte ihr in groben Umrissen, worüber sie gesprochen hatten. Die Frage des Glaubens an Gott klammerte sie völlig aus – das wäre nicht gut gegangen oder zumindest ein stundenlanges Gespräch geworden. Dafür gestand sie ehrlich, wie sehr ihr Vertrauen und ihre Sympathie für diesen Mann wiederum gewachsen war.
Staunend und Anteil nehmend hatte Freddie zugehört. Nun sagte sie:
„Ich will mich ja nicht einmischen, Saskia. Aber vielleicht fängst du doch noch an, dich in diesen Mann zu verlieben."
Sie erwiderte ihren Blick und lächelte.
„Nein, Freddie, keine Sorge. Er ist für mich immer mehr wie ein väterlicher Freund. Und er weiß es. Ich habe es ihm heute selbst gesagt."
Sie erinnerte sich noch einmal an die letzten Schritte in der kalten Dezembernacht, an den Abschied...

„Mehr als das werde ich nie erwidern können. Aber überlege einmal, wie viel das ist! Väterlicher Freund... Ein väterlicher Freund, der mich selbst liebt... Ja, was ich für ihn empfinde, ist viel, angefangen bei großer Dankbarkeit, bei Vertrauen... Das ist auch eine Art Verliebtheit ... es ist jedenfalls sehr viel."

Freddie war wieder voller Rätsel.

„Aber wie kann man sich in so einen alten Mann verlieben – ich meine, auch in dieser anderen Art? Was meinst du mit Verliebtheit?"

„Was ich gesagt habe. Ich liebe ihn nicht, wie ich meinen Freund lieben werde. Aber ich empfinde trotzdem so viel. Ich fühle mich so ... geborgen. Ich fühle seine eigene vorsichtige Liebe, die mir nie zu nahe tritt – und das rührt mich wirklich. Es ist, wie ... wie wenn sich seine Liebe in mir spiegelt, und ich das, was ich nicht erwidern kann, dennoch erwidere, verstehst du? Nicht in eigener Verliebtheit, aber in diesem wunderschönen Gefühl des Geliebtseins, in der Dankbarkeit darüber ... und in dem Wunsch, auch ihm zu geben, was *ich* geben kann; meine Freundschaft..."

„Du bist von seiner bloßen Liebe so gerührt, dass du ihm deine Freundschaft schenkst?"

„Ja, aber seine Liebe hat auch einen Inhalt. Wie er mir zum Beispiel Mut macht in meinem Studium, und noch in anderem. Oder wie er –"

„Worin hat er dir denn noch Mut gemacht?", wollte Freddie wissen.

„Das würde jetzt zu weit führen", versuchte sie, dieses Thema zu verlassen.

„Moment mal!", sagte Freddie und hielt den Faden fest. „Ich wollte ja nicht neugierig sein. Aber du *machst* mich neugierig. So war das nicht abgemacht. Jetzt musst du's auch erzählen!"

Sie seufzte.

„Es ist nur, weil du es wahrscheinlich nicht verstehen wirst."

„Das wird ja immer verdächtiger!", erwiderte Freddie. „Was soll ich nicht verstehen?"

„Es ist nichts, was du vielleicht denken könntest. Es ist nur, dass dieses Thema mir auch wichtig ist, und deshalb –"

„Keine Untertöne! Versprochen!", gelobte Freddie unaufgefordert.

„Darum geht es nicht einmal", sagte sie nachdenklich. „Es geht darum, ob du es überhaupt verstehst..."

„Erzähl schon!", bettelte Freddie.

Einen langen Moment lang sah sie ihre Freundin, die sie inzwischen war, an. Als diese dazu überging, einen Dackelblick nachzuahmen, musste sie lachen. Das alles passte überhaupt nicht zum Thema.

„Aus!", sagte sie lachend. „Aus, Freddie, aus!"

Freddie setzte wieder ihre unschuldigste, normalste Mine auf und wartete fröhlich...

Sie seufzte und sagte:

„Freddie, ich meine es ernst. Es ist eigentlich nichts, was du verstehen wirst. Aber ich erzähle es jetzt trotzdem, weil ich dir vertraue."

Sie vergewisserte sich mit einem weiteren Blick in Freddies Augen, ob sie es erzählen konnte. Ja, sie konnte ihr vertrauen.

„Also... Ich weiß nicht, was du mit Weihnachten verbindest. Für mich war Weihnachten sehr lange ein Fest der Wunder, eine wundersame Zeit, beginnend mit dem ganzen Dezember, der Dunkelheit, den Kerzen, dem Nikolaus, wiederum Kerzen, Warten, Wissen, dass Weihnachten kommt... Und dann Weihnachten selbst... Wir hatten nicht einmal einen Weihnachtsbaum, nur ein oder zweimal, als ich noch im Kindergarten war. Und trotzdem war *das* das größte Wunder. Aber noch viele Jahre später war all das, was sich um Weihnachten rankte und in diesem Wunder der Geschenke gipfelte, etwas, was ich ... einfach nicht in Worte fassen kann.

Das ist nur die Vorrede, damit du überhaupt verstehst, wie ich das alles empfunden habe.

Später wurde mir immer bewusster, dass Weihnachten ja etwas mit Gott zu tun hat. Also das, was man *eigentlich* Weihnachten feiert oder feiern sollte. Das fehlte mir völlig. Da war dieses Weihnachtswunder, mein eigenes, das ich so lange so stark empfunden hatte – und bis heute irgendwie ... und dann dieses andere Weihnachtswunder, was mit dem religiösen Glauben zu tun hat, mit dem Kind, was da geboren wird, und mit der Kirche, mit Gott, mit dem Gottesdienst, gerade zu Weihnachten... Und das war mir völlig verschlossen.

Aber danach habe ich gerade so große Sehnsucht. Mein einziger Bezug dazu ist das Erlebnis, dass ich mit acht oder neun Jahren einmal zuhause eine Bibel fand und darin las. Seitdem habe ich eine Sehnsucht – die immer unerfüllt geblieben ist. Nie ist mit mir jemand in die Kirche gegangen, nie bin ich alleine hingegangen. Und es fehlt mir – immer mehr, je älter ich werde...“

Beim Erzählen war diese ganze Sehnsucht wieder innig lebendig geworden, so sehr, dass sie fast weh tat...

„Und ihm konnte ich davon erzählen. Er war der Erste, dem ich davon je erzählt habe ... und du bist jetzt die Zweite...“

Fast hilflos vor bedingungslosem Vertrauen sah sie Freddie in die Augen – und sah dankbar ein weiteres Mal, dass es nicht enttäuscht werden würde...

„Und er hat mir Mut gemacht, ja mehr noch, er hat mir eigentlich erst die Augen geöffnet dafür, was diese Sehnsucht für mich bedeutet. Dass sie viel wesentlicher ist als alle Angst, die man haben könnte, was zum Beispiel der eigene Vater darüber denken könnte. Das habe ich, als er heute darüber sprach, begriffen. Es ist, als hätte er mir meine eigene Sehnsucht gezeigt, ja geschenkt, die wirkliche Begegnung mit meiner eigenen Sehnsucht, so dass ich dadurch erst wusste, dass ich ihr folgen muss – und dass ich den Mut dazu haben kann...“

Wieder sah sie Freddie hilflos an, wie mit leeren Händen, nur warten könnend, ob sie verstehen würde, was sie gerade versucht hatte auszudrücken...

Freddie blieb sehr ernst. Sie sagte:
„Also gut, du hattest eine Sehnsucht, die dir sehr wichtig ist. Und er hat dir geholfen, dass sie dir wirklich ganz bewusst wird und du den Mut findest, ihr nun wirklich zu folgen... Ja, ich verstehe ... dass er dir dann sehr viel bedeuten muss...“
Erleichtert sagte sie:
„Ja. Und das war nicht der einzige Moment. Es gab mehrere solche wesentlichen Momente. Und daran erlebe ich, dass seine Liebe, die ich noch immer nicht verstehe, auch einen Inhalt hat, den ich sehr wohl verstehe und der für mich unendlich bedeutsam ist...“
„Hmm“, erwiderte Freddie. „Langsam werde ich ein wenig neidisch.“
„Auf mich?“, sagte sie. „Wünschst du dir auf einmal auch einen solchen Freund?“
„Ich weiß nicht. Es ist alles zusammen. Was du so alles erzählst. Ein väterlicher Freund, Weihnachtswunder, Mut machen, einer Sehnsucht folgen, dann dieses Ganze mit der Liebe und der Romantik. Das wird alles langsam ziemlich heftig. Es reicht langsam zum Neidischwerden...“
Fragend sah sie Freddie an.
„Hast du denn auch eine Sehnsucht?“
„Das ist es ja gerade. Ich habe eher keine. Nicht dass ich wüsste. Aber wenn ich dir so zuhöre, klingt es auf einmal so, als ob es schön wäre, eine Sehnsucht zu haben – und erst recht dann einen väterlichen Freund, der einem hilft, ihr zu folgen...“
„Ja, vielleicht hast du recht“, erwiderte sie. „Ich habe es nie so gesehen, dass diese Sehnsucht schön wäre. Weil sie unerfüllt war, eben eine Sehnsucht, habe ich eigentlich nur das damit verbundene Leiden erlebt. Aber jetzt, wo du es sagst,

stimmt es natürlich – es ist auch etwas Schönes. Jede Sehnsucht ist etwas Schönes, eigentlich etwas *sehr* Schönes...“

Freddie seufzte.
„Dass ich das noch erleben durfte! Dass ich wenigstens erleben durfte, dass du von mir auch einmal etwas lernen konntest, ganz unbeabsichtigt...“
„Aber Freddie!“, sagte sie leise erschrocken. „Es ist doch nicht so, dass ich von dir noch nichts anderes gelernt hätte!“
Zweifelnd sah Freddie sie an.
„Wirklich? Was denn noch...“
Sie dachte nach...
„Siehst du?“, sagte Freddie traurig, „da ist sonst nichts...“
Tief berührt erkannte sie, wieviel sie Freddie bedeutete – und wie sehr Freddie sich wünschte, dass sie in ihren Augen nicht immer nur alles ,falsch' machte. Leise ahnend begriff sie tief verwundert, wieviel Freddie unsichtbar und verborgen von ihr aufnahm.
„Doch!“, widersprach sie leidenschaftlich, „da ist viel. Ich kann es vielleicht nicht in Worte fassen. Zum Beispiel Milchkaffee...“
Freddie musste lachen.
„Toll!“, sagte sie, leise getröstet und doch immer noch mit einer so großen Sehnsucht nach mehr...

Saskia sah ihre Freundin voller Zuneigung an.
„Vielleicht habe ich nicht so viel gelernt – aber das heißt nicht, dass ich nicht unendlich viele Seiten an dir unglaublich mag und sogar auch bewundere...“
Freddie sah sie an.
„Das sagst du jetzt nur so...“
„Nein, ganz und gar nicht. Glaub mir, Freddie. Es gibt so viel, was ich an dir bewundere – sogar dann, wenn ich damit nicht zurechtkomme und zurechtgekommen bin. Zum Beispiel deine ganze Art, einfach zu tun, was du willst, wozu du

Lust hast. Dein Mut – oder nicht mal Mut, sondern dass du es einfach machst. Deine ganze Art ... einen zu verstehen, immer mehr, selbst wenn es deiner Art total widerspricht. Du weißt nicht, wieviel du mir bedeutest..."

Ihr kamen ohne jede Vorbereitung die Tränen. Sie musste den Kopf senken... Die ersten Tränen tropften bereits hinunter...

„Saskia!", hörte sie Freddies bestürzte Stimme.

Mit tränennassen Augen blickte sie auf.

Freddie stand auf und kam zu ihr, schloss sie in die Arme.

Stockend brachte sie hervor:

„Freddie – du bist – wirklich eine wunderbare – Freundin. Du weißt das gar nicht..."

Tränen rollten über ihre Wangen auf die Schulter der Freundin...

Die Schulter begann zu zittern...

Erschrocken löste sie sich von Freddie – und sah auch die Freundin weinen. Etwas, was sie nie für möglich gehalten hätte.

„Freddie!"

Sofort vergaß sie ihre eigenen Tränen.

Freddie flüchtete wieder in ihre Umarmung.

„Ich – dachte – ich würde nur ... immer alles falsch machen. Das – will doch – keiner..."

Nun weinte sie mit ihr...

„Nein, Freddie! Wie – konntest du das nur – denken!"

Freddie schluchzte auf.

„Oh Mann, Saskia – Du bist – wirklich speziell..."

Inmitten ihrer Tränen musste sie lachen ... und wieder weinen...

Eine kleine Ewigkeit dauerte diese erste wirkliche Umarmung, die eine unverbrüchliche Freundschaft begründete und so viel Verständnis des Einen für den Anderen brachte...

Dann saßen sie einander wieder gegenüber, beide etwas verlegen, wie sie den Übergang von einer Tiefe zur anderen schaffen sollten.

Schließlich sagte Freddie einfach:

„Danke, Saskia..."

Sie schüttelte nur schweigend den Kopf...

Sie saß im Zug und freute sich auf das Wiedersehen mit ihren Eltern. Ihre Mutter war eine liebe, bescheidene Frau, die als Sekretärin in einer größeren Firma arbeitete. Ihr Vater war selbstständiger Malermeister. Auch er war in ihren Augen ein lieber Mensch, aber doch auch streng und auf seine Standpunkte bedacht.

Sie lächelte. Er war so ganz anders als dieser Mann, den sie kennengelernt hatte. Ein wenig fürchtete sie sich davor, ihrem Vater von ihm zu erzählen – aber sie würde sich und auch den Mann schon zu verteidigen wissen, wenn es darauf ankam. Mehr fürchtete sie sich vor dem, was ihr Vater sagen würde, wenn sie davon erzählen würde, dass sie in drei Tagen am heiligen Abend in die Kirche gehen wollte. Was würde er dazu sagen? Die Vorstellungen davon kamen wie von selbst und ließen ihre Furcht weiter zunehmen...

Sie versuchte, an das zu denken, was der Mann gesagt hatte. Was hatte er gesagt? Sie sollte die Sehnsucht so stark fühlen, dass sie davon Mut bekam. Mut, der so groß war, dass sie es auch ihrem Vater sagen konnte ... und ihm dann immer noch in die Augen schauen konnte...

Schließlich fuhr der Zug in dem kleinen Bahnhof ihres Heimatstädtchens ein. Als sie ausstieg, sah sie, wie ein Kind seiner Großmutter entgegenlief. Eine junge Frau umarmte innig einen ebenso jungen Mann, der auf sie gewartet hatte...

Sie wusste nicht, ob es anderen auch so ging. Sie selbst war von solchen Bildern immer tief berührt. Sie spürte die Liebe, die darin lag, unmittelbar, erlebte sie einfach mit. Manchmal ertappte sie sich dabei, wie sie versunken dastand und ein solches Wiedersehen anschaute, bis die beiden Menschen dann Hand in Hand oder in ein Gespräch vertieft langsam den Bahnsteig verließen...

Sie selbst verließ den Bahnsteig allein, nur ihren Rollkoffer hinter sich her ziehend. Es war eine eigenartige, leise Trau-

rigkeit, die dann plötzlich ihr Begleiter war. Aber sie kannte es nicht anders. Ihr Vater hatte großen Wert auf ‚Selbstständigkeit' gelegt, wie er es nannte, und hielt nichts von solchen ‚Zeremonien'. Schon wenn sie zur Tante gefahren war, hatte er, sobald sie zwölf Jahre alt gewesen war, gesagt: ‚Das Mädchen ist doch wohl alt genug, allein zum Bahnhof zu gehen und wiederzukommen!' Und so wurde es dann gehalten...
Aber die leise Traurigkeit schwand wieder, als sie die Bahnhofshalle verließ und sich der vertraute Vorplatz zur Stadt hin öffnete. Sie hatte nur noch gut zehn Minuten zu laufen. Links begleitete sie der kleine Stadtpark. Auf dem Teich erkannte sie von Ferne ein Schwanenpaar...

*

Ihre Mutter hatte zur Feier des Tages ihre Lieblingsspeise gemacht – einen Spinat-Schafskäse-Auflauf. Sie hatte das Abendessen bereits vorbereitet. Nun saßen sie gemeinsam am Tisch. Es waren immer noch die ersten Minuten des Wiedersehens.
Nachdem die Teller gefüllt waren und sie einander einen guten Appetit gewünscht hatten, hielt die Mutter inne und sagte freudig, sie ansehend:
„Gut siehst du aus, Saskia! Hast du dich dort inzwischen gut eingelebt?"
„Ja, Mama", bestätigte sie voller Freude.
„Und wie geht es mit dieser – wie heißt sie noch?"
„Mit Freddie? Oh, mit ihr geht es wunderbar. Wir sind wirkliche Freundinnen geworden."
„Das ist doch wirklich seltsam. Weißt du noch, was du am Anfang immer erzählt hast, wenn du angerufen hast?"
„Ja, Mama... Aber das hat sich völlig geändert. Ich verstehe es selbst nicht so ganz..."
„Na ja, Hauptsache, du hast nicht so viel von *ihr* übernommen", meinte ihr Vater. „Sieht zum Glück ja nicht so aus..."

Er meinte es halb humorvoll – aber nur halb. Sie sah auch in seinen Augen die Freude des Wiedersehens. Und doch machte seine Bemerkung sie traurig – wegen Freddie...

„Papa", widersprach sie, „sie ist gar nicht so, wie du denkst. Sie ist auch nicht so, wie *ich* dachte... Sie ist viel lieber, wirklich, viel, viel lieber...!"

„Na ja...", brummte ihr Vater. „Du wirst es ja wissen."

Sie aßen weiter.

„Mama, es ist wieder so lecker!"

„Danke, Saskia", freute sich die Mutter, „das ist schön..."

Nach einer Weile erkundigte sich ihre Mutter:

„Und – hast du an der Uni auch schon andere nette Kommilitonen getroffen?"

„Ja, sie sind eigentlich alle nett..."

„Und hast du auch schon Freunde gefunden?"

„Nein", gestand sie mit leiser Scham. „An der Uni bisher nicht..."

„Aber woanders?"

Sie sah, wie ihre Mutter sich für sie zu freuen begann.

„Ja, woanders. Ich habe einen älteren Mann kennengelernt. Etwa so alt wie ihr. Er hat mich in der Buchhandlung angesprochen, und wir haben uns befreundet..."

„Wie – er hat dich ‚angesprochen'..."

Diese einfach mit Nachdruck und Unverständnis wiederholten Worte ihres Vaters hatte sie gefürchtet. Unmittelbar war sie erfüllt von Unsicherheit, fühlte sich klein...

Sie erwiderte seinen Blick, versuchte ihm standzuhalten und sagte:

„Er hat mich angesprochen. Er wollte mich kennenlernen..."

„Saskia", begann ihr Vater seine Belehrung, „weißt du eigentlich, was das heißt, wenn ein so alter Mann ein so junges Mädchen wie dich anspricht und – *kennenlernen* will?"

Sie sah seinen eindringlichen, strengen Blick, den sie immer so fürchtete, und hielt ihm stand.

„Ja, Papa. Ich bin ja nicht dumm... Er hat mir sogar einen Brief geschrieben, und er hat mir dann sogar gesagt, wieviel ich ihm bedeute und wieviel er ... für mich empfindet." Sie fühlte, wie sie mutiger wurde. „Aber er hat nie etwas gesagt von Ins-Bett-Gehen, falls du *das* meinst! Ich *weiß*, wieviel er für mich empfindet; aber das macht nichts. Er darf es..."
Ihr Vater schien von ihrer Antwort für einen Moment aus der Bahn geworfen. Als hätte er nicht recht gehört, schwieg er mehrere Augenblicke. Sie sah, wie ihre Mutter gleichsam den Atem anhielt...
„Aber Saskia!", ihr Vater hatte seine Sprache wiedergefunden, „kannst du mir mal erklären, was das *soll*? Du kannst doch nicht einfach... Ich fasse es einfach nicht! Du kannst dich doch nicht einfach mit einem Mann einlassen, der sich in dich verliebt hat! In dem Alter! Ich meine, *er* in seinem Alter! Was soll das? Wo soll das hinführen? Ich meine, es führt *nirgendwo* hin! Das Einzige ist noch, dass du ... dass du ihm Hoffnungen machst! Das ist das Einzige! Willst du das etwa?"
Erschüttert hatte sie zugehört. War das wirklich das Einzige? Daran hatte sie noch gar nicht gedacht. Machte sie ihm einfach nur Hoffnungen...? – Langsam jedoch kehrte sie zu den wirklichen Erinnerungen zurück, zu ihren eigenen Empfindungen, den eigenen Wahrnehmungen...
„Nein, Papa", erwiderte sie. „So ist es nicht. Du warst nicht dabei. Es ist einfach ganz anders. *Er* ist ganz anders. Du verstehst das nicht. Deswegen musst du mir einfach *glauben*. Ich mache ihm keine Hoffnungen. Sondern seine einzige Hoffnung ist, mit mir zusammen zu sein. Ich meine: manchmal..."

Ihre Erklärung hatte nicht den erhofften Erfolg.
„Aber Saskia! Das ist doch eine unmögliche Situation! ‚Seine einzige Hoffnung ist, mit mir zusammen zu sein'. Ich meine, wie hältst du das überhaupt aus, dass dieser Mann offenbar völlig verliebt in dich ist, und du ... und du triffst dich sogar

noch mit ihm! Wieso tust du das? Einfach nur ihm zuliebe? Ich fasse es einfach nicht, wirklich nicht!"

Sie schämte sich für den Mann. Es wurde ihm hier etwas vorgeworfen, was so überhaupt nicht stimmte. Voller Entschlossenheit verteidigte sie ihn:

„Nein, Papa! Du hast noch überhaupt nichts verstanden! Dieser Mann bedeutet *auch mir* viel, inzwischen... Und weißt du, *warum*? Weil ich mit ihm über so vieles sprechen kann! Weil er mir hilft in dem, was mich beschäftigt. Und weil er ... mich gar nicht spüren lässt, was er empfindet. Jedenfalls nichts von dem, was mir zuviel wäre!"

Ihr Vater war sprachlos über diesen entschlossenen Gegenangriff, der eigentlich nur eine Verteidigung sein sollte...

Er machte noch einen letzten Versuch.

„Es ist trotzdem absurd! Vielleicht ist es auch nur Taktik."

„Nein, Papa!", sagte sie, nun wirklich wütend. „Absurd ist nur, dass du mir nicht glaubst! Dass du nicht *mir* glaubst, sondern nur deinen eigenen Vorstellungen. Dieser Mann *kann* überhaupt keine Taktik haben – das würde man sofort sehen, wenn man ihn auch nur *eine* Minute kennengelernt hat! ... Ich finde es ... ich finde es schlimm, dass man immer gleich so denkt! Dass es keine solche Freundschaft geben kann ... dass man das nicht zulassen will!"

Während sie mit tränenfeuchten Augen ihren Vater anfunkelte, erinnerte sie sich, dass sie selbst am Anfang natürlich das Gleiche befürchtet hatte – und schämte sich selbst dafür...

Die Festungsmauern ihres Vaters waren zerbrochen. Diesem Angriff konnte er nicht standhalten, wenn er die eigene Tochter nicht verlieren wollte – und darum ging es ihm ja gar nicht.

„Saskia...", sagte er versöhnlich. „Ich will doch nur, dass dir nicht etwas –"

„Das verstehe ich ja, Papa!", eilte sie ihm mit ihren Worten entgegen... „Aber es ist wirklich nicht so, wie du fürchten musst. Du musst wirklich *nichts* fürchten. Es ist alles gut..."

Ihr Vater war noch immer nicht restlos überzeugt. Aber er sagte:

„Na gut, Saskia, wenn du das sagst... Offenbar sind ja *alle* Leute, denen du begegnest, nicht so, wie ich denke..."

Sie musste inmitten ihrer ganzen Emotionen lachen.

„So ist es auch nicht... Man denkt erst etwas, und da mag etwas dran sein, aber nach und nach stellt es sich doch anders heraus. So ist es!"

„Na ja", schloss ihr Vater das Thema ab. „Es mag sein, wie es ist. Vielleicht komme ich ja noch dahinter..."

„Ja, bestimmt!", sagte sie strahlend.

Spontan entschied sie, dass jetzt vielleicht der beste Zeitpunkt war, auch die andere Frage noch dem vollen Licht auszusetzen. Zunächst zögernd begann sie:

„...und dann wollte ich noch *eine* Sache sagen, die du vielleicht auch erst nicht verstehen wirst, die mir aber sehr wichtig ist. Ich möchte nämlich am Heiligabend in die Kirche gehen..."

Nun war ihr Vater doch wiederum sprachlos.

Eine kleine Stille breitete sich aus, die sie schließlich schon das Schlimmste befürchten ließ. Ihr Vater legte das Besteck, das er wieder aufgenommen hatte, von neuem beiseite und sah sie an. Dann sagte er:

„Nimm es mir nicht übel, Saskia. Das wird mir jetzt langsam wirklich zu viel an Neuem! Hat damit etwa auch wieder der Mann zu tun?"

„Nein!", widersprach sie betont. „Das heißt ... doch. Aber nicht so, wie du denkst. Er hat mich ermutigt – aber nicht überredet. Ich wollte es selbst, und er hat mir Mut gemacht, es auch wirklich zu tun!"

„Wie – du wolltest es selbst? Seit wann willst du in die Kirche gehen?"

Ihr Vater sprach die Worte so, als wüsste er genau, dass sie dies zu keinem Zeitpunkt gewollt hatte.

„Seit wann?", erwiderte sie. „Ich weiß nicht, seit wann. Schon sehr lange... Mir hat das zu Weihnachten immer gefehlt. Seit ich verstand, dass das eigentlich zusammengehört."

Ihr Vater sah sie an – und sie sah, wie fremd ihm dies alles war. Er sagte:

„Ich weiß nicht, was das soll – dieser ganze ‚Glaube'. Das sind doch erfundene Feste! Das ist doch alles verlogen, Fassade! Guck dir doch die Schaufensterauslagen an – ist irgendwas davon ernst gemeint? Weihnachten! Weihnachten! Alle feiern Weihnachten – und trotzdem bezahlen sie mir die Rechnungen nicht! Dann kann ich auf dieses ganze Gerede auch verzichten!"

Sie war von seinen Worten bis ins Innerste getroffen. Und zugleich verstand sie ihren Vater völlig. Das war es, was am meisten weh tat... Voller Empfindungen erwiderte sie leise:

„Aber Papa... Ich kann doch auch nichts dafür, dass es alles so geworden ist... Aber das wirkliche Weihnachten ist noch etwas anderes. Und das suche ich gerade..."

In einem plötzlichen Schmerz über die Welt, die so sehr *so tat*, als ob Weihnachten wäre, und über das wirkliche Weihnachten, das sie so sehr ahnte, das aber zugleich so verborgen war, wurden ihre Augen wiederum feucht... Und ihr Vater, der nur spürte, wie überall *nicht* Weihnachten war, tat ihr auf einmal unendlich leid.

So sah sie ihren Vater an – und ihr Vater sah die Sehnsucht, die in ihr lebte ... die er nicht verstand, aber er verstand seine eigene Liebe zu seiner Tochter, und diese wurde durch ihre Augen nun übergroß...

„Saskia ... ich will dir wirklich nichts in den Weg legen – nirgendwo... Geh einfach in die Kirche. Es tut mir leid, dass du das schon so lange wolltest..."
Aufschluchzend sprang sie von ihrem Stuhl auf, in hell lodernder Liebe zu ihrem Vater, und zutiefst berührt eilte sie zu ihm, um ihn zu umarmen.
„Saskia..." Er konnte damit überhaupt nicht umgehen, konnte die Umarmung nur zögernd erwidern... „Ist ja gut..."
„Ja, Papa!", schluchzte sie. „Es ist alles gut..."

So kam Weihnachten, so kam der heilige Abend.

Am späten Nachmittag hatte die Mutter wieder die feine rote Decke über den niedrigen kleinen Tisch im Wohnzimmer gelegt, und darauf lagen die Geschenke, die noch immer diesen seltsamen Zauber um sich hatten. Sie hatte wie jedes Jahr auch ihre Geschenke dazugelegt.

Und doch war es dann, als man schließlich gemeinsam zusammensaß und dieser kleine Tisch den geheimen Mittelpunkt bildete, so, als würde man ihn zum ersten Mal erblicken. Längst wusste sie, dass keines dieser Geschenke der Weihnachtsmann gebracht hatte, längst wusste sie, dass zwei Geschenke davon von ihrer eigenen Hand dorthin gelegt worden waren – und doch hatte alles diesen unendlichen Zauber, als würde man es zum ersten Mal erblicken; als wäre man vorher allenfalls im Traum einmal hier gewesen...

Sie öffnete das erste Geschenk, das kleinste. Es offenbarte eine kleine Schachtel. Als sie diese öffnete, sah sie darin zwei kleine Ohrclips, zwei winzige Diamantnachbildungen.

Fragend sah sie ihre Mutter an.

„Oma hat sie dir geschenkt", sagte diese lächelnd. „Hier ist die Karte dazu."

Sie nahm die Karte, die ihre Mutter ihr reichte. Es war eine altmodische Weihnachtsgrußkarte, gemalt, mit spielenden Kindern in einer verschneiten, weihnachtlichen Wohnstraße. Sie drehte die Karte um und las die Zeilen ihrer Oma. Wieder stiegen ihr Tränen in die Augen... Sie liebte ihre Oma so sehr und spürte so sehr die gütige, umhüllende Liebe dieser alten Frau...

Als sie die Karte gelesen hatte, sagte ihre Mutter:

„Mach sie doch einmal an!"

Sie lief ins Bad und befestigte die Ohrclips unbeholfen. Sie fand sie schön – aber sie war sich nicht sicher, ob sie sie je tragen würde. Sie war dies überhaupt nicht gewohnt...

Verlegen kam sie wieder ins Wohnzimmer.

„Oh", sagte ihre Mutter begeistert. „Sie stehen dir so wunderbar!"

Verlegen sah sie ihren Vater an.

„Hmm ... deine Mutter hat Recht..."

Sie spürte, wie sie errötete.

„Ich nehme sie trotzdem erstmal wieder ab...", sagte sie.

„Warum denn?", fragte ihre Mutter.

Erst als sie sich von den Clips wieder befreit hatte, fühlte sie sich wieder ganz wie sie selbst.

„Ich bin es nicht gewohnt..."

„Das ist so", sagte die Mutter. „Aber man gewöhnt sich ganz schnell daran, glaub mir."

„Ja, vielleicht... Ich muss es mir noch überlegen..."

Sie war dankbar, dass ihre Mutter nicht darauf beharrte.

Das nächste Geschenk war von einer schönen hellblauen Schleife zusammengebunden. Sie wusste sofort, dass es von ihrer Mutter war... Als sie es öffnete, fand sie darin zwei Seidentücher, marmoriert in Hellblau und zartem Rot.

„Sind die schön! Vielen Dank, Mama!"

Sie umarmte ihre Mutter.

„Du hattest einmal gesagt, dass du dir ein solches Tuch wünschen würdest..."

„Ja! Wie schön, dass du *daran* gedacht hast...!"

Voller Spannung packte sie nun das größte Geschenk aus. Es war von ihrem Vater.

Bei ihm wusste man nie, was er schenken würde. Sie hatte in den letzten Jahren auch fast nie einen bestimmten Wunsch geäußert – sie hatte nie das Gefühl, dass sie etwas bräuchte, und sie fand es auch nicht richtig, dass man sich *selbst* etwas wünschte, ausdrücklich zu Weihnachten, und dann schon wusste, was man bekommen könnte. So hatte sie in manchen Jahren auch Dinge bekommen, mit denen sie nicht so viel anfangen konnte – aber fast immer hatte sie sich über jedes einzelne Geschenk innig gefreut, allein schon, weil es ein Geschenk war...

Als sie das Papier von seinem Inhalt entfernte, kam eine Schachtel zum Vorschein. Sie öffnete sie. Vorsichtig nahm sie ihren Inhalt heraus und befreite ihn von der umhüllenden Polsterfolie. Dann hielt sie zwei Gegenstände in der Hand: Einen silbernen Sockel und etwas, was man darauf legte. Es war eine dieser Balancefiguren, die, wenn man sie in Bewegung versetzte, eine sehr lange Zeit hin und her schaukeln und kreisen konnten.

An einer feinen, dünnen Stange flogen genau gegenüber voneinander zwei Adler in majestätischem Flug, jeder etwas anders gestaltet. Zwei wunderbar getroffene Könige der Lüfte, mitten im Flug... Sie setzte die Figur in Bewegung und leise schaukelnd kreisten die beiden Adler, flogen auf ihrer Bahn, immer einer hinter dem anderen, oder vor dem anderen, unzertrennlich... Fast spürte sie selbst die Luft zwischen den Schwingen...

Gerührt sah sie ihren Vater an – und umarmte ihn.

„Danke, Papa! Es ist wunderschön!"

Ihr Vater lächelte, froh über ihre Freude.

Sie schaute wieder auf die Figur, versank von neuem darin, sah noch immer zugleich wirkliche Adler...

Schließlich sagte sie voller kindlicher Spannung:

„Ihr müsst auch auspacken!"

Lächelnd griff zuerst die Mutter nach ihrem Geschenk.

Zum Vorschein kam schließlich ein geschnitztes, hölzernes Reh, etwas mehr als handtellergroß, sehr naturgetreu gearbeitet. Sie hatte es unmittelbar geliebt, als sie es zufällig in einem Geschäft für Kunstgewerbe verschiedenster Art entdeckt hatte. Lange hatte sie mit sich gerungen, hätte es am liebsten selbst behalten. Dann hatte sie sich aber doch entschieden, es zu verschenken – für ihre Mutter...

Ihre Mutter sah sie voller Liebe an:

„Saskia – es ist *so* schön! Woher hast du es? Wie findest du immer so schöne Dinge...!"

Wieder ließ die Rührung ihre Augen feucht werden. Sie hatte also die richtige Entscheidung getroffen...

„Ja, ich habe es in einem sehr schönen Laden gefunden", sagte sie und sah ihre Mutter glücklich an, freute sich an ihrer Freude.

„Wunderschön!", sagte diese, „wie echt. Es bekommt einen Ehrenplatz. Immer wenn ich es sehe, werde ich wie von selbst an dich denken..."

Ihre Blicke begegneten einander. Sie spürte ein reines Glück...

Schließlich wandte sie sich dem Vater zu.

„Jetzt du, Papa!", sagte sie erwartungsvoll.

Der Vater nahm sein Geschenk, das letzte, das noch verpackt auf dem roten Tuch lag.

Es war allen bekannt, was der Vater von ihr bekam. Er hatte auch keine eigenen Wünsche, aber er mochte über alles Pralinen. Und so bemühte sie sich jedes Jahr, eine besondere Art von Pralinen zu finden, die er noch nicht bekommen hatte. Aber darüber hinaus schenkte sie ihm jedes Jahr noch eine Kleinigkeit dazu – und dieser vor allem galt ihre Spannung...

Der Vater packte zuerst die Schachtel mit den Pralinen aus. Er betrachtete und drehte sie interessiert. Dann sagte er staunend:

„Ja, wie findest du nur immer wieder neue, ausgefallene, schöne Sorten...?"

Sie sah, dass ihr Vater sich aufrichtig freute und eine innige Freude erfüllte ihre eigene Seele. Voller Spannung erwartete sie nun das letzte Geschenk...

Der Vater öffnete es.

Es waren fünf uralte Postkarten mit Motiven aus dem Schwarzwald. Ihr Vater sammelte solche Motive, es war seine Heimat.

„Ja, Saskia! Das gibt's doch wirklich nicht! Wie kommst du nur dazu –"

„Ich habe sie auf einem Flohmarkt entdeckt...", lächelte sie.

„Großartig! Toll!"

Der Vater drehte die Postkarten um, aber sie waren unbeschrieben.

„Die müssen doch tatsächlich fast hundert Jahre alt sein!"

Er sah sie an.

„Danke, Saskia! Darüber freue ich mich wirklich..."

Sie lächelte erfüllt. Mehr wünschte sie sich nicht. Der Zauber der Weihnacht umgab sie auch in diesem Jahr...

*

Dann war schon die Zeit gekommen, um zur Kirche zu gehen. Sie verabschiedete sich von ihren Eltern und machte sich auf den Weg.

Schon als sie in die nächste Straße einbog, hörte sie, wie die Glocken zum Gottesdienst des heiligen Abends riefen. Eine eigentümliche Stimmung breitete sich in ihr aus, befangen, frei, heilig, erwartungsvoll, ein wenig ängstlich ... sie folgte ihrer Sehnsucht...

Als sie die Kirche in der Nähe des Marktplatzes erreichte, sah sie, wie von überallher andere Menschen kamen. Sie alle folgten dem gleichen Ruf, den läutenden Glocken. Sie betrat die Kirche. Es war seltsam, sich so allein zu fühlen. Sie kannte hier niemanden. Andere Menschen schienen einander zu kennen, begrüßten einander. Sie war hier fremd... Sie suchte hier etwas, aber niemand kannte sie. Befangen setzte sie sich in eine der mittleren Bankreihen.

Dann verstummte das Läuten der Glocken langsam. Sie war nun ganz Erwartung, ganz Sehnsucht...

Der Gottesdienst begann. Der Pfarrer begann zu sprechen. Es wurden Lieder gesungen.

Sie versuchte, ihre Enttäuschung von sich fernzuhalten, aber immer wieder drängte sie heran, unabweislich. Sie versuchte, etwas zu fühlen, aber es war nicht das, was sie so gerne gefühlt hätte. Die Lieder handelten von etwas, was sie nie wirklich kennengelernt hatte. Die Freude, die sie verkündeten, war ihr noch immer fremd... Sie hätte so gerne mit ganzem Herzen mitgesungen, und doch fühlte sie sich wie ausgestoßen, empfand auch etwas, was in alledem nicht echt war, und fühlte eine wachsende Verzweiflung, eine unsägliche Traurigkeit...

Als die Predigt des Pfarrers begann, fühlte sie sich für kurze Zeit berührt, und hell flammte ihre ganze Hoffnung auf, dass jetzt doch noch geschehen würde, was sie so sehr erwartete ... doch dann wurden die Worte für ihr inniges Hoffen und Empfinden immer leerer und leerer, und ihre Traurigkeit wurde endgültig... Verzweifelt fragte sie sich, ob *sie* etwas falsch machte. Und zugleich wusste sie, dass dies wirklich nicht war, was sie suchte. Es hatte damit zu tun, aber es *war* es nicht. Sie suchte etwas *viel* Tieferes, etwas noch Heiligeres, etwas wirklich Heiliges. Sie suchte etwas, das auf das antworten würde, was sie innerlich so schmerzlich ahnend empfand, auch wenn sie kaum wusste, was es war. Sie wusste nur, dass es tiefer war...

Dennoch hatte sie bei den Liedern und bei allem anderen auch *etwas* empfunden. Es war nicht so, dass sie gar nichts empfunden hätte, und doch war es nicht *das*. Ihre Sehnsucht war viel größer.

Als die letzten Ansprachen erfolgt waren, erklang das letzte Lied. Sie sang es wieder mit, wie mit unendlicher Hoffnung, doch noch etwas zu erleben, was von einem Moment zum

anderen eintreten würde, vielleicht noch in der letzten Zeile...
Dann war es zu Ende, der Gottesdienst war zu Ende. Die
Glocken erklangen von neuem, verkündeten nun das Ende.
Mit einer unsäglichen Enttäuschung, mit einem leeren Platz
in ihrem Herzen verließ sie langsam ihre Bank. Fast wie
durch einen Tränenschleier sah sie, dass sich die Menschen
begrüßten, dass sie sich eine frohe Weihnachtszeit wünsch-
ten, dass sie genau das gefunden hatten, weswegen sie hierher
gekommen waren...
Der Pfarrer stand am Ausgang und schüttelte vielen Menschen die Hand. Sie drückte sich hinter einigen Anderen
schnell an ihm vorbei.
Draußen empfing sie die kalte Luft des heiligen Abend. Für
sie war diese Luft nur kalt und tat innerlich weh, schien das
letzte Licht auszulöschen. Wenn es nun noch geschneit hätte,
sie hätte bitterlich geweint...

Plötzlich rief jemand ihren Namen.
„Saskia! ... Saskia!"
Sie drehte sich um. Zuerst sah sie nicht, wer rief. Erst nach
einem Moment erkannte sie zwischen anderen Menschen ei-
nen Jungen, der auf sie zugerannt kam. Erst als er vor ihr
stand, erkannte sie ihn. Es war Leon – aus der Schule!
„Saskia!", sagte er noch einmal, wie außer Atem.
Verwundert sah sie ihn an, konnte nichts sagen. Er selbst sah
aus, als wenn er ihr kilometerlang hinterhergerannt wäre.
Auch er sagte nichts.
„Leon!", sagte sie nun, noch immer überrascht. „Was machst
du hier? Ich meine, was ist...?"
„Saskia!", sagte er noch einmal. Wieder wunderte sie sich
leise, warum er so außer Atem schien.
Fragend sah sie ihn an. Da sprudelte es aus ihm heraus:
„Saskia – ich ... es tut mir leid. Ich weiß nicht, was ich sagen
soll. Es ist ja eh... Ich weiß, es ist verrückt, und es ist eh aussichtslos. Aber ich muss es dir einfach sagen! Ich liebe dich,

Saskia! Schon so lange... Schon mindestens zwei Jahre! Ich habe dir nie etwas gesagt. Ich habe immer nur heimlich nach dir geschaut."

Sie hatte das Gefühl, als würde der Boden unter ihr allmählich nachgeben, während Leon sprach, und ihr Verstand schien auszusetzen...

„Immer wenn ich dich sah, war ich glücklich. Aber ich habe mich nie getraut, dich anzusprechen. Nie, dich etwas merken zu lassen. Wenn du zu mir herübersahst, habe ich weggeschaut... Aber dann kam das Abitur. Die mündlichen Prüfungen. Die letzten Tage. Ich war immer verzweifelter. Ich wollte dich nicht verlieren! Und doch konnte ich nichts tun. Der letzte Schultag war der schlimmste! Zu sehen: jetzt geht sie gleich, und du siehst sie nie wieder... Alles in mir schrie: Geh zu ihr! Du *musst* zu ihr gehen! Und doch konnte ich es nicht... Und dann warst du weg. Irgendwie erfuhr ich noch, dass du inzwischen in einer anderen Stadt studiertest – und immer wieder konnte ich nur an dich denken, ohne Hoffnung, einfach nur an dich denken...

Und dann, Saskia, warst du auf einmal *hier*! Ich sah dich, als du rausgingst. Ich sah dein Gesicht, das ich so liebte, und da konnte ich nicht mehr... Ich musste es dir einfach sagen! Ich bin, so schnell es ging, dir hinterhergelaufen, hatte schon Angst, dich nicht mehr zu erreichen. Aber hier bist du..."

Fast entschuldigend sah er sie an.

„Ich musste es dir einfach sagen, Saskia! Ich liebe dich – du weißt nicht, wie sehr..."

Sie sah ihn an, Leon, den Jungen aus der Schule, diesen stillen Jungen, der so war, wie sie sich einen Freund vorstellte. Sie versuchte, zu begreifen, was sich gerade ereignete. Wie im Traum drangen die Worte dieses verzweifelten Jungen zu ihr. Wie durch einen Schleier drang die Erkenntnis zu ihr durch, dass der Mensch, zu dem er sprach und zu dem er ‚du' sagte, und sie wirklich derselbe Mensch waren... Wie über einen seltsamen Umweg begriff sie alles...

Schließlich kam sie wieder bei seinen Augen an, diesen Augen, die sie so einzigartig anschauten, gepeinigt von Furcht, und sie begriff, dass die Furcht sich auf ihre Antwort bezog. Wie geistesabwesend sagte sie:

„Hast du aussichtslos gesagt, Leon... Nein ... es ist nicht ... aussichtslos...“

Und dann hatte sie, eingehüllt in einen wirklichen Traum, ihre Arme um seinen Hals geschlungen und ihn geküsst und das Wunder kennengelernt, das es war, dem Freund zu begegnen, *dem Freund*, auf den man so lange gewartet hatte, und mit ihm vereint zu werden...

Der Vorplatz der Kirche hatte sich schon längst geleert, da standen sie noch immer da, versuchten, in ihren Erzählungen zu begreifen, wieso es so lange gedauert hatte, bis sie einander wirklich begegnet waren; wie es möglich war, so lange aneinander vorbeizuleben, während man sich doch sah, während man doch so viel füreinander empfand... Und wieder und wieder suchten sich ihre Lippen, wie um sich zu vergewissern, dass nun nichts in der Welt sie je wieder trennen konnte...

Schließlich klingelte ihr Handy. Ihr Vater machte sich Sorgen.

„Ja, Papa, ich komme gleich...“, sagte sie nur glücklich.

Sie verabredeten sich für den Weihnachtsmorgen, würden einander so viel zu erzählen haben, das ganze Leben...

Überwältigt sagte Leon:

„Du hast mein Leben gerettet, Saskia... Das ist das allergrößte Weihnachtswunder. Das muss Gott gewesen sein, der uns, der *dich* hierhergeführt hat...“

Sie wusste nichts von Gott, sie wusste nur, dass auch sie gerade das allergrößte Wunder erlebte. Dass ihre allergrößte Sehnsucht an diesem Tag Erfüllung fand.

Sie konnten sich kaum trennen. Was sie verband und zueinander zog, war eine Kraft, die so stark war wie jene, die die beiden wunderschönen Adler für immer zusammenhielt...

Als Leon dann wirklich in eine andere Richtung ging, wollten ihre Füße ihm unmittelbar hinterherlaufen. Sie musste sie zwingen, eine andere Richtung einzuschlagen.

*

„*Was* hast du?", fragte ihr Vater entgeistert.

„Ich habe meinen Freund gefunden", wiederholte sie mit stillem, erfülltem Glück.

Sie sah ihre sprachlosen Eltern an.

„Es ist Leon, aus der Parallelklasse in der Schule. Er liebte mich schon zwei Jahre lang – und ich mochte ihn auch. Aber wir haben uns *nie* gesprochen. Könnt ihr euch das vorstellen?"

„Ich nicht!", sagte ihr Vater bestimmt.

„Ja", sagte ihre Mutter sanft, „das ist möglich..."

„Ich begreife das nicht", sagte ihr Vater. „Da kommst du plötzlich mit deinem Wunsch, in die Kirche zu gehen – und schon läuft dir jemand über den Weg, der dein Freund wird! Laufen dir die Männer zu, oder was? Wie machst du das?"

Sie spürte einen leisen Stich.

„Papa, ich habe doch erklärt, wie es ist. Es ist etwas sehr Tiefes. Das passiert nicht einfach so."

„Ja, aber von außen sieht es so aus", verteidigte sich ihr Vater.

„Von außen blüht auch der Kirschbaum jedes Jahr überraschend!", erwiderte sie fröhlich.

Der Vater sah sie an und gab sich noch nicht geschlagen.

„Ja, nur dass gerade bei dir immer alles zu blühen anfängt. Das ist nicht bei jedem so."

Verlegen schwieg sie. Sie mochte es nicht, wenn man so über sie sprach...

Die zehn Tage, die ihr noch blieben, gehörten nun fast ganz Leon. Sie erlebte Tage eines unbeschreiblichen Glücks.

Alles, was bisher in ihrem Herzen, ihrer ganzen Seele von einer traurig schwebenden, sehnenden und wehen Melodie erfüllt gewesen war, verwandelte sich in das süße, goldene Licht der Liebe, das wie ein voller, flutender Strom alles in ihr erfüllte. Hand in Hand gingen sie durch das Städtchen. Und die warme, sanfte und doch starke Hand von Leon war wie ein heiliger Hort, den die ihre immer wieder suchte und nie mehr verlassen wollte... Seine schönen blauen Augen waren wie ein Meer, in deren Fluten sie sich noch von der höchsten Klippe gestürzt hätte, um in voller Hingebung darin zu ertrinken, immer wieder vergehend in dem Wunder der Begegnung, das gerade in diesen Fluten lag... Seine Lippen waren so zärtlich, dass sie wie ein kleiner Vogel in den höchsten Lüften flog, wann immer sie ihnen mit den ihren begegnete. Und bis tief in ihren Leib hinein fühlte sie sich immer wieder zu ihm hingezogen, zu ihm, dem einen, dem einzigen Freund – ihm, den sie jetzt gefunden hatte und der *sie* gefunden hatte.

Sie gingen langsam durch den Park.

„Was machst du, Leon? Studierst du nicht?"

„Nein, ich wollte erst ein Praktikum machen. Ich arbeite jetzt den vierten Monat in der Altenpflege."

„Oh, das ist schön..."

„Ja, aber auch schlimm. Man hat für die Menschen eigentlich gar keine Zeit. Es geht fast alles nach Minuten."

„Wirklich? Das ist ja schlimm!"

Unmittelbar sah sie die alten Menschen vor sich...

„Ja... Ich versuche es immer so zu machen, dass die Menschen, zu denen ich gehe, nichts von Hektik und Routine merken – aber es geht leider nicht immer. Manchmal erzählen sie mir, wie es Andere bei ihnen machen, und das ist wirklich schlimm..."

„Warum?"

„Nun", sagte Leon traurig, „sie werden abgehakt wie ein Auftrag. Waschen, Anziehen, sogar Herumkommandieren. Und man redet mit ihnen oft wie mit Kindern oder Untergebenen."

„Das ist doch furchtbar. Wieso macht man das?"

Sie war innerlich tief schockiert.

„Ich weiß nicht... Ich glaube, man verlernt zu sehen, dass das wirklich ein *Mensch* ist. Dass er auch mal jung war; dass man auch mal alt werden wird... Oder man schützt sich vor jeglichem Gefühl, indem man sich möglichst technisch oder von oben herab verhält. Vielleicht wollen manche Menschen auch ihre Machtinstinkte ausleben..."

Es fröstelte sie innerlich. Unwillkürlich griff sie Leons Hand fester – und fühlte beruhigend die Antwort der seinen.

„Und was wirst du nach dem Praktikum machen?", fragte sie voller Sehnsucht.

„Ich weiß nicht... Was studierst du, Saskia? Es ist bestimmt etwas sehr Schönes..."

„Tiermedizin."

„Ah ... ich habe mir fast so etwas gedacht..."

„Warum?", fragte sie völlig überrascht.

„Ihr hattet in der elften Klasse einmal ein Referatprojekt mit Wandzeitung. Da wusste ich, dass du im Biologie-Leistungskurs bist. Als ich im Flur des Naturwissenschaftstrakts dann die Wandzeitungen sah, bin ich einmal ganz früh in die Schule gekommen, um möglichst unbeobachtet ganz in Ruhe deinen Beitrag lesen zu können. Es war eine Arbeit über die Zerschneidung und Verkleinerung der Lebensräume und die Folgen für die Tierwelt. Was du da in Kürze aufgeschrieben hast, war sehr informativ – aber vor allem sprach durch alle Fakten hindurch eine ganz besondere Liebe zu Tieren. Das habe ich damals schon gefühlt. Und ich dachte damals schon: Was für ein besonderes Mädchen..."

„Wirklich, Leon?"

„Ja. Und die Zeichnungen, die du dazu gemacht hattest, waren halb schematisch, aber mit so viel Liebe zum Detail... Ich erinnere mich noch an eine Schwalbe und einen Hasen."

„Das weißt du noch?"

„Natürlich... Und ich stand da, bis die Gänge sich allmählich füllten. Und es störte mich nicht – mochte doch jeder sehen, dass ich nur dieses eine Plakat betrachte. Aber es hat niemand etwas gesagt. Und ich habe mich auch in deine Schrift verliebt. Und immer wenn ich an diesem Plakat vorbeiging, fühlte ich mich dir nahe... Irgendwann wurden sie dann wieder abgehängt. Für mich war es sehr erschütternd, dass an einem Morgen die Wand plötzlich wieder leer war..."

Das Glück war für sie unfassbar, es floss innerlich über. Alle Räume, die es in ihrem Inneren geben mochte, flossen über, waren zu klein, um das Glück zu fassen. Das Glück, dass ein Junge *so* viel für sie empfinden konnte...

„Du hast einmal Geige bei einer Aufführung im Schulorchester gespielt", sagte sie. „Es war eine Abendaufführung mit Eintrittskarten. Ich war da und saß in der dritten Reihe. Ich kannte dich nur als stillen Jungen aus der Nachbarklasse. Manchmal dachte ich wohl: So müsste ein Freund sein... Ich dachte es nicht fortwährend, vielleicht nicht einmal ganz bewusst. Aber immer wenn ich dich sah, fielst du mir auf – gerade durch dein unauffälliges Dasein. Du warst einfach da... Man fühlte sich wohl, wenn du da warst. Wenn du mal krank warst, fehlte einem etwas, auch wenn einem erst nach einiger Zeit deutlicher wurde, was es war... Ich glaube, mir wird dies alles erst *jetzt* ganz deutlich, wo ich es sage...

Aber an diesem einen Abend ... da spieltest du Geige, und du spieltest sie anders als alle anderen. Du warst wirklich *in* der Musik. Du spieltest nicht einfach nur Geige und nach Noten wie die anderen – du spieltest unmittelbar die Musik, du warst eins mit der Musik. Ich habe das gesehen – deine Hingabe. Das war wunderschön... An diesem Abend habe ich das ganze Konzert nur dich angesehen..."

„Oh Saskia", erwiderte Leon fast schmerzlich. „Wenn ich das nur früher gewusst hätte...!"

„Leon...", sagte sie, und allein schon der Klang seines Namens war wie Musik... „es ist doch überhaupt nicht zu spät..." Sie blieb stehen und flüchtete wieder zu seinen Lippen, wie um ihm alles zurückzuschenken, was er so lange vermisst hatte...

„Und wo studierst du, Saskia?"
Sie nannte ihm ihre Stadt.
„Nach dem Praktikum möchte ich nur eines – dir dorthin folgen..."
Voller Glück sah sie ihn erschüttert an, konnte nicht sprechen...
„Kann man sich jetzt noch für das Sommersemester bewerben, Saskia?"
Sie versuchte, ihre Rührung zu bewältigen.
„Ja", brachte sie hervor, „ich glaube, bis Mitte Januar geht es noch!"
„Dann werde ich mich beeilen."
„Aber was willst du studieren?"
„Vielleicht auch Tiermedizin."
„Was, wirklich? Leon, aber tu es nicht einfach für mich...!"
„Nein, ich kann es mir vorstellen. Vielleicht auch Biologie."
„Aber wie kommt das?"
„Ach, Saskia, ich wusste wirklich nicht, was ich machen soll. Die Altenpflege hat mich ernüchtert. Musik spiele ich leidenschaftlich gerne – aber nicht als Beruf. Und, ja, die Natur... Ich wünschte, ich hätte mich schon vor drei Jahren so für Biologie interessiert – oder hätte mich in dich verliebt, *bevor* die Leistungskurse zu wählen waren. Dann hätte ich so viel Zeit in deiner Nähe verbracht... Dennoch ist mein Interesse

für die Natur und meine Liebe zur Natur immer mehr gewachsen. Ich würde mich nicht wundern, wenn auch mein einsamer Morgen vor deinem Plakat dafür verantwortlich gewesen ist..."

„Leon", sagte sie aufgeregt, „egal, was du studierst, wenn wir an der gleichen Universität sein werden, werde ich unendlich glücklich sein!"

Sie tauchte bittend ein in das Meer seiner Augen.

„Das werden wir!", erwiderte er.

*

Als sie drei Tage mit Leon verbrachte hatte, konnte sie sich nicht mehr vorstellen, je ohne ihn gewesen sein zu können.

Und immer mehr brannte in ihr eine Liebe, die nicht wusste, wie man getrennt voneinander sein konnte. Ihr ganzer Leib sang, zitterte, wartete ... nein, wartete nicht, sehnte sich. Eine neue Sehnsucht. Sie konnte es nicht länger aushalten.

Als sie in einem Café am Vormittag ungestört an einem Tisch saßen und sie ihm ein wenig von ihrem Studium erzählt hatte, tauchte sie ein in die blauen Augen ihres Freundes – und wusste, dass sie es jetzt sagen musste.

„Leon...?"

„Ja?"

„Ich habe solche Sehnsucht nach dir..."

„Ich auch."

„Ich halte es nicht mehr aus."

Sie sah in seine fragenden Augen. Er würde es nicht wagen, zu fragen, was sie genau meinte...

„Leon, ich möchte ... ich möchte so gerne ... mit dir schlafen..."

Voller Unsicherheit sah sie ihn an.

„Ich auch...", erwiderte er.

„Aber wann können wir...", fragte sie ratlos.

177

„Hast du schon einmal ... mit einem Jungen...?", fragte Leon zögernd.

„Nein", gestand sie verlegen.

„Oh Saskia, ich bin so froh... Ich habe auch noch nie ... aber das kannst du dir ja denken."

„Wir haben es beide noch nie erlebt, Leon. Aber ich *möchte* es mit dir erleben. Wann können wir es erleben? Ich möchte es so sehr..."

„Ich weiß nicht, wo wir ganz für uns sein können..."

Verzweifelt sagte sie:

„Bei mir geht es nicht. Bei dir auch nicht, nicht wahr?"

„Nein..."

Zögernd fragte Leon:

„Denkst du, dass wir woanders... In einem Hotel oder so etwas...?"

„Nein!", sagte sie erschrocken. „Ach, Leon, es ist so furchtbar. Wenn wir nicht an einem vertrauten, eigenen Ort für uns sein können, müssen wir warten. Aber wie lange? Ich halte es nicht mehr aus..."

„Wann fährst du zurück?"

„In acht Tagen!"

Leon überlegte.

„Das ist der Freitag nicht wahr?"

„Ja."

„Wenn ich dann mit dir mitkommen würde? Aber am Abend muss ich wieder zurück. An dem Wochenende beginnt mein Dienst wieder."

„Ja, Leon! Ja! Würdest du mit mir mitkommen?"

„Natürlich. Unendlich gerne... Nur, was wird diese Freddie dazu sagen?"

Sie lächelte.

„Freddie kommt auch erst am Wochenende wieder."

„Oh Saskia, ist das schön – ich werde mitkommen in deine neue Heimat und sie schon einmal kennenlernen..."

„Ja – und bald wird es *unsere* Heimat sein."

Sie schob ihre Hand in seine...

„Wollen wir gehen, Leon? Ich möchte mit dir spazieren gehen ... und dich küssen ... aber nicht hier...“

*

Am Abend rief sie Freddie auf dem Handy an. Sie hatte Leon gefragt, ob er es in Ordnung fände – und er hatte es ganz ihr überlassen. Sie empfand noch immer, dass es Freddies Wohnung war, und selbst wenn sie ein Zimmer gemietet hatte, sollte Freddie zumindest wissen, was geschah. Zugleich konnte sie sich so vergewissern, dass Freddie wirklich erst am Wochenende kam.

„Freddie?“

„Saskia? Das ist ja eine Überraschung! Bist du bei deinen Eltern?“

„Ja.“

„Was gibt's? Wenn du anrufst, muss es schon etwas Besonderes sein. Ich bin neugierig...“

„Ich habe meinen Freund gefunden...“

„*Was hast du*?“

„Ja, du hast es richtig gehört.“

„Deinen Freund? Den, den du immer gesucht hast?“

„Ja...“

„Und das wolltest du mir erzählen? Du bist so süß...“

„Nein, nicht nur das...“

„Was denn noch?“

„Du kommst doch übermorgen in einer Woche zurück, oder?“

„Ja.“

„Mein Freund wird mit mir am Freitag mitkommen, um noch einen Tag bei mir sein zu können...“

„Ist doch schön.“

179

„Na ja, ich meine ... wir sind dann allein in deiner Wohnung, in meinem Zimmer. Ich wollte nur, dass du das weißt...“

„Ach – *jetzt* versteh' ich. Dass mir das auch passieren muss, erst nur Bahnhof zu verstehen! Aber, Saskia, du bist echt *so süß*! Das musst du mir doch nicht sagen!“

„Ja, vielleicht nicht. Aber ich wollte es dir sagen. Vielleicht verstehst du das nicht...“

„Das macht nichts. Irgendwie verstehe ich alles, was du machst. Ich wünsche euch eine schöne Zeit. Und denk dran, ab jetzt läuft die Zeit...“

„Welche Zeit?“

„Na, der Test. In drei Jahren schaue ich, wie es euch geht. Und ich hoffe nur, dass ich dann genau das sehe, was du versprochen hast. Du bist echt meine Hoffnung, Saskia!“

Sie brauchte einen Moment, um zu verstehen...

„Wieso Hoffnung?“

„Weil, wenn es bei dir nicht klappt, die wirkliche Liebe nicht existiert...“

Tief betroffen fühlte sie wieder die Tränen in den Augen...

„Freddie...“, brachte sie hervor. „Warte nur, bis auch du einen solchen Freund findest...“

Fast sah sie in dem nun folgenden Schweigen ihre Freundin vor sich – wie sie lächelte ... und doch nur zweifeln konnte. Schließlich hörte sie ihre Stimme:

„Ich warte jetzt erstmal, dass ich dich wiedersehe. Irgendwie vermisse ich dich...“

„Ich dich auch.“

„Na ja, das glaube ich unter deinen Umständen kaum!“

„Trotzdem...“

„Danke, Saskia. Habe ich dir heute schon gesagt, dass du speziell bist?“

Sie brach in Lachen aus.

„Nein, aber langsam reicht einmal monatlich!“

„Okay, ich trainiere noch. Machs gut, liebe Saskia, und genieße den Tag vor meiner Rückkehr...“
„Danke. Und bis bald.“
„Ja.“

Nachdenklich hörte sie innerlich noch lange Freddies Stimme. Sie war so unverwechselbar, ihre Freundin. Ein Gefühl großer Wärme stieg in ihr auf – Wärme und Dankbarkeit...

Als sie sich von ihren Eltern verabschiedete, tat es ihr sehr leid, dass sie diesmal so wenig von ihr gehabt hatten – aber sie verstanden es. Auch waren Leon und sie dennoch öfter auch bei ihr zuhause gewesen, und ihre Eltern fanden Leon großartig. Mehr konnte sie sich nicht wünschen...

Dann saß sie mit Leon allein im Zug. Eine zarte Aufregung breitete sich in ihr aus. Wie war das möglich ... sich so lange nach einem Freund gesehnt zu haben ... und nun saß man mit ihm Auge in Auge, so nah, auf einmal war er da ... und draußen zogen die schneebedeckten Felder vorbei. Es war wie ein Traum, in dem er das einzig Sichere war...

„Schaffst du es mit deiner Bewerbung, Leon?"
„Ja, ich habe schon fast alles fertig. Anfang nächster Woche werde ich es abschicken."
„Und wofür hast du dich nun entschieden?"
„Ich habe mich noch nicht entschieden."
„Aber, bitte, Leon – studiere nicht nur für mich ein bestimmtes Fach..."
„Ach, Saskia, es wäre so schön, so nah bei dir zu sein – am selben Fachbereich, vielleicht auch einmal im selben Kurs, in einer Vorlesung neben dir zu sitzen..."
„Leon... Das Studium ist doch noch etwas anderes. Es wird dein Beruf! Und ... wenn du neben mir säßest, könnte ich überhaupt nichts mehr lernen..."
Sie errötete leicht. Ihr Herz schlug auf einmal so heftig.
„Saskia... Du bist so wunderschön... Ich könnte mir Tiermedizin wirklich gut vorstellen. Vielleicht haben wir dann später sogar eine gemeinsame Praxis."
Ihre Vorstellung trug sie weit in die Zukunft. Sie stellte sich vor, wie sie mit Leon einen großen Hund behandelte. Sie beruhigte ihn, sodass Leon ihm eine Spritze geben konnte. Und

dann arbeiteten sie Hand in Hand, in jedem Moment wusste der Eine, was der Andere tat...

„Trotzdem, Leon... Versprich mir, dass du dich für das Fach entscheidest, was deinem innersten Interesse entspricht. Du musst von mir ganz absehen."

Sie sah ihn an.

Er erwiderte ihren Blick ernst und voller Liebe.

„Ich verspreche es. Von dir ganz absehen kann ich trotzdem nicht. Es ist nichts festgelegt. Und wenn ich daran denke, wie ich vor deinem Plakat stand... Wo beginnt ‚mein' Interesse, und wo habe ich das, was ich will, von dir? Oder wo hast du mein wirkliches Interesse erst geweckt? Vielleicht tust du es ja immer noch..."

Berührt und auch beschämt sah sie ihn an.

„Aber ich habe Angst, dass du etwas nur für mich tust. Dass du irgendwann später merkst, dass es nicht das Richtige für *dich* war."

Er nahm ihre Hand.

„*Das* kann ich dir versprechen", erwiderte er. „So wird es nicht sein..."

*

Und dann waren sie in ‚ihrem' Zuhause. Sie zeigte ihm die kleine Wohnung, ihr kleines Zimmer, setzte sich auf ihr Bett und sah ihn an, wollte sehen, wie er es fand.

Leon sah sich in dem kleinen Zimmer um, setzte sich dann auch neben sie, ließ noch immer das Zimmer auf sich wirken und sagte schließlich:

„Es ist so schön, Saskia... Allein schon, weil es *dein* Zimmer ist. Aber ich *sehe* auch, dass es deines ist. Und ich liebe jede Einzelheit. Selbst wie dieses Buch da auf dem Schreibtisch liegt, so und nicht anders... Und was steht da..."

Er ging zum Schreibtisch, wo links an der Wand zwei postkartengroße Sprüche klebten, die sie selbst aufgeschrieben hatte.

„‚Und es gibt jene“, las Leon, „die die Wahrheit in sich tragen, aber diese nicht in Worte fassen.'"

Er drehte sich um.

„Was bedeutet das...?"

„Es bedeutet, dass man über das Tiefste oft nicht sprechen kann... Oder dass es durch Sprechen schon nicht mehr das Wirkliche ist..."

Leon las den Namen, der darunter stand.

„Wer ist dieser Khalil Ghibran?"

„Er hat ein wunderschönes Büchlein geschrieben, das ‚Der Prophet' heißt. Ich entdeckte es in der Buchhandlung, in der ich arbeite. Ich hatte mir einmal die Philosophie-Abteilung angesehen. Da stand es zwischen dicken Lehrbüchern... Ich glaube, es gehört eigentlich ganz woanders hin..."

„Und was steht hier..." Leon wandte sich den Worten links daneben zu. „‚Und was bedeutet, mit Liebe zu arbeiten? Es bedeutet, den Stoff aus Fäden zu weben, die ihr eurem Herzen entspinnt, gerade so, als wäre der Stoff für euren Geliebten zum Tragen bestimmt.'"

Sie spürte, dass sie errötete.

„Ich fand es so poetisch", sagte sie verlegen.

In Wirklichkeit konnte man auch diese Wahrheit nicht in Worte fassen. Dieser Spruch hatte sie damals so tief berührt, dass sie in ihm irgendwie ihre ganze Sehnsucht wie in einem lebendigen Spiegel geschaut hatte. Hätte man in andere, passendere Worte fassen sollen, was das war, was sie so sehr in sich selbst empfand – es wäre einfach nicht möglich gewesen.

Sie fasste Mut und verbesserte sich:

„Nein, nicht einfach nur poetisch. Ich weiß nicht, wie jemand überhaupt so etwas sagen kann. Es ist so wunderschön... Es ist so ... wie ich es selbst fühle. Meine eigene Sehnsucht würde so sprechen, wenn sie es könnte..."

Leon setzte sich wieder zu ihr und sagte:

„Und ich wünschte, ich könnte nur halb so gut sprechen, um die Wahrheit auszudrücken von dem, was ich empfinde. Du bist der wunderbarste Mensch, der mir je begegnet ist – und nicht einfach nur ein Mensch. Menschen sind so oder so, aber du bist einfach *du*. Siehst du – ich kann es nicht erklären. Du bist nicht einfach nur der wunderbarste Mensch, du bist der *einzig* wunderbare Mensch. Und wenn es auch andere wunderbare Menschen geben sollte, müsste man für dich eben eine neue Sprache erfinden. ,Wunderbar' ist eigentlich immer nur im übertragenen Sinne gemeint. Nur bei dir hat es seine echte Bedeutung. Für mich bist du ein Wunder, Saskia..."

„Leon..."

Sie wollte dies abwehren. Sie wollte erwidern ,Nein, du...', aber sie hatte nicht die Kraft dazu. Auf einmal gab es nur diese gewaltige Anziehung, die sie die ganzen Tage unterdrückt hatte, weil es keine Möglichkeit gegeben hatte, ihr nachzugeben. Jetzt gab es diese Möglichkeit, sie waren extra dafür hierher gekommen...

Zärtlich begann sie, ihn zu küssen. Bevor sie völlig in seiner Erwiderung versank, sagte sie:

„Warte..."

Sie schlug die Bettdecke zurück. Voller Sehnsucht sah sie ihn an und legte sich hin... Noch nie hatte sie ihn so geküsst, liegend, sein Leib so nah bei ihrem, auf dem ihren...

Reines Glück und zitternde Erwartung.

Leon wagte es nicht, weiterzugehen als sie selbst. Sie wollte aber, dass er weiterging als sie...

Sanft führte sie seine Hand ihren Leib hinunter, damit er wusste, dass er diesen wirklich berühren durfte...

Als er dies zärtlich tat, erlebte sie immer neue Schauer von Empfindungen, die sie bis dahin nie gekannt hatte.

Voller Sehnsucht flüsterte sie schließlich:
„Wir müssen uns ausziehen, Leon. Kannst du mich ausziehen...“
„Kannst du ... ich meine, kannst du kein Baby bekommen, Saskia... Brauchen wir –“
„Nein... Ich hatte gerade meine Tage. Es kann nichts passieren...“
Voller Glück erlebte sie, wie zärtlich Leon war. Die Schauer ihres Leibes wurden immer tiefer.
Dann waren sie schließlich innig vereint. Sie musste nach Atem ringen, so unsagbar waren die Empfindungen, sie schienen aus reinstem Glück zu bestehen. In unsäglichem Glück hielt sie sich an dem Blau von Leons Augen fest, sah dort dasselbe Glück, dieselbe Liebe...
Dann fühlte sie erzitternd, wie Leon jenen Punkt erlebte, nach dem der Höhenflug der Vereinigung sanft wieder zur Erde schwebt.

Er wusste, dass er es ohne sie, vor ihr erlebt hatte. Unter vielen Küssen sagte er schließlich:
„Es tut mir so leid, Saskia... Ich konnte es nicht mehr zurückhalten...“
Sie erstickte seine Entschuldigung unter einer nur um so innigeren Umarmung.
Schließlich flüsterte sie:
„Kann man es nicht ... noch einmal machen...?“
Leon flüsterte:
„Vielleicht... Nicht sofort...“
Zärtlich streichelte er ihren Leib, und die Schauer, unter denen sie erzitterte, nahmen wieder zu.
Wieder hielt sie sich an seinen Augen fest, suchte immer wieder seine Lippen... Konnte nicht glauben, dass seine zärtliche Hand an ihrem Leib solche Gefühle auslösen konnte, die es nie zuvor gegeben hatte... Dann nahm auch Leons Zärtlich-

keit zu, und bald waren sie noch einmal in dieser allerinnigsten Vereinigung.

Sobald sie dieses Wunder von neuem spürte, wurde sie von den nie gekannten Schauern ihres Leibes fortgetragen – in einen allerhöchsten Himmel, in dem es nur Leon und sie gab. Und unter einem verwunderten Blick, der in tiefster Liebe in Leons blaues Augenmeer eintauchte, erlebte sie das Endloswerden der Hingabe, die Verwandlung ihres ganzen Leibes in Empfänglichkeit, in seufzend aufgebendes Hinschmelzen...

*

Als sie einander schließlich in tiefster, staunender Freude gegenüberlagen, ihr Kopf auf seinem Arm, schwiegen sie endlose Augenblicke, lebten nur in den Augen des Anderen, sie in seinem Blau, er in ihrem Braun, als ob allein schon diese für ein mehr als lebenslanges Studium ausreichten, und so war es auch...

Schließlich flüsterte sie:

„Ich verstehe es nicht, wie man dieses Wunder nur zu einer ‚Lust‘ machen kann...“

Leon sah sie mit schweigendem, fragendem Blick an.

„Freddie“, antwortete sie. „Freddie spricht so darüber...“

In schweigender Liebe lächelte er...

„Verstehst *du* das?“, flüsterte sie.

Ein winziges, lächelndes Kopfschütteln von Leon...

Wieder tauchte sie ein in das Blau...

Nach einer Weile flüsterte er:

„Vielleicht lernen Viele schon die wirkliche Zärtlichkeit nie kennen...“

„Aber warum nicht...“, flüsterte sie traurig zurück.

Leon sah sie an, lange...

„Ich weiß nicht“, flüsterte er. „Vielleicht lernen sie nur, sie müssten etwas beweisen... Cool sein... Hart sein... Abgehärtet... Möglichst früh und so weiter...“

Sie erwiderte seinen Blick und erschauerte vor der Möglichkeit, dass es so war, dass es vielen Menschen so ging...

„Vielleicht", flüsterte Leon, „braucht man für Zärtlichkeit viel mehr Mut als für alles andere. Vielleicht ist es das Wichtigste, *das* nicht zu verlernen..."

„Ja", erwiderte sie. „vielleicht braucht man vor allem danach eine Sehnsucht, eine wirkliche, starke Sehnsucht – die einen *dies* nicht verlieren lässt, weil es eigentlich die Sehnsucht selber ist..."

„Ja", flüsterte Leon. „genau das ist es. Man muss diese Sehnsucht haben – und darf sie nicht verlieren. Nur dann kann man diesen Stoff weben, dessen Fäden aus dem Herzen selbst kommen..."

„Ja...", erwiderte sie glücklich. „Und nur dann hat man überhaupt einen wirklichen Geliebten..."

Wieder suchte sie seine Lippen...

*

Als sie Leon zurück zum Bahnhof brachte, wusste sie, dass der glücklichste Tag ihres Lebens sich langsam dem Ende neigte. Sie war so erfüllt, dass sie nicht einmal einen Abschiedsschmerz empfand – nur eine Vorfreude... Leon würde mindestens jede zweite Woche kommen können – und er würde sehr bald hier leben, mit ihr...

Als dann der Zug einfuhr, stand sie vor ihm, wie in diesen Filmen, und küsste ihn noch einmal innig. Und auf einmal wurde es doch schwer, ihn gehen zu lassen... Wieso mussten Menschen in Züge steigen und andere Menschen am Bahnsteig zurückbleiben? Wieso mussten diese Züge sich dann in Bewegung setzen? Wieso konnte man den Anderen durch die Scheibe nur noch so wenig erkennen – und nur noch so kurz sehen? Wieso hielten die Züge nicht wieder an...

Sie winkte, bis der Zug nicht mehr zu sehen war, obwohl Leon sie längst nicht mehr sehen konnte.

Als sie langsam zurückging, war ihr Herz noch immer erfüllt, abschiedstraurig und doch erfüllt. ‚Geliebter...' Was war dies für ein schönes Wort! Der Geliebte – der *eine*, einzige Geliebte... Geliebter... Immer wieder sagte sie innerlich dieses Wort vor sich hin.

Ja, für ihn würde sie das Gewebe ihres Herzens weben...

Glücklich begrüßte sie Freddie, die am nächsten Abend zurückkam. Sie umarmten einander innig.

Freddie konnte es kaum erwarten, auf ihrem Lieblingsstuhl am Küchenfenster Platz zu nehmen. Sie beherrschte sich aber, machte erst noch zwei Milchkaffee, was einige Zeit dauerte, stellte diese schließlich vor sich und Saskia hin und setzte sich erst dann. Dass sie bis dahin noch überhaupt keine Frage gestellt hatte, war eine große Leistung für sie. In stillem Einverständnis schoben sie alle Fragen auf, bis sie einander wirklich gegenübersaßen...

„Ich weiß noch nicht mal, was für eine Art von Freund das ist, den du dir gesucht hast...“, war das Erste, was Freddie sagte.

„Ich habe ihn nicht gesucht“, erwiderte sie. „Er hat *mich* gefunden...“

„Wie findet man dich?“, fragte Freddie.

„Wir kannten uns schon aus der Schule. Er ging in eine Parallelklasse. Ich kannte ihn daher nicht wirklich, nur seinen Namen. Wir hatten auch in der Oberstufe eigentlich keine Kurse gemeinsam. Aber er liebte mich schon zwei Jahre lang. Er hat es aber nicht gewagt, mich anzusprechen. Ich fand ihn sympathisch, aber er war so still, so zurückgezogen... Er dachte, er hätte mich für immer verloren, aber dann sah er mich am heiligen Abend in der Kirche, beim Hinausgehen...“

„Und dann hat er sich endlich getraut?“

„Ja, dann hat ihn seine Verzweiflung unmittelbar dazu gebracht, mir hinterherzurennen und mich aufzuhalten...“

„Wie romantisch!“, sagte Freddie mit einem Unterton, den sie schon länger nicht mehr bei ihr gehört hatte, und der ihr einen Stich ins Herz gab.

„Warum sagst du so etwas...?“

Freddie sah sie an.

„Ich weiß es auch nicht...“

Sie schien mit sich nicht zufrieden zu sein. Saskia schwieg und wartete...

Wieder sah Freddie sie an.

„Ach, verdammt! Eigentlich weiß ich es doch. Es ist nur so verdammt schwer, es zu sagen."

„Was denn?", fragte sie erschrocken und betroffen, dass es Freddie mit irgendetwas schlecht ging, während sie selbst so glücklich war.

„Ach, Saskia – du bist so lieb... Aber wenn ich dir das jetzt sage, wirst du mich nicht mehr mögen – ich *kann* es einfach nicht sagen!"

Verwundert versuchte sie zu ergründen, was dies sein könnte. Sie konnte sich nichts vorstellen.

„Bist du etwa eifersüchtig?"

Dies wäre nichts gewesen, was sie nicht verstanden hätte.

„Ja!", sagte Freddie verzweifelt. „Aber nicht so, wie du denkst!"

„Was meinst du?", fragte sie, noch immer ahnungslos, was so schlimm daran sein sollte.

„Ach, Saskia", sagte Freddie und sah sie mit ratlosen, wirklich verzweifelten Augen an. „Du bist so süß, so naiv, so unglaublich. Ich weiß nicht, was ich machen soll – ich mach's einfach kurz. Ich glaube, ich bin auch dabei, mich in dich zu verlieben. Nein, ich glaube, es ist längst passiert..."

„Was?", sagte sie vollkommen erschrocken und sah Freddie ungläubig an.

„Siehst du...", sagte Freddie und sah auf ihren Milchkaffee. Dann sah sie wieder auf und fragte: „Hasst du mich jetzt?"

„Nein!", wies sie dies heftig zurück, „aber wieso –"

„Wieso?", wiederholte Freddie, als sei diese Frage völlig sinnlos.

„Ja..."

„Saskia, ich weiß nicht, wieso. – Doch, ich weiß, wieso. Man *muss* sich einfach in dich verlieben!"

Erschüttert konnte sie kein Wort erwidern.

Freddie durchbrach das Schweigen.

„Unsere Freundschaft ist jetzt vorbei, nicht wahr...?"

Erschrocken sah sie ihre Freundin an.

„Nein, warum denn...?"

„Saskia, ich fasse es einfach nicht. Du hast doch gerade den Freund deines Lebens gefunden, bist völlig verliebt und all das – und jetzt komme *ich* und bin eifersüchtig, bin dabei, mich ebenfalls in dich zu verlieben, weiß nicht mal, ob ich jetzt auf einmal bisexuell bin oder sogar noch was anderes – und du sagst ‚Nein, warum denn'!?"

Sie sah Freddie an und versuchte zu empfinden, was für sie so anders war als für Freddie. Schließlich sagte sie:

„Freddie, ich mag dich nicht weniger, wenn es so ist. Das weißt du doch? Es spielt für mich überhaupt keine Rolle. Es tut mir leid, dass ich es dir so schwer mache..."

Freddie sah sie ungläubig an. Schließlich schüttelte sie leise den Kopf.

„Ich hätte es wissen müssen...", sagte sie langsam. „Saskia, die immer alle Schuld auf sich nimmt... Wie ist das nur möglich, Saskia? Wie machst du das? – Und ich habe dich noch verspottet mit dem Mann, habe dich gewarnt, habe dich für blöd gehalten. Und jetzt tust du das Gleiche mit mir... Du nimmst es einfach, wie es ist..."

„Was soll ich denn sonst machen...", fragte sie.

„Ja!", wiederholte Freddie. „Was sollst du sonst machen..."

Freddie rannen auf einmal Tränen über die Wangen.

„Freddie!"

Obwohl sie sich nur hätte vorbeugen müssen, stand sie auf, um ihr die Tränen abzuwischen.

Freddie umarmte sie einmal heftig, drückte sie dann wieder von sich und sagte, während Saskia sie noch verwundert anschaute:

„Du musst dich wirklich von mir fernhalten, Saskia. Ich weiß sonst nicht, was ich tue...“

Erschrocken sah sie ihre Freundin an...

Freddie erwiderte ihren Blick, noch immer tränennass. Sie wischte sich einmal über die Augen.

„Nein“, widersprach sie sich selbst, „ich weiß es auch nicht. Was heißt fernhalten. Egal, was du tust... Es ist einfach egal. Was auch immer du tust ... es ist eh zu spät. Ich liebe dich ja schon. Du kannst tun, was du willst. Du brauchst keine Angst zu haben...“

Sie sah ihre Freundin noch immer an. Zögernd fragte sie:

„Liebst du mich jetzt so ... wie die Jungen?“

Freddie zögerte ebenfalls kurz, dann nickte sie.

„Ja, ich würde mit dir am liebsten ins Bett gehen...“

Sie schaute auf den kalt werdenden Milchkaffee. Dann sah sie sie wieder an und sagte leise:

„Aber jetzt, wo ich dies sage, wo du mich dies fragst, muss ich doch sagen, dass ich die Jungen nie so geliebt habe wie dich. Dich liebe ich *wirklich*. Bei den Jungen war es nicht wirklich Liebe. Mit dir will ich ins Bett, weil ich dich *ganz* liebe, alles an dir.“

„Steht ... das jetzt zwischen uns?“, fragte sie unsicher.

„Ich kann es nicht verhindern“, gestand Freddie.

„Ich meine, können wir trotzdem auch Freundinnen sein – oder musst du jetzt immer daran denken?“

„Oh, Saskia, du bist so süß. Ich meine es nicht spottend, ich meine es *ehrlich*, für mich ist das auf einmal ein wunderschönes Wort, aber ich werde es nicht mehr sagen. Vielleicht darf ich es denken... Nein, an das Bett muss ich nicht immer denken. Vielleicht wird es mein Hinterkopf denken – oder noch andere Teile meines Körpers. Aber wenn du *trotz allem* meine Freundin sein willst, ich wäre so froh...!“

„Ja", erwiderte sie. „Das will ich. Aber wie kann ich mit dir sprechen und einen Kaffee trinken und all das, wenn doch fortwährend dein Hinterkopf an so etwas denkt..."

„Ich weiß nicht", gestand Freddie. „Vielleicht ist es ja auch nicht der Hinterkopf. Ich kann mir diese Gedanken ja auch verbieten... Ich meine, ich habe schon so viel von dir gelernt, vielleicht lerne ich auch das noch."

„Und ... denkst du das dann *ganz deutlich*?"

Freddie gab ein verzweifeltes Lachen von sich.

„Saskia, du stellst Fragen! Nein, nicht deutlich – zum Glück. Ich *will* es einfach, mit dir ins Bett, meine ich. Nein – nicht jetzt! Ich meine, generell. Ich stelle mir gar nicht etwas Bestimmtes vor. Na gut, manchmal habe ich das schon getan. Aber eigentlich will ich dich nur bei mir haben. Na gut, dann will ich auch alles andere, küssen, zärtlich sein... Ach, verflucht, ich sollte gar nicht darüber sprechen!"

„Wolltest du das bei den Jungen auch?"

„Nein – eben gerade nicht! Nicht so! Ich will es erst bei dir. Weil du ... weil du *selbst* so bist!"

„Zärtlich?"

„Ja!"

„Aber wie denn?"

„Durch deine ganze Art, Saskia! Du bist die Zärtlichkeit in Person, wenn ich mal so sagen darf. Mit zärtlich meine ich einfach weich, rücksichtsvoll, behutsam, lieb und einfach so süß. Du bist durch und durch etwas, was man lieben *muss*. Ich glaube, weil du selbst so lieb bist, alles so liebst. Ja – man fühlt sich bei dir *geliebt*."

„Aber findest du das nicht auch bei Jungen?"

„Bei Jungen?", wiederholte Freddie spöttisch. „Nein."

„Aber manche Jungen sind doch auch genau so."

„Nein, nicht so extrem wie du. Und bei Jungen ist es dann wieder zu weich, nicht männlich genug."

„Aber wenn du das so schön findest, warum magst du es bei Jungen dann auf einmal nicht mehr?"

„Sie schaffen es ohnehin nie so wie du. Es gibt keinen Jungen, der so wäre wie du. Ich glaube, es gibt nicht mal ein Mädchen, das so wäre wie du. Verliebt man sich in einen groben Kerl, wenn man eine Königin sieht?"

„Ich bin doch keine Königin! Und überhaupt, in den Märchen ist das Aschenputtel am Ende viel schöner."

„Ebendrum. Du scheinst ein Aschenputtel zu sein. Aber auf den zweiten Blick kann es niemand mit dir aufnehmen."

„Aber ich *will* das gar nicht!"

„Ja, weil du es nicht willst. Genau das ist der Grund..."

Sie war traurig.

„Fühlst du dich zu Jungen gar nicht hingezogen?"

„Doch, aber dann vor allem wegen dem Sex."

„Und bei mir?"

„Wegen dem Gegenteil."

„Und trotzdem willst du mit mir ins Bett?"

„Na ja..."

„Könntest du dir denn nicht vorstellen, dass dich ein Junge wirklich auch einmal durch dieses Gegenteil berührt...?"

Freddie dachte nach.

„Ich weiß nicht. Vielleicht ja doch – theoretisch. Aber ich denke, ich würde ihn dann doch wieder verachten, weil er zu ‚weich' ist, nicht männlich genug."

„Das ist doch absurd!", erwiderte sie heftig. Sie wurde richtig ärgerlich – und wusste doch noch nicht, warum. Plötzlich wurde es ihr deutlich ... und nun verteidigte sie *alle* Jungen.

„Du missbrauchst die Jungen nur für den Sex. Du suchst bei ihnen gar nichts anderes! Aber das ist falsch! Jungen können genauso ... lieb, genauso weich, genauso süß sein! Sie können das – und sie sollen das sogar! Und trotzdem bleiben es Jungen, trotzdem soll man sie nicht verachten, begreifst du das denn gar nicht? Man soll sie lieben! *Gerade*, wenn sie nicht hart und ach so männlich sind – sondern wenn sie weich und zärtlich sind. Wenn sie uns Mädchen wirklich als das achten, was wir sind – nämlich auch weich und zärtlich! Wie soll das denn zusammenkommen, wenn am Ende nicht *beide* Seiten weich und zärtlich sind? Willst du etwa, dass die Mädchen hart werden, um mit den Männern ordentlich Sex haben zu können? Nein, ich will, dass es zwischen einem Mädchen und einem Jungen Liebe gibt – und das geht nur mit Zärtlichkeit! Einfach nur Sex, das ist völlig absurd! Damit machst du die Jungen selbst zu einem..., ach, was weiß ich. Die Jungen sind so hart, wie du es bist! Wenn du Sehnsucht nach dem Weichen hast, dann habe den Mut, selbst weich zu sein – und du wirst die Jungen finden, die dieses Weiche mögen und die selbst auch weich sein können – um dir genau das zu schenken!"

Sie war mit ihrer funkensprühenden Verteidigungsrede zu Ende. Langsam legte sich ihr Eifer... Abwartend und fragend, hoffend sah sie ihre Freundin an...

Freddie hatte ihre Überraschung nicht so schnell überwunden.

„Wow...", sagte sie. „Das war eine Seite, die ich an dir fast vergessen hatte. Ja, dieses Wunderbare hast du auch. Dieses Kämpferische ... so tief Gerechte, dass man fast schmerzlich staunt, immer wieder... Fast männlich..."

„Siehst du!", flammte ihr Eifer wieder auf. „Es kommt gar nicht darauf an, dass man *nur* weich oder nur stark ist. Es kommt nur darauf an, dass man nicht an der falschen Stelle stark ist – dann ist man nämlich bloß hart oder cool –, sondern es muss alles im Herzen entspringen! Das Weiche und auch das Starke. Das ist gar kein Gegensatz! Es ist das Gewebe der Geliebten!"

„Das Gewebe der Geliebten?", fragte Freddie ratlos.

„Ein Wort von Khalil Ghibran. Es geht etwas anders. Ich meinte nur: Überlege dir, was du wirklich suchst. Verdammt,

Freddie, fang endlich damit an! Was du wirklich suchst – und dann suche *das* bei einem Jungen, nichts anderes! Missbrauche nie wieder einen Jungen für etwas, was du gar nicht wirklich suchst. Habe mit ihm nie wieder *weniger* als das, wonach du eigentlich suchst. Suche nicht bei den Jungen, was du eigentlich gar nicht suchst – und verachte sie nicht für das, was du in Wirklichkeit suchst! Fang an, bei den Jungen zu *sehen*, was sie dir in Wahrheit geben können – und verführe sie nicht dazu, dir nur das zu geben, wofür du sie in Wirklichkeit nämlich doch verachtest, um dich dann in ein Mädchen zu verlieben..."

Innig sah sie Freddie an...

Freddie saß da wie ein begossener Pudel.

„Uff! Das war eine Abfuhr... Ich muss gestehen, ich begreife ja langsam, was du meinst – aber sortieren kann ich es immer noch nicht. Ich meine, ich erlebe alles immer noch genauso..."

„Natürlich", erwiderte sie, ein wenig erleichtert. „Man wird doch nicht *auf einmal* ein anderer Mensch. Aber so, wie du dich plötzlich, oder nach und nach, in mich verliebt hast, so wird es umgekehrt auch mit einem Jungen gehen können."

„Na, wenn du das sagst", erwiderte Freddie. „Du weißt ja, dir glaube ich alles..."

„Das ist gut", lächelte sie.

Sie sah ihre Freundin fröhlich an. Dann fiel ihr noch etwas ein.

„Ich habe von dem Mann, gegen den du am Anfang so viel Einwände hattest, etwas ganz Wichtiges gelernt: Mache deine Sehnsucht so stark, bis du den Mut hast, ihr zu folgen... Mach sie auch bei den Jungen stark, Freddie... Du wirst sehen, irgendwann fängst du an, zu sehen, wer der Richtige für dich ist... Du siehst es einfach. Nur deine Sehnsucht musst du vorher richtig sehen..."

Freddie schlürfte den lauwarm gewordenen Kaffee.

Dieses Bild war so großartig, dass sie in Lachen ausbrechen musste...

„Na ja", kommentierte Freddie. „In dein Lachen darf ich ja hoffentlich verliebt bleiben..."

„Ja!", erwiderte sie. „Auch in alles andere, wenn du willst."

Freddie sah sie an. Dann sagte sie:

„Danke, Saskia. Ich meine, für alles. Ich glaube, du hast mir heute unglaublich viel beigebracht..."

„Ich glaube, du mir auch einiges...", antwortete sie.

Dann tranken sie gemeinsam ihren lauwarmen Milchkaffee.

Zwei Tage später war sie wieder mit dem Mann im ‚Robins‘ verabredet. Sie war auf dem Weg dorthin, nachdem sie den ersten Tag wieder in der Buchhandlung gearbeitet hatte.

Ihre ganzen Erlebnisse mit ihm standen ihr wieder vor der Seele. Er hatte sie ermutigt, ihrer Sehnsucht zu folgen ... und was war daraus entstanden! Noch einmal erinnerte sie sich an den so innig erwarteten Gottesdienst, den sie dann mit einer so schmerzlichen Enttäuschung erlebt hatte. Aber sie verdankte dem Mann dennoch alles – ohne ihn gäbe es in ihrem Leben keinen Leon...

Plötzlich hörte sie ihren Namen rufen.

„Saskia!“

Überrascht schaute sie nach vorn – und da sah sie den Mann in einiger Entfernung. Er war ihr entgegengekommen!

Sie beschleunigte ihren Schritt, und als sie bei ihm angekommen war, begrüßte sie ihn strahlend.

„Hallo!“

Plötzlich standen sie beide verlegen voreinander. Wie sollten sie sich nun eigentlich begrüßen? – Schließlich gab der Mann ihr herzlich die Hand, und als sie ihm die ihre reichte, nahm er sie wieder in seine beiden Hände.

Noch immer empfand der Mann so viel für sie... Aber auch für sie war jeder Bann wieder unmittelbar gebrochen und die ganze gewachsene Vertrautheit von neuem da.

Als sie sich zum Weitergehen wandten, fragte er:

„Wie geht es dir, Saskia?“

Sie hörte seine ganze Zuneigung und sein tiefes Interesse.

„Ach“, erwiderte sie glücklich, „mir geht es wunderbar! Ich habe Ihnen viel zu erzählen! Und Sie? Wie geht es Ihnen?“

Sie sah ihn von der Seite an. Ihre Blicke begegneten sich.

„Ja“, erwiderte er, „mir geht es auch wunderbar. Auch ich habe dir viel zu erzählen!“

Noch immer sah sie ihn an und nahm verwundert eine große Veränderung wahr. Noch einmal begegneten sich ihre Blicke, und sie sah, wie der Mann ihren verwunderten Blick bemerkte.

Nach ein paar Schritten fragte sie vorsichtig:

„Was denken Sie gerade?"

„Warum fragst du?", erwiderte er lächelnd.

„Weil Sie so glücklich und so ... *ruhig* aussehen. So zufrieden..."

„Sollte ich das nicht sein?"

„Doch, aber... Vielleicht ist es nicht das richtige Wort. Sie sehen aus, als ob Sie nicht zwei Wochen, sondern zwei Monate Urlaub gemacht hätten... Nein – ich kann es einfach nicht erklären."

„Ist schon gut, ich weiß, was du meinst. Ja, du hast Recht. Und genau darüber habe ich gerade nachgedacht – über das, was man aneinander alles wahrnimmt, so fein, so genau! Es ist ein großes Wunder, und es ist so schön..."

„Und was nehmen Sie an *mir* wahr?", fragte sie ausgelassen.

„Ich habe an dir wahrgenommen, dass du an mir eine Veränderung wahrgenommen hast – noch bevor du deine Frage gestellt hast, habe ich es unmittelbar in deinen Augen gesehen."

„Ja – und was nehmen Sie an *mir* wahr?"

Er sah sie an.

„Nur, dass du sehr fröhlich bist..."

„Das ist ja nicht sehr fein und genau", neckte sie.

Er musste lachen.

„Nein – tiefer in dein Inneres hineinschauen kann ich nicht. Das kannst nur du mir offenbaren."

„Das ist gut, dass Sie kein Hellseher sind. Sonst hätte man gar nichts mehr zu erzählen. Aber da Sie es nicht sind ... müssen Sie sich noch ein klein wenig gedulden!", neckte sie weiter.

„Ich merke, dass es dir wirklich sehr gut geht!", kommentierte er.
„Ja, sehr aufmerksam – aber noch immer kein Hellsehen."

Schließlich waren sie beim ‚Maestro' angekommen.
Als sie wieder an ihrem Tisch saßen, fragte der Mann lächelnd:
„Wollen wir wieder etwas essen? Wir haben doch ganz sicher etwas zu feiern."
Fröhlich erwiderte sie:
„Ja, aber später. Jetzt wissen wir doch noch gar nichts."
„Gut, das ist mir sehr recht. Dann erzählen wir uns erst..."
„Sie müssen anfangen!", entschied sie.
„Aber nicht alles auf einmal", erwiderte er. „Wir wechseln uns ab."
„Gut."
Lächelnd strahlte sie ihn an und wartete gespannt...

Der Mann erwiderte eine kleine Weile lächelnd ihren Blick. Dann sagte er.
„Ich war wirklich zwei Wochen auf einer einsamen Nordseeinsel und habe meine Tage in einem winzigen Zimmerchen und auf einsamen Strandspaziergängen zugebracht, allein mit den Möwen, und doch nicht allein."
Sofort nahm sie innigen Anteil an seiner Erzählung, sah auch alles, was er schilderte, fast vor sich...
„Nicht allein...", wiederholte er nachdenklich. „Du warst immer bei mir Saskia. Ich weiß, ich darf das eigentlich nicht sagen. Aber jetzt darf ich es, weil das, was du mir durch deine Bitte verboten hast, von mir selbst überwunden worden ist. Die Weihnachtstage waren im Grunde ein ungeheurer Kampf gewesen, den ich dir nicht schildern werde – aber das ungeheure Geschenk dieses Kampfes, den ich schließlich gewinnen durfte, das ... bist du, aber du, wie du wirklich bist, nicht du, wie es sich mit meinen Vorstellungen, meiner Sehnsucht

und so weiter vermischt hat. Ich bin wirklich ein anderer Mensch geworden, ich erlebe es selbst so, so groß die Worte sich auch anhören mögen. Das Geschenk dieses Kampfes ist eine völlige Reinheit meiner Gefühle gegenüber dir. Ich liebe dich noch immer, zutiefst. Aber du brauchst vor diesen Gefühlen keine Angst mehr zu haben. Sie sind absolut rein, sie sind geheiligt... Ich bin kein Heiliger, und doch sind meine Gefühle dir gegenüber ... nicht mehr unheilig, haben auch nichts Unheiliges mehr."

Mit zunehmender Erschütterung hatte sie dieser kurzen Erzählung zugehört. Das hatte sie nicht erwartet! Dieser Mann hatte in den letzten zwei Wochen innerlich mit sich gekämpft, um nicht mehr dasselbe zu empfinden wie zuvor... Sie empfand tiefes Mitleid... Leise sagte sie:
„Es tut mir leid, dass Sie wegen mir ... dass Sie es wegen mir so schwer hatten."
„Nein, Saskia", erwiderte er berührt. „Dir muss überhaupt nichts leid tun. Wie schwer mein Ringen um mein inneres Verhältnis zu dir auch gewesen sein mochte – ich bedaure keine Sekunde davon, denn es war immer und von Anfang an tiefstes Glück, dir begegnet zu sein. Es tut mir nur leid, dass es *dir* zunächst wegen mir so schwer war..."
„Nein", widersprach sie beschämt, „das war es doch auch nicht... Ich meine, das war es schon ein bisschen, aber Sie haben mir zugleich so viel gegeben. Das Andere habe ich so schnell fast völlig vergessen..."
„Du bist wirklich ein besonderer Mensch, Saskia."
„Sie aber auch!"

Der Mann lächelte, und sie sah seine tiefe Zuneigung. Dann sagte er:
„Gut, genug unserer Lobpreisungen. Jetzt bist du dran, Saskia. Was hast du erlebt?"

In ihrer Seele erstrahlte die Sonne, die Leon war... Voller Glück sagte sie leise:
„Ich habe einen Freund gefunden...“
Sie sah, wie sich die Augen des Mannes mit Tränen füllten. Bedauerte er es!?
„Sind Sie – sind Sie ... traurig?“, fragte sie erschrocken und erschüttert.
„Nein, Saskia!“, erwiderte er schnell. „Nein, ich freue mich so sehr für dich – ich bin glücklich...! Tut mir leid...“
Heißeste Scham durchfuhr sie, und mit einem unsäglichen Staunen stand sie vor der Tatsache, dass dieser Mann vor Glück über ihr Glück weinen musste; sah sie, wie er sich abgewandt hatte, um mit einem Taschentuch seine Tränen zu trocknen, die aber offenbar nicht aufhören wollten... In tiefer Rührung füllten sich auch ihre Augen mit Tränen...
Als der Mann sie wieder ansah, sagte sie:
„Es tut mir so leid. Es tut mir so unendlich leid, dass ich dachte, Sie wären darüber traurig! Können Sie mir ... können Sie mir verzeihen?“
„Ach, Saskia...“
Wieder sah sie erschüttert Tränen über seine Wangen rinnen.
„Wann wirst du je verstehen, dass ich dir niemals irgendetwas zu verzeihen brauche? Du kannst überhaupt nichts Schlimmes tun! Alles – alles, was du tust, ist ein Wunder an Schönheit...“
„Das stimmt doch aber nicht...“
„Doch, Saskia, es stimmt. Bitte glaub es nur...“
Fragend sah sie ihn an...
Der Mann erwiderte ihren Blick und sagte:
„Ich bin glücklich, Saskia. Dein Glück ist mein Glück. Das zu erleben, ist wiederum allergrößtes Glück. Eine andere Liebe ist keine wahre Liebe. Und nun erzähle ... wie hast du einen Freund gefunden?“

Sie sah den Mann an und war tief beruhigt, dass es ihm gut ging. Dann begann sie, ihm von ihrem Glück zu erzählen:
„Auch das war ein Wunder. Und dieses Wunder habe ich Ihnen zu verdanken, ganz allein Ihnen."
Nun sah der Mann sie fragend an...
„Nur wegen Ihnen bin ich am Heiligabend tatsächlich in die Kirche gegangen. Und dort geschah das Wunder – in der Kirche am Heiligabend, ist das nicht unglaublich?"
Sie sah den Mann an, dann erzählte sie voller Glück weiter:
„In der Kirche, beim Gottesdienst, sah mich ein Junge. Er saß in einer ganz anderen Bank, aber er hatte mich gesehen, beim Hinausgehen. Er lief mir hinterher, und dann draußen vor dem Kirchentor erreichte er mich... Ich kannte ihn, aber ich wusste nicht, dass er mich schon so lange liebte! Können Sie sich das vorstellen?"
Wieder begegnete sie den fragenden Augen des Mannes.
„Er ging in die Parallelklasse unserer Schule. Er war sehr ruhig und oft für sich allein. Ich mochte ihn, er hat mir gefallen, aber ich hatte nie mit ihm zu tun. Und natürlich wäre ich nie auf die Idee gekommen, mich mit ihm zu unterhalten, Sie wissen ja... Nie hätte ich geglaubt, dass er sich auch für mich interessiert. Und nicht nur das. Seit über zwei Jahren liebte er mich innig – aber auch er hätte nie gewagt, mich anzusprechen.
Doch dann war das Abitur abgeschlossen, die letzten Tage der Schule kamen. Er litt unendlich, und doch wagte er es nicht. Dann begann ich, in einer anderen Stadt zu studieren, und er dachte schon, er würde mich nie wiedersehen – wie auch, wenn er nicht den Mut hatte, mich anzusprechen? Und dann hatte er mich an jenem heiligen Abend in der Kirche dennoch erblickt, und in Verzweiflung und ohne jeden Zweifel rannte er mir hinterher, um mich nie wieder loszulassen... Wir küssten uns noch vor der Kirche. Ich kann mein Glück nicht beschreiben..."

Einige Momente sah der Mann sie staunend an. Dann sagte er langsam:

„Nein, Saskia, mir verdankst du dies nicht. Es gibt ein allerhöchstes Wesen, dem wir solche Wunder einzig und allein verdanken. Du bist ein so einzigartiger Mensch, dass dir und deinem gewiss ebenso ganz besonderen Freund dieses einzigartige Wunder zuteil wurde – und noch dazu am heiligen Abend... Gesegnet bist du, Saskia, und du hast es verdient..."

Verwirrt, fast bestürzt brachte sie hervor:

„Aber ... aber was sagen Sie denn da? Ich dachte ... ich dachte, Sie glauben nicht an Gott. Und nun sprechen Sie so ... so seltsam...?"

Lächelnd erwiderte er:

„Wenn man die Realität jenes Wesens *erlebt*, das der tiefste Grund jeder Liebe und jedes Wunders ist, dann braucht man nicht mehr zu glauben, Saskia. Und ich habe diese Realität erlebt. Ich war es nicht allein, der den Kampf gewonnen hat, den ich vorhin beschrieb. Wirklich nicht, Saskia. Ich habe ein Wesen erlebt, das mir *half*, diesen Kampf zu gewinnen, an dem ich sonst bis in alle Ewigkeit gescheitert wäre... Und ich weiß, wer dieses Wesen ist..."

Staunend und ehrfürchtig schwieg sie ... und dachte auf einmal traurig an ihr eigenes Erlebnis in der Kirche.

„Liebe Saskia – was ist?"

„Ach... Ich wünschte, ich hätte dies auch erlebt... Aber der Gottesdienst selbst war ganz anders, als ich erwartet hatte. Ich habe dort nicht erlebt, was ich gesucht habe..."

Ihre Augen begegneten der Liebe und dem Mitleid in denen des Mannes...

„Ach, Saskia, lass dich davon nicht betrüben. An den Worten des Pfarrers magst du das Gotteswesen, das Christus-Wesen nicht erlebt haben. Und doch ist ja dieses selbst am heiligen Abend zu dir gekommen! Kannst du das nicht verstehen? Du hast Gott gesucht – aber er ist *zu dir* gekommen! Unsichtbar, unbemerkt, und so, dass du darüber hinwegsehen könntest.

Aber du musst lernen, *nicht* darüber hinwegzusehen. Man könnte meinen, das hätte auch so geschehen können. Und doch gibt es jenes Wesen, das all diese Wege führt und hütet, das diese Wunder möglich macht, das bei uns ist!"

Erschüttert hörte sie, was der Mann gerade sagte. Dass es kein Zufall war; dass ein Wesen all diese Wege führte und hütete...

„Ja, das hat Leon auch geglaubt..."

„Und warum glaubst du es dann nicht, Saskia?"

Sie sah den Mann an und sagte voller Glück:

„Ich glaube es ja. Ich glaube, ich habe es zu sehr im Gottesdienst selbst erwartet. Aber der Pfarrer kann ja nichts dafür... Ihnen glaube ich es. Denn ich erlebe, dass Sie nicht nur glauben, sondern wissen. Und nun glaube ich auch Leon..."

Nach einigen Augenblicken sagte sie:

„Aber wieso weiß es der Pfarrer nicht? Er müsste es doch vor allen anderen wissen?"

„Vielleicht", erwiderte der Mann, „ist der Mut, es zu sehen, zu spüren, zu erkennen, viel zu schwach geworden. Ich bin auf jener Insel einer alten Frau begegnet, deren lebendiger Glaube mich zutiefst erschüttert hat. Auch sie hat mir geholfen, meinen Kampf zu gewinnen und zu dem Augenblick geführt zu werden, wo ich die Wirklichkeit jenes Wesens erleben durfte. Und sogar ein toter, am Strand liegender, noch im Tode wunderschöner Vogel half mir dabei. Das alles werde ich dir später einmal noch viel ausführlicher erzählen... Nur zweifle nicht daran, dass das höchste Gotteswesen, das zugleich die Liebe selbst ist, an jenem heiligen Abend dir ganz nah war und dass es eure Wege führte. Du wirst deinen Weg zum Glauben an Gott finden, das verspreche ich dir. Ich habe dir noch viel, viel zu erzählen. Zwei Wochen lang bin ich Tag für Tag einem immer größeren Verstehen dieses Gotteswesens entgegengegangen – und tat dies alles aus Liebe zu dir, um es dir wiederzubringen: alles, was ich aufnahm, und dazu eine reine, geheiligte Liebe..."

Sie war zutiefst berührt. Was hatte er in diesen zwei Wochen erlebt? Welchem Gotteswesen war er begegnet? Und dies alles hatte er nur für sie getan? Weil sie ihm von ihrer Sehnsucht erzählt hatte?

„Aber ... wieso *tun* Sie das alles für mich...?"

Sie sah die Antwort in den Augen des Mannes – aber sie begriff sie nicht... Er antwortete:

„Vor dem Mysterium der Liebe kann man nur staunend stehen. Ich könnte mich das Gleiche fragen, aber ich tue es nicht. Ich erlebe das ganze, tiefe Geheimnis der Liebe – und die Liebe fragt nicht, sie tut, was sie tut... Wir sollten uns fragen, warum Christus das alles tat, was er tat – und wir sollten versuchen, die Größe *Seiner* Liebe zu begreifen und uns von ihrer realen Unendlichkeit erschüttern zu lassen. Das Gotteswesen wurde Mensch, und es starb, nicht für *einen* Menschen, sondern für *jeden* einzelnen Menschen. Und seit es den Tod überwand, ist es bei uns, bei jedem Einzelnen von uns, und bei uns allen und zwischen uns, mit uns, fortwährend.

Gott ist die Liebe. Was ich für dich tue, tue ich, weil ich dich liebe. Und insofern meine Liebe rein ist, tue ich alles, weil Gott starb und den Tod überwand. Ohne Ihn könnte ich nichts tun. Ohne Ihn gäbe es keine reine Liebe auf der Welt. Dir und Ihm verdanke ich meine ganze Liebe. Wenn du fragst, warum ich dies für dich tue, dann sage ich: Weil du bist, wer du bist, und weil ich diesen Menschen liebe – und weil es jenes Wesen gibt, das mir half, meine Liebe rein werden zu lassen; das sogar schon zuvor den reinen Teil meiner Liebe in mir erweckt hatte. Ich glaube, ohne Ihn gibt es nicht den geringsten Funken reiner Liebe. In allem, was an Liebe rein ist, erleben wir immer auch *Ihn*, ob wir es wissen oder nicht. Er ist wirklich bei uns, Saskia, fortwährend. Er ist das Licht der Welt, die Sonne in allem..."

Sie verstand noch nicht wirklich, wovon er sprach, es war für sie alles zu fern. In ihrem Herzen aber fühlte sie sich zunehmend berührt, fühlte eine neue Sehnsucht... Aber sie wollte auch nicht, dass dieser Mann das, was er für sie tat, hinter jenem anderen verbarg.

„Es ist so schön, wie Sie von diesem Wesen sprechen. Sie müssen mir unbedingt noch so viel erzählen, was Sie alles erlebt und getan haben in diesen zwei Wochen. Aber...", sie sah ihn an, „ich bin trotzdem zutiefst berührt von dem, was Sie für mich tun. Es klingt so, als würden Sie bescheiden alles von sich weisen und ... Christus verdanken. Vielleicht ist das so. Ich glaube Ihnen! Und doch tun *Sie* es. Sie tun es, für mich – und das werde ich nie vergessen. Das verspreche ich Ihnen... Ich bin so berührt von dem allen..."

Sie wischte sich verstohlen eine Träne ab.

Staunend und gerührt begegnete ein Blick und ein Herz dem anderen...

*

Später, als sie gemeinsam einmal mehr das schmackhafte vegetarische Chili con carne aßen, fragte sie zögernd:

„Darf ich jetzt etwas fragen?"

„Natürlich – du darfst immer alles fragen."

„Ja, aber ich ... möchte jetzt fragen, warum Sie gerade *mich* lieben. Warum mich? Darf ich ... das fragen?"

„Ja. Willst du mir vorher sagen, warum du das jetzt fragst?"

„Ich ... habe es gleich am Anfang einmal gewagt zu fragen. Aber da habe ich nicht verstanden, was Sie sagten. Sie haben gesagt, die Art, wie ich bin, wie ich mich bewege, wie ich ein Stück auf die Menschen zugehe und dann doch nicht. Aber das kann doch nicht der einzige Grund Ihrer Liebe sein? Das kann doch nicht der Grund dafür sein, dass Sie das alles für mich tun?"

Er nickte.

„Ja, du hast Recht. Aber sieh mal, ist es nicht immer ein großes Rätsel, warum man sich verliebt? Wie ist es bei Leon dir
gegenüber? Und wie ist es für dich bei Leon?

Leon hat das gleiche Mädchen wahrgenommen wie ich. Warum man sich verliebt, das ist etwas, was man nicht beschreiben kann, weil man es selbst nicht voll versteht. Aber
es ist ein umfassender Eindruck von dem Wesen eines Menschen. Manches kann man dann beschreiben – etwa die Art,
wie du empfänglich und zugänglich und leise abweisend zugleich bist, wenn du jemanden nicht kennst. Dies kann einen
tief berühren. Aber warum tut es das? Weil dahinter dein ganzes Wesen steht. *Dieses* ist es, was einen berührt, aber man
kann es nicht in Worte fassen. Man nimmt zunächst nur ein
solches Detail war – und schon dies berührt einen dann unendlich. Aber vielleicht berührt es auch nicht jeden, sondern
nur jenen einen Menschen, dessen Schicksalsweg sich mit
dem anderen verbinden will, weil ihre Wege schon in früheren Leben verbunden waren. Das würde bedeuten, dass jede
tiefere Berührung zugleich ein Wiedererkennen ist, ein tiefes
Erinnern einer Liebe, die schon in früheren Leben bestand.

Und doch kann ich inzwischen beschreiben, was noch zu deinem Wesen gehört, das ich inzwischen so gut kennenlernen
durfte, Saskia. Ich habe mich auf den ersten Blick in dein
Wesen verliebt – aber wirklich kennenlernen durfte ich es
dennoch erst danach. Und dieses Kennenlernen hat den ersten
Augenblick sozusagen *bewiesen*, verstehst du?

Hinter deiner leisen Unsicherheit, die selbst schon so berührend, so bezaubernd ist, steht eine ganz große Fähigkeit, jenen Menschen, die du näher kennenlernst, zu vertrauen, in
aller Tiefe und Offenheit, grenzenlos. Das ist erschütternd zu
erleben, Saskia! Und damit verbunden ist deine Fähigkeit,
mitzufühlen, zu staunen, nicht an dich zu denken, sondern an
den Anderen. Es ist ein wunderbares, unschuldiges Wesen,
das du hast, Saskia. Und *dieses* ist es, das ich so unendlich

liebe. Dein ganzes Wesen, an dem es nichts gibt, was nicht liebenswert wäre..."

Sie schwieg beschämt...

„Ich glaube", sagte er, „das, was du in so wunderbarer Weise hast, ist überhaupt die Grundlage für alle menschliche Begegnung. Die meisten Menschen haben all dies nur in begrenztem Maße. Irgendwo ist eine Grenze. Aber bei dir scheint diese Grenze ganz weit weg zu liegen, irgendwo... Du hast mit allem, was ich an dir erlebe, eine wunderschöne Seele, tief wunderschön. Wie sollte man sich darin nicht verlieben? Und ich sagte dir schon mehrmals: Wer das nicht sieht, ist blind, denn es ist *da*! Und deswegen ist es so schön, dass Leon dies schon so lange gesehen hat. Es ist nicht wichtig, dass viele Menschen es sehen. Es ist wichtig, dass es der *Eine*, der Richtige sieht... Und dieser hat dich jetzt gefunden, und er hatte den Mut, es dir zu sagen."

„Ja...", sagte sie leise.

Dann sah sie ihn an und sagte:

„Danke..."

„Wofür?"

„Für alles..."

„Siehst du, das ist auch so etwas Wunderbares. Wenn man immer wieder dankbar sein kann. Immer wieder neu staunen kann über das, was einem geschenkt wird, und Dankbarkeit empfinden kann, immer wieder. Dadurch erfüllt sich das Leben mit Glück. Das ist das Geheimnis des Glücks. Und das ist das Geheimnis der Liebe. Wer liebt, kann sich immer wieder wundern und dankbar staunen. Und wer dies kann, der kann immer wieder neu lieben... Verliere dies nie, Saskia..."

Sie konnte dies alles nur hinnehmen... Verlegen bat sie:

„Sie aber auch nicht!"

Er lächelte.

„Das klingt jetzt schon fast wie Abschiedsworte."

„Nein!", widersprach sie fast erschrocken. „Sie wollten mir doch noch so viel erzählen. Über die alte Frau. Über das Verstehen des Gotteswesens. Über den toten Vogel. Das müssen Sie wirklich machen!

Und vielleicht wollen Sie mit mir am Wochenende ins Kino gehen? Es läuft gerade ein Film, den ich mir so gerne anschauen würde. Es ist nur ein Naturfilm, aber er ist glaube ich sehr, sehr gut..."

Der Mann lächelte dankbar.

„Ja, sehr, sehr gerne. Ich werde sehr gerne mit dir ins Kino gehen – und dir auch nach und nach alles erzählen. Ich bin für jede einzelne Begegnung mit dir zutiefst dankbar. Und doch brauchst du dich niemals zu etwas verpflichtet zu fühlen. Aber wie schön, wenn du es selbst auch willst, Saskia! Aber – wie geht es eigentlich mit dir und Leon weiter? Wie weit weg wohnt er denn eigentlich von dir?"

„Oh, er und meine Eltern wohnen etwa hundertfünfzig Kilometer von hier. Aber er wusste noch nicht genau, was er nach der Schule machen will. Er wollte erst ein Praktikum machen. Nun ist er fest entschlossen, ebenfalls hier zu studieren – entweder auch Tiermedizin oder vielleicht Biologie. Er wird sich noch in diesen Tagen bewerben, um dann zum Sommersemester anfangen zu können. Bald wird er also hier sein. – Wenn er wirklich auch Tiermedizin studieren würde... Wäre das nicht großartig?"

Sie sah ihn an. Er nickte.

„Ja – er würde dir in jedem Fall den Mut geben, den du im Grunde selbst auch hast... Er würde dir helfen, jene Tierärztin zu werden, die in dir steckt, schon jetzt..."

Dankbar erwiderte sie seinen Blick.

Dann sah sie, dass der Mann nachdenklich wurde.

„Woran denken Sie?"

Er lächelte ein wenig traurig.

„Ich dachte daran, dass unsere Zeit zu Ende geht. Du wirst deine Zeit nicht zwischen mir und Leon aufteilen, und das ist auch ganz richtig so. Meine Liebe kann dich gehenlassen, und doch ist ein Abschied dann nicht weniger schmerzvoll. Er bleibt so traurig wie der Tod selbst..."

Sie erschrak. Fast ängstlich fragte sie:

„Aber wir werden uns doch nicht wirklich ganz verabschieden!?"

„Das liegt gar nicht bei mir, sondern ausschließlich bei dir, Saskia. Aber ich will dich um keinen Preis irgendwie binden. Ich kann es auch gar nicht. Deine Liebe zu Leon wird jede einzelne Stunde *seine* Gegenwart zu dem Wichtigsten machen, was es für dich gibt.

Wenn es aber doch einmal eine Stunde für mich gibt; wenn du dennoch weiterhin für mich eine Freundschaft empfindest; wenn ich dir ab und zu in manchem Rater oder einfach nur Zuhörer oder wobei auch immer ein Begleiter sein darf, werde ich immer glücklich sein. Du wirst in meinem Herzen sein, und mein Herz wird jubeln, wenn du auch leibhaftig einmal mit mir sein wirst, wenn unsere Lebenswege weiterhin verbunden bleiben werden, um sich manchmal zu berühren..."

Betroffen empfand sie sein Leiden und seine Unsicherheit mit. Traurig sagte sie:

„Jetzt gebe ich Ihnen schon wieder Schmerz. Das tut mir so leid... Aber ich *verspreche* Ihnen, dass ich Sie nicht vergessen werde. Ich werde mich trotzdem immer wieder mit Ihnen treffen. Sie sind für mich mehr als ein Verwandter, Sie sind ein wirklicher Freund – und das bleiben Sie auch... Glauben Sie mir das?"

Nun sah sie das Glück in seine Augen zurückkehren...

„Ja, Saskia, dir glaube ich alles."

„Können Sie mir schon morgen mehr von Ihren zwei Wochen auf der Insel erzählen? Bitte...!"

Sie sah in die unendlich berührten Augen des Mannes...

„Ja, von Herzen gern. Du machst mich wirklich so glücklich
... liebe Freundin...“

*

Als sie sich später schließlich wiederum an der Ecke der Straße, an der sie abbiegen würde, verabschieden mussten, standen sie voreinander. Sie wussten beide, dass sie eine neue
Stufe der Freundschaft erreicht hatten. Das Zögern dauerte
nur einen Moment – dann umarmten sie einander. Es war
eine Geste, in der Vertrauen und Dankbarkeit lagen.

Gespannt saß sie ihm am nächsten Abend wieder gegenüber. Nun würde er von seinen zwei Wochen auf der Insel erzählen...

„Also, Saskia, ich muss vorausschicken, dass es um die Zeit geht, in der ich noch immer viel zu viel für dich empfand... Ich weiß nicht, wieviel ich davon überhaupt andeuten darf, ohne dass es noch im Nachhinein unsere Freundschaft beeinträchtigt...“
Vertrauensvoll sah sie ihn an und sagte:
„Machen Sie sich nicht so große Sorgen. Ich verstehe es inzwischen immer besser...“
„Also gut...“, sagte der Mann zögernd. „Ich weiß noch nicht, wie lang die Erzählung wird. Ich versuche, nicht stundenlang zu reden – vielleicht wird es auch sehr kurz –“
„Erzählen Sie, so lange Sie wollen. Ich kann Ihnen stundenlang zuhören!“
„Nein, so lang wird es sicher nicht. Aber gut... Die ganze Erzählung hat zwei Stränge, die sich ineinander verflechten. Der eine Strang ist die Frage nach Gott, der andere meine Beziehung zu dir...“
Bereits jetzt tauchte sie ganz in das Erzählen des Mannes ein. Noch immer war es für sie ein Mysterium, dass sie jemandem so viel bedeuten konnte. Vielleicht würde es das immer bleiben... Mit leiser Aufregung erwartete sie das Kommende. Was war mit diesem anderen Strang...
„Meine Reise begann mit dieser intensiven Empfindung für dich und mit zehn Vortragszyklen eines Mannes, der etwas über die Welten zu sagen hatte, die dem Auge zunächst verborgen sind. Von ihm hatte ich auch schon vorher zwei Bücher gekauft. Und bei dem zweiten Buch war ich dir begegnet... Sein Name ist Rudolf Steiner, und er lebte vor rund einhundert Jahren. Als du mir von deiner Sehnsucht in Bezug auf den Glauben an Gott erzähltest und ich dir Mut gemacht

hatte, fand ich, dass dieser Mann unter anderem sehr viel über Christus und das Christentum gesprochen hatte – und konnte mir diese zehn Bände noch rechtzeitig vor dem Urlaub bestellen."

„Zehn Bände?", unterbrach sie ungläubig. „Und die haben Sie alle mitgenommen?"

„Es sind keine dicken Lexikonbände. Teilweise sind es sogar Taschenbücher..."

„Aber trotzdem..."

„Ich hoffte, dass ich mit diesen Bänden etwas finden würde, was ich dir wiederbringen konnte, um dir zu helfen, einen Zugang zu dem zu finden, wonach du dich sehntest."

In ihr stieg eine ungeheure Rührung auf...

„Und das Andere waren meine Gedanken an dich... Ich empfand Unendliches für dich – in jeder Hinsicht. Du begleitetest mich am Strand, das heißt, meine Vorstellung von dir, meine Sehnsucht nach dir... Und damit musste ich dann kämpfen. Denn ich wusste ja, dass ich dir nie so viel bedeuten würde, jedenfalls nicht in jeder Hinsicht; dass du in mir vielleicht einen väterlichen Freund sehen würdest, aber nicht mehr. Aber du *warst* für mich unendlich viel mehr. Und die Sehnsucht und die Vorstellung sprechen dann eine eigene Sprache – sie entfernen sich von der Wirklichkeit. In der Vorstellung kann man sich eine ganz andere Wirklichkeit malen... Und, verstehst du, davon konnte ich mich nicht befreien, denn diese Vorstellungen waren so schön...

Gleichzeitig erlebte ich, wie sehr du mir vertrautest – und dass dieses Vertrauen nur dann da sein konnte und von mir nur verdient war, wenn ich dir in einer reinen Liebe begegnete, wenn ich wirklich nicht mehr von dir wollte, als du geben konntest – und wenn ich mir mehr eigentlich auch nicht einmal vorstellte, wünschte, erträumte... Ich war so dankbar für dein Vertrauen, liebte so sehr deine Unschuld – und hatte doch eine solche Sehnsucht nach dem, was nie möglich sein

würde... Das kämpfte fast ohne Ausweg miteinander, meine Liebe war einfach zu groß – und der Abstand der Jahre, die uns trennten, war auch zu groß...
Kannst du es ertragen, wenn ich das alles erzähle?"
„Ja..."

„Es gab also in mir eine Sehnsucht, ein Begehren, das dich gleichsam mit seelischen Händen an sich ziehen wollte – und dann eine reine Liebe, die sah, dass du mir deine Zuneigung nur dadurch schenktest, dass du mir voll vertrautest, und die selbst nichts anderes wollte, als deinem Vertrauen zutiefst würdig zu sein...
In dieser Stimmung begann ich, Rudolf Steiner zu lesen. Die ersten beiden Bände, in die ich hineinblickte, waren nur ungefähre Vortragsnachschriften – zu ihnen fand ich keinen Zugang. Aber dann fand ich einen Band, der genau mitgeschrieben war. Hier war also erst Rudolf Steiner selbst zu erleben. Und hier fand ich einen ersten Zugang zu dem Wesen, über das er sprach. Er sagte in etwa: In diesem Christus-Wesen liegt eigentlich der *Sinn* der Erdenentwicklung. Durch seine Tat gibt es überhaupt so etwas wie Sinn. Mit Ihm hat es zu tun, was das Menschsein ausmacht... Ohne Ihn gäbe es dies nicht – nicht das wirklich Menschliche..."
Seine Worte berührten sie eigentümlich. Wieder begriff sie mehr mit dem Herzen als mit allem anderen, was hier gesagt wurde. Und ihre Sehnsucht wuchs leise...
„Immer mehr verstand ich, dass dieser Mann von einem Wesen sprach, das in dem Sinne ‚kosmisch' ist, dass es wirklich das höchste Gotteswesen ist. Eine hohe, weite Vorstellung bildete sich, weil Rudolf Steiner sie immer weiter entfaltete.
Aber er sprach auch von anderen hohen Wesenheiten, die die Menschen jedoch verführen, die in dasjenige eingreifen können, was man empfindet, denkt, will, oder *wie* man das tut. Das klingt vielleicht etwas sehr phantastisch, und so war es für mich zunächst auch. Aber wenn man Steiner liest, bekom-

men die Dinge immer mehr Zusammenhang und so eine eigene Überzeugungskraft. Eigentlich dürfte ich vielleicht gar nicht weitererzählen..."

„Doch", sagte sie, „erzählen Sie bitte weiter!"

„Nun, also – es mag zunächst komisch erscheinen, dass höhere Wesen mit unseren Seelenregungen zu tun haben sollen. Aber wenn man bei diesem höchsten Gotteswesen, Christus, beginnt, kann man wohl einsehen, dass das *Gute* im Menschen nicht einfach so da ist – sondern dass man es diesem Wesen verdanken könnte, wenn es da ist. Und damit hat dieses erste Zitat, von dem ich sprach, zu tun: dass es ohne dieses Wesen das Gute gar nicht gäbe, weil dieses Wesen eigentlich selbst dieses Gute *ist*. Kannst du das verstehen?"

„Ich bin nicht sicher...", sagte sie, eigentümlich berührt. „Aber vielleicht, ja ... bitte, erzählen Sie weiter!"

„Wenn aber nun das Gute einen realen Ursprung hat, eigentlich fortwährend ... dann ist es ebenso denkbar, dass auch das Böse oder das nicht so Gute, der Mangel an Gutem und all das einen realen Ursprung hat, ebenso fortwährend. Es wird dann auf einmal denkbar, dass es Mächte geben könnte, die uns fortwährend, in jedem Moment, von dem *wirklich* Guten abhalten und unsere Seele mit dem *weniger* Guten zufrieden sein lassen – oder sogar unseren Sinn auf das Böse richten... Und mehr und mehr wird dies nicht nur denkbar, sondern auch erlebbar."

„Wie meinen Sie das?", fragte sie erschrocken.

Der Mann lächelte ihr beruhigend zu.

„Ich meine es nicht so, dass man diese Wesenheiten, die für das Letztere verantwortlich sind, unmittelbar erlebt, etwa wie in einem Horrorfilm oder auch nur im Gefühl – und doch kann man immer mehr erleben, wie zum Beispiel Gedanken der Unwahrheit und Lüge oder Empfindungen des Hasses oder des Mangels an Mitgefühl und so etwas nicht einfach nur *da* sind – sondern wie es *Realitäten* sind. Man empfindet immer mehr das Reale dieser Unterschiede. Man lernt immer mehr das Eine lieben und unter dem Anderen zu leiden – und man kommt immer mehr zu der Überzeugung, dass das nicht einfach nur psychologische Tatsachen sind, sondern dass die menschliche Seele eine absolute Realität ist – und dass hinter Gut und Böse und dem, wie diese in alles Seelische hineinspielen, ebenfalls absolut reale Wesenheiten stehen. Es wird einfach eine Überzeugung, ein Ahnen, ein Erleben, ein Verstehen, das durch nichts mehr zu erschüttern ist. Ich weiß nicht, wie ich es sonst noch erklären soll...“

Das Bemühen des Mannes berührte sie sehr.

„Ich verstehe es...“, sagte sie. „Sie machen das sehr gut, wie schon so oft...“

Dankbar sah der Mann sie an.

„Und“, fragte er, „klingt es dir nicht trotzdem erst einmal sehr phantastisch?“

„Es klingt ungewohnt. Aber nicht phantastisch. Ich höre das zum ersten Mal – und dennoch... Man spricht manchmal von irgendwelchen Engelchen und Teufelchen, die einem im Ohr sitzen. Das ist natürlich Unsinn. Aber selbst das beschreibt doch eigentlich eine Erfahrung, die man einfach *machen* kann – dass man in jedem Moment so oder so handeln kann, oder nicht?“

„Ja, darum geht es.“

„Ist es nicht ohnehin merkwürdig, dass wir Menschen überhaupt wissen, was *gut* ist und was nicht? Woher wissen wir das?“

„Ja, wunderbar, Saskia! Das erklärt man sonst natürlich nur mit Erziehung oder mit Instinkten; Tiere töten sich ja auch nicht gegenseitig – und so weiter.“

„Ja – Tiere sind von Natur aus gut. Sie sind jedenfalls nicht böse. Sie sind, wie sie sind – und wenn es Gott gibt, dann müssen sie tun, müssen sie sich verhalten, wie Gott sie geschaffen hat. Wenn sie Böses täten, wäre Gott selbst böse...“

„Und beim Menschen?", fragte der Mann.

Ja, wie war es beim Menschen? Hilfesuchend sah sie ihn an.

Er antwortete:

„Zumindest sind die Menschen scheinbar frei. Sie können – und müssen – fortwährend über ihr Tun entscheiden, und entscheiden letztlich immer auch über die moralische Qualität ihres Handelns, also über das innere Gut und Böse und die Tiefe von diesem Gut und Böse und alles, was dazwischen liegt. Tiere haben das nicht."

„Ja... Vielleicht kann man die Tiere deshalb so sehr lieben, weil sie dieses Böse nicht haben."

„Ja – aber der Mensch hat auch das Gute. Und deshalb kann *er* die Tiere wahrhaftig lieben. Das Tier selbst kann nur in seiner Art anhänglich sein, sogar ‚treu' und so weiter. Aber es hat nichts im Menschlichen Sinne Moralisches, es fehlt die eigentliche Freiheit."

„Aber trotzdem ist die Treue des Hundes doch *gut*?"

„Ja, doch der Hund hat keine Wahl. Diese Treue liegt tief in seinem Wesen. Wie auch immer, er kann sich nicht plötzlich entscheiden, *weniger* treu zu sein. Aber das Gute im tiefsten, im menschlichsten Sinne entsteht erst da, wo fortwährend auch das Andere gewählt werden könnte."

„Aber wenn man das Gute liebt, dann *kann* man doch das Böse gar nicht tun? Das widerspricht sich doch?"

Der Mann dachte nach.

„Es kommt vielleicht auf den Grad der Liebe an. Man kann sehr wohl das Gute lieben und doch das weniger Gute tun. Davon habe ich gerade erzählt. Ich wollte dich *rein* lieben und konnte doch jene Vorstellungen nicht aufgeben, die nicht wirklich mit dir, sondern nur mit meinen Wunschträumen zu tun hatten."

„Das ist ja nicht böse..."

„Aber es ist weniger gut. Es lässt den Menschen an seinen eigenen Vorstellungen haften, egoistisch, abgesondert von der Welt, von der Wahrheit, von dem wirklichen Wesen des Anderen. Und dadurch entfernt es sich von dem *Guten*. Dadurch bleibt es behaftet mit etwas anderem, was einen fortwährend davon wegführen will."

„Sie sind so streng mit sich..."
„Nein, Saskia. Ich habe es doch erlebt. Ich habe dein reines Wesen erlebt – und habe erlebt, dass ich es durch meine Vorstellungen, zum Beispiel dass du mich küssen würdest, beschmutze. Durch meine Vorstellungen, verstehst du? Ich habe dich anders vorgestellt, als du bist. Und du hast das doch auch gespürt, und das wolltest du nicht – und mit Recht. Was ist dann daran ,gut' oder ,nicht schlimm'? Es wäre *sehr* schlimm gewesen, wenn ich dich verloren hätte. Also musste ich wahrhaft gut werden, damit dein reines Wesen mich ertragen konnte und ich ihm würdig war..."
„Trotzdem finde ich es jetzt nicht mehr schlimm...", wandte sie ein.
„Ja", erwiderte der Mann, „weil ich es nicht mehr habe. Und vielleicht auch, weil es graduelle Unterschiede gibt. Aber stell dir vor, ich säße dir gegenüber mit dem fortwährenden Wunsch, du würdest mich küssen, wie insgeheim auch immer. Du würdest das merken – und du würdest dich distanzieren müssen. Es *muss* so sein, Saskia. Du kannst mir noch so wohlwollend gegenüber sein – etwas Bestimmtes würdest du nicht mehr ertragen, und dann würdest du die Begegnung abbrechen. Nicht aus bösem Willen, sondern weil du etwas ganz Anderes suchst. Und dieses Andere kann ich dir nur geben und sein, wenn ich dich nicht fortwährend begehre. Es geht einfach nicht beides gleichzeitig. Das Eine verunreinigt das Andere und löscht es sogar aus."
„Ja, Sie haben recht", erwiderte sie.
Sie dachte nach.
„Trotzdem war das, was Sie für mich empfunden haben, nicht wirklich schlimm, weil so viel Anderes da war..."

„Das ist gut. Aber natürlich bleiben die illusionären Vorstellungen Illusionen – und haben dennoch auch ihre Wirkungen in der Wirklichkeit. Was man sich immer wieder erträumt, will man doch unbewusst auch in der Wirklichkeit. Aber selbst wenn ich dies unter Kontrolle behalten hätte – stell dir vor, ich hätte immer weiter ein Begehren nach dir gehabt, das dich nicht wirklich frei lassen könnte, das immer wieder gefragt hätte, wann ich dich wiedersehen könnte, allein schon das. Ich hätte entweder mich selbst kaputt gemacht oder dich – mit einer Sehnsucht, die dir immer mehr zur Last geworden wäre. Verstehst du? Diese Dinge laufen schleichend, ohne dass man es immer sofort merkt, versteht, empfindet..."

„Ja, ich verstehe... Und trotzdem habe ich es nicht so empfunden. Sie haben von Anfang an dagegen gekämpft, nicht wahr...?"

„Ja..."

Sie schwieg berührt. Und sie ahnte, dass nur dadurch dieses seltsame, schöne Erleben entstehen konnte, dass dieser Mann so viel für sie empfand und sie zugleich so sehr frei ließ; dass sie dies alles spürte und zugleich doch nicht spürte...

„Und nicht zuletzt", sagte der Mann nun, „wurde mir immer deutlicher, dass selbst eine reinere, aber zu enge Freundschaft dich an mich binden würde. Wenn wir uns fortwährend treffen würden, würde ich doch trotz allem verhindern, dass du dich mit der übrigen Welt verbinden könntest. Jede Bindung konfrontierte mich mit dem Egoismus..."

„Aber das ist doch mit jeder Freundschaft so...", wandte sie ein.

„Ja, aber ich habe *deine* Freundschaft gesucht, du nicht die meine. Es war ein einseitiger Eingriff in dein Leben."

„Aber ist es nicht immer so?"

„Vielleicht. Aber es gibt dann eine Bindung. Man kann nicht unendlich viele Bindungen eingehen, sogar nur sehr wenige tiefe. Irgendwann ist kein Platz mehr für weitere Bindungen –

oder es leiden diejenigen, die man bereits hat. Wie auch immer, es war einfach mit einer unendlichen Verantwortung verbunden, was ich tat oder nicht tat. Und ich fühlte einfach, dass ich meine Liebe zu dir immer reiner machen musste, gerade *wenn* ich dich wirklich liebte...

Ich erzähle dir einen Traum, damit du verstehst, wie all dies miteinander zusammenhängt. Ich hatte verschiedene Träume von dir. Meistens hatten sie mit einer Sommerwiese zu tun. Du hattest immer verschiedene schöne Kleider an. In einem dieser Träume aber warst du von einer Lichtgestalt begleitet, die dich von mir fortführte. Du sahst dich nach mir um und schienst mich zu vermissen. Die Lichtgestalt aber war zugleich mir zugewandt und sprach: ‚Wenn du auf alles verzichtest, wirst du an allem Anteil haben...'

Verstehst du, Saskia? Aber in diesem Traum sind Wahrheit und Illusion noch vollkommen vermischt. Die Lichtgestalt muss ich schon mit dem Christus-Wesen in Verbindung bringen. Vielleicht sogar zusätzlich mit *deinem* wahren Wesen. Aber dass die Traumgestalt von dir sich sehnsuchtsvoll nach mir umsah, das war natürlich immer noch eine solche Vorstellung, wie sie sich meine Begierde formte...“

„Aber Sie bedeuten mir doch inzwischen wirklich sehr viel...“, wandte sie ein.

„Ja, aber in diesen Träumen kamen nur du und ich vor, verstehst du? Niemand anders. Wenn du mich dann so angeschaut hast, dann hatte *nur* ich für dich Bedeutung. Das ist der ungeheure Unterschied. Das ist dann die Illusion, die von den unbewussten Wünschen geformt wird – und diese Wünsche stehen wiederum unter der Wirkung jener Wesen, die Rudolf Steiner die Widersacher nennt. Weil es die Widersacher des Christus-Wesens sind...“

„Aber sind solche Träume nicht verständlich? Wenn ich Ihnen wirklich so viel bedeute – dann wünschen Sie sich doch auch, dass es umgekehrt so sein könnte...“

Lächelnd sah der Mann sie an.

„Ach, Saskia, du bist einfach eine Meisterin im Mitfühlen...
Ja, verständlich ist es – und trotzdem nicht *gut*. Denn die
Wahrheit ist, dass ich dir weniger bedeute, weil es für dich
auch noch andere Menschen gibt, die dir etwas bedeuten. Ich
bin nicht der Mittelpunkt deines Lebens und darf das auch
gar nicht sein."

„Aber ich darf es doch auch nicht für Sie sein...."

„Doch – du darfst es nur nicht merken, es darf deine Freiheit
in nichts beeinträchtigen. Wenn ich auf alles verzichten kann
und du *dennoch* der Mittelpunkt in meinem Leben bist, dann
ist das meine freie Wahl, so wie das Leid, das für mich damit
vielleicht verbunden ist. Es ist mein Leid, nicht deines – und
es ist mein Glück, verstehst du...."

„Ja, ich verstehe", sagte sie leise.

Lange sah er sie lächelnd an. Dann sagte er:

„Gut, dann wieder der andere Strom... Es wurde Heiligabend.
Und ich verstand immer mehr, was das bedeutete. Ich verstand den Unterschied zwischen dem höchsten Gotteswesen
Christus und dem Menschen Jesus, der in der heiligen Nacht
als Kind geboren wurde. Und das ist so unendlich wichtig. Es
ist nicht dieses höchste Gotteswesen, das da in der Krippe auf
einmal zum Kindlein wird, sondern es ist jener seit urlangen
Zeiten auserwählte Menschensohn, mit dem das Gotteswesen
erst eins werden soll. Über der heiligen Nacht liegt ein Zauber, weil hier das Kind geboren wird, mit dem die Erlösung
beginnt, aber sie beginnt erst! Und dann kommt die Taufe des
Jesus am Jordan, in seinem dreißigsten Lebensjahr. Und nun
wird hier, bei der Taufe, das Gotteswesen, Christus, eins mit
dem Menschen Jesus. Und noch dreieinhalb Jahre lebt das
Gotteswesen eingeworden, Mensch geworden, auf Erden,
bis es am Kreuz durch den Tod geht...."

„Aber warum?"

„Um der ganzen Entwicklung der Menschheit und der Erde den Keim für eine wirkliche Zukunft zu geben. Ohne die Auferstehung des menschgewordenen Gotteswesens wäre die ganze Leiblichkeit des Menschen sozusagen verdorrt. Bis in den Leib hinein hat die Auferstehung ein neues Leben gebracht. Als Keim. Was daraus weiter werden kann, hängt dann davon ab, wie sehr man sich *bewusst* mit diesem Gotteswesen verbindet."

„Was meinen Sie damit?"

„Es geht darum, dass hier ein ewiges Leben am Entstehen ist, wenn man sich bewusst mit diesem Gotteswesen verbindet. Der Mensch *ist* ein ewiges Wesen – und er geht durch viele Erdenleben. Deswegen begegnen sich die Menschen auch so unterschiedlich – sie haben alle bereits verbindende Vergangenheiten... Aber eines Tages soll nicht nur der Geist des Menschen ewig sein, das, was wir ‚Ich' nennen, sondern auch der Leib. Der Mensch soll bis in den Leib hinein ein ewiges Wesen sein. Ein geistiger Leib soll entstehen, von dem einzelnen Menschen geschaffen werden. Und dieses neue Ewige entsteht allmählich, indem wir eine bewusste Verbindung zu dem Christus-Wesen finden."

„Ich kann mir unter diesem geistigen Leib noch nichts vorstellen", gestand sie.

„Ich auch noch nicht wirklich. Aber vielleicht kannst du empfinden, dass es nicht gleichgültig ist, ob wir zu dem Wesen, das so zutiefst mit dem *Guten* zu tun hat und dieses Gute eigentlich selbst *ist*, eine Beziehung finden oder nicht. Dass dies Bedeutung hat bis in die fernste Zukunft hinein, weil wir damit an etwas bilden, was in dieser fernen Zukunft unendlich wichtig sein wird..."

„Wenn Sie es so sagen, fühle ich etwas, es ist eine Art Ahnung, wie wichtig das ist. Aber ich würde die Beziehung zu diesem Wesen nicht wegen dem anderen suchen wollen, sondern wegen diesem Wesen selbst..."

„Ja", lächelte der Mann. „Das ist auch gut so. Anders habe ich es auch nicht gemeint. Ich wollte nicht sagen, dass man egoistisch auf einen solchen ewigen Leib schauen sollte. Ich wollte nur sagen, dass es da diese realen Wirkungen gibt. Es *geschieht* einfach etwas, wenn man diese Beziehung sucht. Und zwar über das unmittelbar Moralische hinaus. Der ganze künftige ewige Leib ist eigentlich etwas Moralisches..."

„Ja, gut..."

„So also begann ich auch Weihnachten zu verstehen. Es wird dadurch nicht geringer, als es die Kirchen glauben, die überhaupt keinen Unterschied mehr zwischen Jesus und Christus, Mensch und Gott machen – sondern es wird größer, weil der Mensch Mensch sein darf und das Gotteswesen göttlich bleibt. Weihnachten ist das Fest der Geburt des *Menschen*. Dadurch ist es so menschlich. Es ist das Fest des Kindes. Aber damit beginnt die Erlösung erst...

Aber jetzt muss ich dazu sagen, dass ich erlebte, wie sehr ich all dies nur dir verdankte. Nicht nur, dass ich nur für dich nach Antworten gesucht hatte. Ich bekam auch nur durch dich einen wirklichen Zugang dazu. Meine Liebe zu dir ließ mich Rudolf Steiners Worte tiefer empfinden, als ich sie sonst empfunden hätte. Ich hätte zum Christentum ohne dich trotz Rudolf Steiner wahrscheinlich überhaupt keinen Zugang gefunden! Ich konnte dir also nur das zurückbringen, was eigentlich *du* mir geschenkt hast... Alles, was ich dir hier auszudrücken versuche, verdanke ich im Grunde dir selbst..."

Sie konnte den Mann nur schweigend anschauen. Es war für sie ein Mysterium, warum dieser Mann sie erwählt hatte, für ihn eine solche Bedeutung zu gewinnen... Aber dieses Mysterium berührte sie immer wieder bis in ihr Innerstes.

Schließlich brachte sie hervor:

„Ich weiß nicht, was ich sagen soll... Für mich ist es alles ein Wunder. Was Sie in mir sehen... Was Sie für mich tun... Ich bin Ihnen so dankbar. Aber jetzt werden Sie gleich wieder dasselbe sagen... Das ist alles ein Wunder. Bitte erzählen Sie weiter!"

Der Mann lächelte.

„Ja – es ist ein Wunder. Und deswegen kam ich letztlich dahin, dass ich alles dir verdanke, dass ich aber *dich selbst* dem Wirken des Christus-Wesens verdanke. Ihm verdanken wir alles. Alle Schicksalswege, die Begegnung dieser Wege... Ein Wunder ist ein Wunder. Dass es aber diese Wunder überhaupt *gibt*, verdanken wir diesem Wesen... Es ist unendlich wichtig, überhaupt zu bemerken, wann man vor einem Wunder steht, und innig dankbar staunen zu können. Aber es ist *auch* wichtig, zu empfinden, *wem* man dankbar sein kann, für das Wunder selbst..."

Sie versuchte es, indem sie an die Begegnung zwischen Leon und ihr dachte.

„Aber wie mache ich das, wenn dieses Wesen zunächst noch immer so neu für mich ist?"

Der Mann erwiderte ihren Blick mit einer leisen Traurigkeit.

„Wenn es für dich schwierig ist, dann verzeih, dass ich es noch nicht gut genug in Worte gefasst habe –"

„Nein, das ist doch nicht Ihre Schuld!"

„Nun, ich wünschte so sehr, ich könnte es in solche Worte fassen, dass es für dich ganz lebendig werden würde... Aber wenn du zum Beispiel an deinen heiligen Abend denkst, wo du und Leon einander begegneten – dann kannst du so tief wie möglich die reale Liebe zwischen euch empfinden, und wenn du das tust, dann kannst du dir ein Wesen aus noch unendlich größerer Liebe vorstellen, das diese Schicksalswege zusammengeführt hat, weil sie zusammenkommen *mussten*... Du musst es *konkret* machen. Es ist wirklich ein Wesen der Liebe..."

Sie schloss die Augen und versuchte es noch einmal. Sie konnte sich eine größere Liebe kaum vorstellen – hätte sie es gekonnt, hätte sie sie selbst in sich aufnehmen wollen, um mit dieser Liebe Leon zu lieben. Und doch konnte sie sich ein Wesen vorstellen, was groß und weit war und die Wege führte – und was durch seine Größe dann doch wieder eine viel größere Liebe hatte, nein war...

„Ich kann es mir vorstellen – aber ob es auch wirklich so ist...“

„Ja“, nickte der Mann. „Letztlich hat es auch mit einer Art Willensentscheidung zu tun. Dieses Wesen lässt sich ebensowenig beweisen wie die Liebe. Den letzten Schritt muss der Wille tun, der selbst Liebe ist. Du musst das Wunder dem Christus-Wesen verdanken *wollen*. Nicht dem Zufall, nicht einfach Leon, der zum Glück da war – sondern außerdem noch diesem Wesen, wodurch du und Leon an diesem Abend beide an diesem Ort wart. Verstehst du? Du musst es diesem Wesen verdanken *wollen*. Nur so wirst du empfinden, dass es auch tatsächlich so ist...“

Diese Logik war für sie unmittelbar zu begreifen.

Sie versuchte es ein drittes Mal. Das Erlebnis, wie Leon auf sie zugelaufen kam, um sie zu erreichen, war ungeheuer stark. Immer wieder wollte sie alles ihm verdanken, ihr ganzes Glück, er selbst war es ja... Doch plötzlich wurde ihr klar, dass Leon es umgekehrt tat. Für ihn war sie sein ganzes Glück. Aber *wer* hatte sie an diesem Abend zusammengeführt? Wer hatte dafür gesorgt, dass Leon sie beim Hinausgehen auch sah? Wer hatte gewollt, dass sie sich endlich finden konnten? ... Und auf einmal spürte sie einen erschütternden Moment lang, wie sich die Realität eines Wesens anfühlen musste, das in unendlicher Liebe wirkte; das dies zu einer Wirklichkeit gemacht hatte; dem dies zu *verdanken* war...

Sie öffnete die Augen wieder und sah den Mann an, staunend, dankbar...

„Ein Gotteswesen“, flüsterte sie.

Sie sah ihn an und fragte:

„Hat dieses Gotteswesen dann mit *aller* Liebe zu tun, die es gibt?"

„Ja, mit aller Liebe, die rein ist, das heißt, insofern sie rein ist; mit dem reinen Anteil an ihr..."

„Ich liebe ein Wort von Khalil Ghibran, kennen Sie ihn?"

„Nein, wer ist das?"

„Ich weiß es nicht. Es gibt ein Büchlein von ihm, ‚Der Prophet', ein unendlich weises Büchlein. Darin steht: ‚Und was bedeutet, mit Liebe zu arbeiten? Es bedeutet, den Stoff aus Fäden zu weben, die ihr eurem Herzen entspinnt, gerade so, als wäre der Stoff für euren Geliebten zum Tragen bestimmt.'"

„Das ist wunderschön..."

„Aber wenn dieser Mensch nun gar nichts von Christus weiß?"

„Deswegen kann er trotzdem das Geheimnis der wahren Liebe kennen. Er kennt dann das Wesen der Liebe – und weiß vielleicht doch nicht, dass es wirklich ein *Wesen* ist. Oder vielleicht weiß er sogar das und kennt nur den Namen nicht... Oder er kennt es unter einem anderen Namen und weiß nur nicht, dass dieses Wesen Mensch wurde und durch den Tod ging... Es gibt viele Möglichkeiten..."

Sie dachte an die Worte, die sie am meisten liebte; sie dachte an das Gotteswesen, das die Liebe war ... und beides floss ineinander, wurde eins. Die geliebten Worte sprachen von der wahren Liebe in jeder einzelnen Tat – aber diese wahre Liebe lebte gerade in jenem Wesen. Und so waren dies Worte, die gerade ein Gefühl für jenes Wesen gaben... Sie spürte, wie diese geliebten Worte ihr von nun an ein treuer Führer zu jenem Wesen werden würden, das sie ebenfalls immer mehr zu lieben, zu verstehen, zu suchen begann...

„Bitte erzählen Sie weiter", bat sie leise.

„Es war der Nachmittag des heiligen Abend. Ich hatte das Bedürfnis, die Weihnachtsgeschichte in der Bibel zu lesen. So ging ich zu einem Nachbarhaus, um mir eine Bibel zu leihen. Ich fand nur ein einziges Haus, das mir wirklich einheimisch aussah. Dort klingelte ich, und hier wohnte eine alte Frau, die mich zu einem Tee oder Kaffee einladen wollte, und die mir, als ich dies ausschlug, ihre eigene, einzige Bibel gab – ein uraltes Buch, einfach so...“

„Geschenkt?“, fragte sie bestürzt.

„Nein, aber auf reines Vertrauen geliehen. Sie sagte einfach: Seien Sie vorsichtig damit, es ist meine einzige. Es regnete etwas, und sie sagte nur: Tun Sie sie unter ihren Mantel...“

Sie schwieg in berührtem Staunen...

„Und“, fuhr der Mann fort, „als ich ihr die Bibel am nächsten Morgen wiederbrachte, lud sie mich wirklich zu Kaffee und Keksen ein. Ich hatte ihr versprochen, an diesem Tag etwas zu bleiben. Und da sagte sie einfach, ich solle erzählen... Sie wusste sofort, dass ich Probleme hatte, weil ich gerade zu dieser Zeit des Jahres allein sein wollte. Und so erzählte ich ihr alles. Zuerst sagte ich, sie würde es bestimmt verurteilen, aber sie sprach von dem Christus-Wort ‚Wer ohne Schuld ist, werfe den ersten Stein‘ und dass sie sogar den Mann nicht verurteilt hatte, der am Verkehrstod ihrer Tochter schuld war...“

„Wie schrecklich!“, brachte sie hervor.

„Ja. Aber dies war nun schon Jahrzehnte her. Und sie hatte seitdem keinen Menschen verurteilt. Ich war erschüttert von ihrem lebendigen Glauben – der sich in fast jedem ihrer Sätze äußerte. Nun, und so erzählte ich. Von meiner gescheiterten Ehe. Von meiner Liebe zu einem jungen Mädchen. Von meiner Sehnsucht. Von meinen Kämpfen. Von meiner Frage, ob diese Sehnsucht schlecht sei... Und dann sagte sie etwas, was meinen ganzen Weg veränderte. Sie sagte: Die Frage, ob das alles so sein darf, kann nur der Herr selbst beantworten – also Christus. Aber ich solle mir selbst eine andere Frage stellen.

Ich solle mich fragen, wie sehr ich meine Liebe zu dem Mädchen – zu dir – in Sein Licht stellen wolle, in das Licht des Christus.

Und das, Saskia, war die entscheidende Änderung meines Blickes, meines Willens, das habe ich unmittelbar gefühlt. Nicht mehr ging es um die Frage: Wie kann ich meine Sehnsucht behalten? Kann sie denn schlecht sein? Sondern es ging um die schonungslos klare, wahrhaftige Frage: Wie sehr willst du deine Liebe zu ihr in Sein Licht stellen, in das Licht des Christus? Nicht mehr ging es um das Festhalten dessen, was nicht rein war – es ging um die Frage nach dem Willen zur *reinen* Liebe...“

Wieder hatte sie tiefes Mitleid mit dem Mann. Leise sagte sie:

„Was sie gekämpft haben. Das ist selbst schon ein Wunder...“

„Ja, aber das Wunder beginnt erst. Die Worte der Frau waren für mich wie ein lebendiger Segen; ihr eigener unvorstellbar reiner Glaube war für mich eine eindrückliche Kraft, die mir selbst unglaublich viel gab. Dann war da Rudolf Steiner, mein wachsendes Verständnis mit seiner Hilfe. Dann warst da du, wie in einem Zentrum. Und ich fragte mich: Hast du mich zu Christus geführt, oder hat Christus mich zu dir geführt? Oder ist dies alles ein lebendiges Ineinanderwirken? Und in meinem Streben nach einer reinen Liebe zu dir fühlte ich mich dankbar schon so weit gekommen, mit Hilfe von Steiner, von dieser Frau, von Christus, von dir selbst...

Und dann hatte ich in der Nacht zum zweiten Weihnachtstag einen Traum. Du warst wieder auf dieser Sommerwiese, drehtest dich ab und zu zu mir um, und ich habe dich rein geliebt. Doch auf einmal verwandelte sich dieser Traum, wurde wieder eine völlige Illusion. Du hattest auf einmal in deinen Augen eine Sehnsucht ... was dann folgte, erzähle ich nicht. – Ich war am Boden zerstört. Dies war für mich der

Beweis, dass ich dem süßen Begehren nach dir niemals entrinnen können würde...

Trostlos erschien auf einmal der Strand, fern und fremd die Möwen, grausam das Rauschen des Meeres, nur die ewige Wiederkehr des Gleichen, so wie meine Empfindungen.

Da sah ich auf einmal diesen toten Vogel etwas abseits. Ich ging zu ihm hin – und erlebte auf einmal die Schönheit dieser Schöpfung, noch im Tode. Lange stand ich da, kniete ich da vor dem Vogel...

Und vor mir stand das Unausweichliche der Vergänglichkeit, während ich dann weiterging. Ich würde irgendwann sterben, du würdest irgendwann sterben – und vorher, lange vorher bereits deine Jugend verlieren, nicht mehr dieses Mädchen sein, das ich jetzt so liebe. Das alles ist vergänglich und wird irgendwann nicht mehr sein. Aber die Frage stand auf einmal klar vor mir: Wird auch die wirklich reine Liebe etwas gewesen sein, was vergänglich war, so vergänglich, dass sie überhaupt nie dagewesen ist? Wird das vergängliche Leben irgendwann vergangen sein, ohne dass das, was *da* hätte sein können, jemals da gewesen wäre?

Die reine Liebe stand da als etwas, was vielleicht nie geboren werden würde... Und mir wurde deutlich: Für die reine Liebe müsste das Begehren sterben. Dieses aber hatte ich gerade als unsterblich erlebt, es war in jenem Traum gerade in voller Stärke wiedergekehrt. Ich hatte also keine Hoffnung mehr. Doch da kamen mir die Worte der alten Frau wieder in den Sinn. Und wieder übten sie eine geheimnisvolle Kraft aus. Und mir war deutlich: Ich stand vor einer Entscheidung.

Ich würde mich von dem süßen Begehren für immer trennen müssen, anders würde es nicht gehen. Die Entscheidung musste endgültig sein, sonst würde sie nicht halten. Ich dachte daran, dass der Vogel sich vielleicht nur für mich geopfert hatte oder von der göttlichen Welt geopfert worden war oder gerade hier gestorben war, für mich. Aber ich dachte vor allem an dich. Um deinetwillen musste ich eine Entscheidung fällen, nur um deinetwillen.

Und mit aller Macht stellte ich mir dein wirkliches Wesen vor mein Inneres. Und da sah ich ganz deutlich, dass all mein Begehren an deinem wahren Wesen einfach keinen Anteil hatte. Ich sah dein Vertrauen, deine zunehmende Freundschaft, ich sah nur noch dich selbst.

Und auf einmal schmolz das Begehren, wie Wachs in der Sonne. Es war keine Entscheidung, es war ein Prozess. Es war ein Wachstumsprozess, der eine Erlösung mit sich brachte. Und ich wusste, dass ich in diesem Prozess nicht allein war – dass ein Wesen mir in diesem Prozess beistand, ja dieser Prozess eigentlich *war*. Das war meine Rettung, Saskia, das war die Geburt meiner reinen Liebe, meiner *nur* reinen Liebe...

In dieser Nacht hatte ich noch einen letzten Traum. Dort gab es keine Illusionen mehr. Und doch war es der schönste Traum, den ich je gehabt hatte...“

Sie wusste nicht, was sie sagen sollte. In ihrem Inneren empfand sie so viel, dass es nicht in Worte zu fassen war.

Schließlich sagte sie leise:

„Ich bewundere Sie –“

Der Mann wollte abwehren.

„Nein, wirklich“, beharrte sie. „Ich bewundere Ihre Aufrichtigkeit, Ihre Liebe, vor allem Ihren Kampf, Ihren Mut, Ihr Leid...“

Der Mann lächelte.

„Dann glaubst du mir vielleicht jetzt, dass du etwas Besonderes bist? Denn wofür sollte man dies alles auf sich nehmen, wenn nicht für den bewundernswertesten Menschen, dem man je begegnet ist...“

Sie lächelte.

„Sie drehen es auch immer wieder so hin...“

„Die Dinge drehen sich von selbst um den Mittelpunkt", lächelte er. „Ich bin dankbar, dass wir *beide* uns so viel bedeuten, dass mein ganzes Ringen für dich auch von Bedeutung ist. Das ist mein wunderbares Glück, Saskia – dass du *wirklich* so wunderbar bist und meine Geschenke so berührt annimmst."
„Wenn das alles ist, was Sie hoffen...", sagte sie beschämt.

*

Als sie sich dann später bis zum Wochenende verabschiedeten, ging sie wieder mit tiefen Gefühlen nach Hause.
Wieviel sie diesem Mann verdankte... Was hatte er ihr nicht alles geschenkt. Seine Liebe, seine Zuneigung, seine Freundschaft, sein Vertrauen, wunderbare Stunden, Selbstvertrauen, den Mut, ihrer Sehnsucht zu folgen, eine lebendige Ahnung des höchsten Gotteswesens.
Aber wieviel verdankte sie diesem Wesen, das vielleicht die Liebe selbst war? Diesem Wesen verdankte sie jenen Mann und seine Freundschaft. Diesem Wesen verdankte sie das Wunder der Begegnung mit Leon, ihren wahren Freund. Diesem Wesen verdankte sie vielleicht ihre eigene Liebe. Alles, was Liebe war... Ihr schwindelte.

Sie dachte an ihr Studium. Und zum ersten Mal hatte sie das Gefühl, sie könnte vielleicht eine gute Tierärztin werden. Auch wenn Leon vielleicht Biologie studieren würde...
Sie dachte an Freddie und freute sich, sie gleich wiederzusehen. Dann war auch die Begegnung zwischen Freddie und ihr in der Hand dieses höchsten Gotteswesens – ebenso wie die Entwicklung dieser Begegnung. Zwischen ihnen konnte eigentlich gar nichts schiefgehen. Auch ihre Freundschaft war eigentlich ein Wunder, Freddie war auch eines...

Leon war das größte Wunder. Immer hatte sie von einem solchen Freund geträumt. Aber das war nur ein Traum gewesen. Träume hatten keine Fehler. Doch wir konnte dann die Wirklichkeit genauso schön sein? Oder noch schöner, weil sie ja noch wirklicher war... Wie konnte man sich von Anfang an so verstehen, ohne Missverständnisse? Wie konnte man so geliebt werden – und dies schon seit Jahren?

Sie freute sich auf die nächsten Jahre. Sie würden den Test von Freddie mit Bravour bestehen. Und sie wünschte Freddie bald einen ebenso einzigartigen Freund, mit dem sie ihren eigenen Test bestehen könnte. Es gab einen solchen Freund für jeden Menschen – auch für Freddie, die so lieb war, eigentlich...

Brauchte man nicht nur die Sehnsucht? Ging nicht jede Sehnsucht aus Liebe hervor? Und fand nicht die Liebe die Liebe? Brauchte man sich denn nicht eigentlich gar keine Sorge zu machen, dass es so war? Brauchte man denn nicht einfach nur Vertrauen? Vertrauen und die eigene Liebe? ‚Gerade so, als wäre der Stoff für euren Geliebten zum Tragen bestimmt.' Dieser Geliebte würde dann sicher kommen. Und von da an würde man das Gewebe der Liebe mit ihm zusammen weben, in allem, was man tat...